ΜΕΤΑΜΟΣΧΕΥΣΗ

JOHN REINHARD DIZON

Μετάφραση

NIKOLETTA SAMOILI

Δημοσιεύθηκε το 2021 από την Next Chapter

Εξώφυλλο από το CoverMint

ΚΕΦΆΛΑΙΟ ΠΡΏΤΟ

ΝΕΑ ΥΟΡΚΗ (AP)---Ένα από τα πιο φρικτά επεισόδια στην ιστορία της πόλης αποκαλύφθηκε χθες το βράδυ, καθώς το αγνοούμενο σούπερ μόντελ Γκέρι Λίντσεϊ βρέθηκε να σέρνεται στο δρόμο κοντά στην 137η οδό και τη λεωφόρο Λένοξ. Η ίδια οδήγησε την αστυνομία σε ένα υπόγειο διαμέρισμα σε ένα σπίτι με καφέ χρώματος πέτρες στη λεωφόρο Λένοξ , όπου την κρατούσαν αιχμάλωτη. Η αστυνομία βρήκε τον σούπερ σταρ του NBA Τζέρομ Μπράουνικαι έναν άνδρα γνωστό ως Κόμπο να προσπαθούν να εισέλθουν σε ένα δωμάτιο όπου τέσσερις επιφανείς γιατροί της Νέας Υόρκης ήταν κλειδωμένοι μέσα. Ο Μπράουνι είχε επίσης δηλωθεί ως αγνοούμενος από τις 4 Ιουλίου.

Το αριστερό πόδι της Λίντσεϊ είχε ακρωτηριαστεί στο ισχίο και το αριστερό χέρι του Μπράουνι είχε αφαιρεθεί από τον ώμο. Η φυσική κατάσταση του Κόμπο χαρακτηρίστηκε "απερίγραπτη" από την αστυνομία. Η αστυνομία διέσωσε τέσσερις γυναίκες, οι οποίες ήταν όλες ακρωτηριασμένες, δηλώνοντας η καθεμία ότι είχαν απαχθεί και είχαν αφαιρέσει τα άκρα τους από τους χειρουργούς. Μια πέμπτη γυναίκα, η Ανίτα Μπράουν, συνελήφθη ως συνεργός στις απαγωγές.

Ο Δρ. Άνταμ Ράουχ, ο Δρ. Νώε Μπιρνμπάουμ, ο ΤζάβιτςΔρ. Έϊμπ Τζάβιτς και Δρ. Άϊζακ Βαντίμ, συνελήφθησαν και κατηγορήθηκαν για πολλαπλά ομοσπονδιακά και πολιτειακά αδικήματα, όπως απαγωγή, δολοφονία και διακεκριμένο έγκλημα. Αξιωματούχοι του FBI έφτασαν σήμερα το πρωί στο γραφείο του εισαγγελέα για να συζητήσουν τις λεπτομέρειες της υπόθεσης.

Οι ερευνητές της αστυνομίας βρήκαν ένα αυτοσχέδιο χειρουργείο στο υπόγειο κελάρι, όπου βρέθηκαν οι γιατροί σε ένα δωμάτιο ασφαλείας με ατσάλινο περίβλημα. Υπήρχε επίσης ένα ντουλάπι κρεάτων, όπου είχαν καταψυχθεί δεκάδες κορμούς , άκρα και μέρη του σώματος για αποθήκευση. Ένας ντετέκτιβ το αποκάλεσε

"μια ιατρική εγκατάσταση από την κόλαση".

Οι υπάλληλοι του νοσοκομείου Μπέλβιου Μπέλβιουαρνήθηκαν να σχολιάσουν το περιστατικό. Ο διευθυντής Τζέηκομπ Χόροβιτς Χόροβιτςεξέφρασε τη συμπάθεια και την ανησυχία του για τα θύματα και τους διαβεβαίωσε ότι η ιατρική κοινότητα του ιδρύματος παραμένει διαθέσιμη για να υποστηρίζει όλους όσους επηρεάστηκαν από την τραγωδία.

Ολόκληρη η χώρα και ο υπόλοιπος κόσμος ήταν επικεντρωμένοι στο Μεγάλο Μήλο, καθώς ο Αμερικανός πρόεδρος εξέδωσε δήλωση στην οποία δήλωσε ότι "αυτοί οι νέοι άνθρωποι και οι οικογένειές τους δεν θα εγκαταλειφθούν σε αυτή τη στιγμή φρίκης και θλίψης". Προέτρεψε την ιατρική κοινότητα και τα έθνη του κόσμου να προχωρήσουν στην προσφορά οποιωνδήποτε τεχνολογικών πόρων θα μπορούσαν να αποκαταστήσουν μια αποδεκτή ποιότητα ζωής στα θύματα. Ιάπωνες ερευνητές επικοινώνησαν με το Μπέλβιου και είπαν στον Δρ Χόροβιτς της Ρομποτικής Προσθετικής ότι είχαν αναπτύξει κάτι που θα μπορούσε να ελέγχεται εν μέρει από εγκεφαλικά κύματα και νευρικά ερεθίσματα. Ασθενείς με ανίατες ασθένειες προσφέρθηκαν να δωρίσουν άκρα στα θύματα, πολλοί λέγοντας ότι "οι ψυχοπαθείς θα πρέπει να μπορούν να τα ράψουν όπως τα έκοψαν".

Ο αρχηγός της αστυνομίας Τζόελ Μάντεν και ο αστυνόμος Τάϊ Γουίλαρντ συναντήθηκαν με τον ντετέκτιβ του τμήματος ανθρωποκτονιών Τόμι Τζάκσον και τον συνεργάτη του, Όριν Ράμπερσαντ, λίγο μετά την προβολή της συνέντευξης Τύπου του Λευκού Οίκου. Η Αστυνομία της Νέας Υόρκης αντιμετώπιζε για άλλη μια φορά την επιδημία κρακ στο Χάρλεμ και ένας άλλος πόλεμος είχε ξεσπάσει μεταξύ της συμμορίας της 137ης οδού και της Σαλβαδοριανής MS-13, μαζί με στοιχεία του Κολομβιανού καρτέλ. Ήταν μια ακατάλληλη στιγμή για το Τμήμα Ηθών, και πίεζαν τον αστυνόμο Γουίλαρντ να ολοκληρώσει την έρευνα γρήγορα, καθώς προσπαθούσαν να αποτρέψουν έναν πόλεμο ναρκωτικών στους δρόμους χωρίς αδικαιολόγητη απόσπαση της προσοχής.

"Κύριοι, πρόκειται για ένα από τα μεγαλύτερα σκάνδαλα που συγκλονίζουν την ιατρική κοινότητα εδώ και πάνω από μια δεκαετία", άνοιξε τη συνεδρίαση ο υπαστυνόμος Ντουάϊτ Σριβ. "Οι γιατροί που τέθηκαν υπό κράτηση είναι παγκοσμίου φήμης χειρουργοί μεταμοσχεύσεων και ειδικοί στα ρομποτικά μέλη. Η Εισαγγελία είναι βέβαιη ότι, αν βγουν με εγγύηση, δεν θα έχουν άλλη επιλογή από το να ζητήσουν άσυλο στο εξωτερικό για να αποφύγουν μια κακοδικία. Αυτή είναι μια κατάσταση που δεν θα μας βγει σε καλό. Αν τους κρατάμε πολύ σφιχτά, αυτό αυτόματα προκαθορίζει τους ενόρκους. Αν δεν μπορέσουμε να βρούμε κάτι τέτοιο, Δρ. Κύκλωπα, οι γιατροί δεν έχουν κανένα στήριγμα. Η Νέα Υόρκη χάνει τέσσερις από τους καλύτερους χειρουργούς της και η ιατρική κοινότητα αποκτά ένα μαυρισμένο μάτι".

"Τι είναι αυτό το πράγμα με τον Δρ. Κύκλωπα;" ρώτησε ο Τζάκσον. Ο Τόμι Τζάκσον ήταν ένας άνθρωπος τεσσάρων ετών, ο οποίος είχε καταρρίψει με καταπληκτική δουλειά σε έξι μεγάλες υποθέσεις ναρκωτικών την είσοδό του στις τάξεις των ντετέκτιβ. Μετατέθηκε στο Ανθρωποκτονιών έχοντας την ευκαιρία να πετύχει την έβδομη μεγάλη του υπόθεση με πολύ μικρότερο ρίσκο. "Ακούγεται σαν ένα μαλακισμένο άλλοθι που σκαρφίζονται αυτοί οι κομπογιαννίτες. Μου λες ότι δεν υπάρχει κρέας σε αυτό το κόκαλο;"

"Θα σας πω κάτι, ο Δρ. Κύκλωπας είναι το μόνο πράγμα που εμποδίζει αυτό το πράγμα να εξελιχθεί σε μια μεγάλη σκατοθύελλα", μίλησε ο Λοχαγός Γουίλαρντ. Ήταν ένας Αφροαμερικανός με καταγωγή από την Κένυα και δέρμα μαύρο σαν πίσσα. Γνωστός ως παραδοσιακός του βιβλίου, φορούσε τη στολή του στη δουλειά, σε αντίθεση με τον Αρχηγό Μάντεν, ο οποίος ντυνόταν με κομψά κοστούμια σχεδιαστών. "Τώρα, μου φαίνεται ότι τέσσερις ιατρικές ιδιοφυΐες θα μπορούσαν να βρουν ένα καλύτερο άλλοθι από αυτό. Το όλο θέμα ακούγεται τόσο χιλιοειπωμένο, που πρέπει να είναι αληθινό. Θα ποντάρουν τη ζωή τους σε αυτό στο δικαστήριο".

"Είναι όπως είπε κάποτε ο Αδόλφος Χίτλερ, όσο μεγαλύτερο είναι το ψέμα, τόσο πιο πιθανό είναι οι άνθρωποι να το πιστέψουν ως αληθινό", υποστήριξε ο Όριν Ράμπερσαντ. Ήταν ένας μελαμψός Δυτικοϊνδός που είχε επίσης μετατεθεί από το Ηθών και είχε γίνει ζευγάρι με τον ψυχρό Τζάκσον. "Ακόμα κι αν δεν υπάρχει, η μαρτυρία των γιατρών θα κάνει κάποιους να πιστέψουν το αντίθετο. Σε μια δίκη για φόνο, αρκεί να πείσουν έναν ένορκο".

"Αυτή είναι η δουλειά σας, παιδιά", μίλησε ο αρχηγός Μάντεν, ένας κομψός μιγάς με καστανά μάτια. "Θα σας χρειαστούμε να μάθετε αν υπάρχει κάποιος Δρ Κύκλωπας και, αν υπάρχει, να τον φέρετε εδώ. Αν δεν υπάρχει τέτοιο άτομο, ο εισαγγελέας έχει ένα σίγουρο αποτέλεσμα. Αν τον τσουβαλιάσετε και τον συλλάβετε, οι γιατροί επιστρέφουν στη δουλειά τους στο Μπέλβιου την επόμενη εβδομάδα".

"Λοιπόν, από πού ξεκινάμε;" ρώτησε ο Τζάκσον.

"Θα θέλαμε να πάρετε συνεντεύξεις από τους γιατρούς, να δείτε αν μπορείτε να βρείτε συνοχή και κενά στις ιστορίες τους, και μετά να βγείτε εκεί έξω και να κάνετε τη δουλειά με τα πόδια", τους έδωσε οδηγίες ο Σρηβ . "Θα τους απαγγελθούν κατηγορίες σήμερα το πρωί και πιθανότατα θα παραμείνουν στο MCC[1]μέχρι να ξεκινήσει η δίκη. Εσείς θα τους πάρετε εκεί συνέντευξη και μετά θα έχετε την υπόλοιπη εβδομάδα για να εντοπίσετε τον Κύκλωπα".

"Λοιπόν, με ποιον θέλεις να ξεκινήσουμε, Ράουχ;" Ο Τζάκσον άναψε ένα τσιγάρο καθώς γλίστρησε στο Le Mans του Ράμπερσαντ στο υπόγειο γκαράζ, όπου είχαν παρκάρει.

"Μου ακούγεται καλό." Ο Όριν δεν ήταν δεσμευτικός καθώς έβαλε μπροστά τη μηχανή. "Μπορεί να ήθελα να κρατήσω το καλύτερο για το τέλος. Αυτός ο τύπος ο Μπιρνμπάουμ μου φαίνεται ότι είναι ο μαλακός. Θα ήταν αυτός με την πιο αδύναμη ιστορία".

"Εντάξει, τότε θα μιλήσουμε με τον Μπιρνμπάουμ " Ο Τόμι έβγαλε ένα σύννεφο καπνού από το ανοιχτό παράθυρο. "Ποιες πιστεύεις ότι είναι οι πιθανότητες να αφήσει η λίγκα τον Μπράουν να παίξει με αυτό το χέρι;"

"Μπορείς να το φανταστείς;" Ο Όριν κακάρισε. "Στο διάολο με τον Μπράουν, εγώ θα προσπαθούσα να αποκτήσω αυτόν τον τύπο, τον Κόμπο. Θα ήταν σαν να παίζεις μπάσκετ εναντίον του Νταρθ Βέιντερ".

"Ξέρετε, το να τους κλείσουμε μέσα αυτούς τους τύπους θα είναι σαν να πετάμε τη φόρμουλα για τη θεραπεία του καρκίνου σε μια φωτιά στον κάδο απορριμμάτων". Ο Τόμι παρακολουθούσε καθώς κατέβαιναν την οδό Centre Street προς το Park Row. "Μπορείς να φανταστείς ανθρώπους με αυτά τα ρομποτικά άκρα εκεί έξω; Μετατρέπετε τους σπασίκλες σε ανθρώπους των έξι εκατομμυρίων δολαρίων. Αυτοί οι δύο τύποι έσπαγαν μια ατσάλινη πόρτα όταν εμφανίστηκαν οι μπάτσοι. Απίστευτο. Σκεφτείτε τις στρατιωτικές εφαρμογές. Οι δικοί μας βγαίνουν στο πεδίο της μάχης στο Αφγανιστάν και επιστρέφουν έχοντας τη δύναμη του cyborg. Δεν υπάρχει περίπτωση να τους κλείσεις μέσα και να πετάξεις το κλειδί".

"Νομίζω ότι αντιμετωπίζετε τον ίδιο αριθμό προβλημάτων". Ο Όριν παραβίασε ένα φανάρι καθώς έστριβε στην Park Row, προκαλώντας μια κακοφωνία από κόρνες αυτοκινήτων για τις προσπάθειές του. "Είναι σαν αυτά τα φρικιά με τα στεροειδή- το σώμα σου μεγαλώνει, αλλά οι σύνδεσμοί σου όχι. Τελικά, σκίζονται και σπάνε από όλη την αφύσικη πίεση. Μπορείτε να φανταστείτε τον Μπράουν να κάνει ένα κάρφωμα και το ρομποτικό του χέρι να κρέμεται ακόμα από τη στεφάνη όταν πέφτει κάτω;".

Οι ντετέκτιβ γέλασαν μαζί καθώς έφτασαν στο MCC[2] στο 150 Park Row. Ο Όριν έδειξε τα διαπιστευτήριά του και στάθμευσαν το αυτοκίνητο στο χώρο στάθμευσης των υπαλλήλων, στη συνέχεια μπήκαν στις εγκαταστάσεις και κανόνισαν να φέρουν τον Νώε Μπιρνμπάουμ σε μια μικρή αίθουσα ανάκρισης.

Ο Μπιρνμπάουμ είχε ύψος περίπου 1,75 μ. και ζύγιζε 135 κιλά. Τα καστανά σγουρά μαλλιά του ήταν καλοκουρεμένα και το αγορίστικο πρόσωπό του ήταν θλιμμένο από το γεγονός ότι μπορούσε να βρεθεί σε μια τέτοια δύσκολη θέση. Χάρηκε που είχε επισκέπτες στους οποίους μπορούσε να δηλώσει την αθωότητά του, αν και φοβόταν ότι θα τον περνούσαν πάλι από ζόρι όταν έμαθε ότι ήταν ντετέκτιβ. Παρέμεινε φιλικός καθώς ο Τόμι και ο Όριν συστήθηκαν, εξηγώντας ότι τους είχε ανατεθεί η υπόθεση και προσπαθούσαν να μάθουν κάποιες λεπτομέρειες για το ιστορικό.

"Οι τέσσερίς μας ήμασταν παιδικοί φίλοι. Γεννηθήκαμε και μεγαλώσαμε μαζί στο Μπρούκλιν Χάιτς", εξήγησε ο Νώε πίνοντας ένα φλιτζάνι καφέ, αφού οι ντετέκτιβ ενεργοποίησαν το μαγνητόφωνό τους και κάθισαν στο τραπέζι του πράσινου δωματίου. . "Ξέρετε πώς οι εβραϊκές οικογένειες θέλουν πάντα οι γιοι τους να μεγαλώσουν για να γίνουν γιατροί ή δικηγόροι. Λοιπόν, όλοι μας αποφασίσαμε να γίνουμε γιατροί και μόνο γι' αυτό μιλούσαμε. Όλα τα παιχνίδια μας επικεντρώνονταν γύρω από τον ιατρικό τομέα. Είτε θα ήμασταν τραυματιοφορείς, που θα διασώζαμε ανθρώπους από φλεγόμενα κτίρια, είτε γιατροί, που θα κάναμε επεμβάσεις στον εγκέφαλο ή στην καρδιά, είτε θα ήμασταν έξω σε κάποια ζούγκλα, που θα σώζαμε ανθρώπους από κανίβαλους ή συμμορίες ναρκωτικών".

"Ναι, παίζαμε μπάτσους και ληστές και ήμουν ο μόνος που ήθελε να γίνει μπάτσος". Τα παγωμένα μπλε μάτια του Τόμι φωτίστηκαν. "Συνέχισε."

"Ήμασταν μια απίστευτη ομάδα", θυμήθηκε ο Νώε. "Μελετούσαμε μαζί. Ήταν σαν ένα παιχνίδι για να δούμε αν θα μπορούσαμε να γυρίσουμε όλοι με άριστα στους βαθμούς μας. Επικεντρωθήκαμε ιδιαίτερα στα μαθηματικά και τις φυσικές επιστήμες γιατί ξέραμε ότι αυτά θα ήταν τα εισιτήρια για το γεύμα μας. Ήμασταν έμπειροι στους υπολογιστές όταν τα άλλα παιδιά έπαιρναν X-Box. Αρχίσαμε να παραγγέλνουμε αυτά τα ιατρικά μαθήματα μέσω διαδικτύου και, μέχρι να εγγραφούμε στο NYU, μελετούσαμε ήδη την ύλη του δευτεροβάθμιου έτους μόνοι μας. Αρχίσαμε να απλωνόμαστε προς διαφορετικές κατευθύνσεις, ώστε, όλοι μαζί, να έχουμε τις συνδυασμένες γνώσεις για να γίνουμε πρωτοπόροι στον ιατρικό τομέα. Η δική μου εστίαση ήταν στη νευροχειρουργική. Ο Άνταμ ασχολήθηκε με την έρευνα για τα τεχνητά μέλη. Ο Έιμπ ασχολήθηκε με τη νευροχειρουργική και ο Ισαάκ ειδικεύτηκε στην πλαστική χειρουργική. Σκεφτήκαμε ότι αν ενώναμε τους πόρους και τις ικανότητές μας, θα μπορούσαμε μια μέρα να βοηθήσουμε στην αποκατάσταση των άκρων και των εσωτερικών οργάνων των ανθρώπων".

"Λοιπόν, πέτυχες;" ρώτησε ο Όριν.

"Υπήρχε μια γυναίκα, η Γουόλτεριν Σάμπαζ. . Έπασχε από εκτεταμένη φθορά των οργάνων της ως παρενέργεια της ασθένειάς της με καρκίνο του πνεύμονα. Ήταν σαν μια από εκείνες τις γυναίκες που βλέπεις στις διαφημίσεις κατά του καπνίσματος. Ανταποκρίθηκε θετικά στη θεραπεία και πρέπει να πω ότι της σώσαμε τη ζωή".

"Δεν θα μπορούσε να έχει καλύτερη μεταχείριση στο Μπέλβιου;"

"Όχι το είδος που της δώσαμε. Δεν θα μπορούσε να το αντέξει οικονομικά, και το σύστημα δεν θα μπορούσε να το παρέχει. Πολλοί από τους πόρους μας πληρώθηκαν από τις δικές μας τσέπες. Επιπλέον, υπήρχαν πολλές πειραματικές διαδικασίες που το νοσοκομείο δεν θα είχε εγκρίνει ποτέ".

"Σαν τι;" Ο Τόμι συνοφρύωσε το φρύδι του. "Να βάλεις ένα ρομποτικό χέρι στον Τζερόμ Μπράουν;"

"Κανείς δεν θα μπορούσε να καταλάβει τι συνέβη, πώς ξεκίνησαν όλα, πώς εξελίχθηκαν όλα", ο Νώε χαμήλωσε τα μάτια του απογοητευμένος.

"Δώστε μας μια ευκαιρία", είπε ο Όριν και σήκωσε τους ώμους. "Έχουμε χρόνο, το ίδιο και εσείς".

"Εντάξει", υποχώρησε ο Νώε. "Υποθέτω πως ναι".

Ο Νώε θυμήθηκε τις περσινές χριστουγεννιάτικες διακοπές, αμέσως μετά την αποφοίτηση και την έναρξη της πρακτικής τους άσκησης στο νοσοκομείο Μπέλβιου. Οι τέσσερίς τους είχαν πάει στο Lillie's Union Square, ένα μπαρ και εστιατόριο με βικτοριανό θέμα, όχι μακριά από το νοσοκομείο. Ο κόσμος είχε μπει στο πνεύμα των γιορτών και οι φίλοι απολάμβαναν το γλέντι. Αισθάνθηκαν κάπως αμήχανα παραγγέλνοντας μη αλκοολούχα ποτά, αλλά παρηγορήθηκαν από το γεγονός ότι χρεώθηκαν σχεδόν όσο πλήρωνε κανείς για φτηνή μπύρα.

"Λοιπόν, ας πιούμε στην επιτυχία", φιλοσοφούσε ο Άνταμ καθώς όλοι σήκωναν τα ποτήρια τους. "Περάσαμε όλη μας τη ζωή μαζί προσπαθώντας να βρούμε αυτή την πόρτα, και φτάσαμε εδώ. Χτυπήσαμε και μας άφησαν να μπούμε".

"Το ταξίδι μόλις άρχισε", τόνισε ο Έιμπ, ένας κοντόχοντρος άντρας με πρόωρα γκρίζα μαύρα μαλλιά. "Ξοδεύουμε τόσο πολύ χρόνο για να εγκατασταθούμε στο νοσοκομείο, που δεν έχουμε κάνει μια αξιοπρεπή ομαδική συνάντηση εδώ και εβδομάδες. Και τώρα με αυτές τις γιορτές, *ωχ*!"

"Ωωχ; " Ο Ισαάκ, ένας ψηλός, αθλητικός άντρας με πυκνά σγουρά μαύρα μαλλιά, τον επέπληξε. "Ωωχ ; Όχι μόνο μοιάζεις με τον πατέρα σου, αλλά τώρα αρχίζεις και ακούγεσαι σαν αυτόν! Αν συνεχίσεις έτσι, οι *γκάι* θα σε διαγράψουν από τις χριστουγεννιάτικες λίστες τους από σεβασμό στα πιστεύω σου!"

"Αυτό θα ήταν τρομερό", ειρωνεύτηκε ο Έιμπ. "Αυτό σημαίνει ότι δεν θα μπορώ να ανταλλάξω μια άσχημη γραβάτα με ένα ζευγάρι κάλτσες και εσώρουχα".

"Λοιπόν, μπορεί οι υπόλοιποι από εσάς να είχατε

τον χρόνο να συμβιβαστείτε με τις οικογένειες και τις υποχρεώσεις σας, αλλά εμείς οι εργένηδες μπορέσαμε να αφιερώσουμε τον ποιοτικό μας χρόνο σε λιγότερο σημαντικά πράγματα". Ο Άνταμ ήταν ο μόνος που είχε ουίσκι στο ποτήρι του. "Επιτέλους έκανα μια σημαντική ανακάλυψη στο Σχέδιο Χ".

"Τι εννοείς, μια σημαντική ανακάλυψη;" Ο Ισαάκ τον κοίταξε επίμονα.

"Υποθέτω ότι θα πρέπει να έρθεις στο σπίτι για να το μάθεις". Ο Άνταμ χαμογέλασε μυστηριωδώς.

"Νόμιζα ότι συμφωνήσαμε ότι θα το αφήναμε αυτό". Ο Έιμπ αλληθωρίζει. "Δεν συζητήσαμε όλες τις πνευματικές προεκτάσεις με τον ραβίνο; Πάντα συμφωνούσαμε ότι δεν θα κάναμε ποτέ κάτι που θα παραβίαζε τις αρχές του Ταλμούδ".

"Εγώ δεν συμφώνησα με τίποτα, οι υπόλοιποι συμφωνήσατε", τόνισε ο Άνταμ. "Η επιστήμη και η θρησκεία βρίσκονταν πάντα σε αντιπαράθεση μεταξύ τους. Το έχουμε συζητήσει ξανά και ξανά. Αν ήθελες να σταθείς σε θρησκευτικό έδαφος, θα έπρεπε να είχες πάει στη Γιεσίβα. Εξάλλου, το Ταλμούδ δεν έχει να κάνει με το γενικότερο καλό στην ανθρωπότητα; Εντάξει, ας υποθέσουμε ότι προκαλούμε πόνο σε κάποια ζώα ή ότι ρισκάρουμε και κάπου δεν τα καταφέρνουμε; Βλέπουμε το μακροπρόθεσμο αποτέλεσμα, φίλοι μου, ένα μέλλον όπου κανείς δεν θα πεθαίνει ή θα ζει μια άγονη ζωή εξαιτίας της απώλειας ενός μέλους ή ενός οργάνου. Τίποτα στη ζωή δεν επιτυγχάνεται χωρίς πόνο ή απώλεια, τουλάχιστον τίποτα που να αξίζει τον κόπο".

"Δεν θα ξεχάσω ποτέ το θέαμα εκείνου του

κουνελιού που συνήλθε από την αναισθησία και προσπαθούσε να μασήσει το πόδι του εξαιτίας του πόνου". Ο Ισαάκ κοίταξε την κορυφή του μπαρ. "Αυτό δεν είναι επιστήμη. Αυτό είναι ο Δρ Μένγκελε στο Άουσβιτς".

"Το έχω ξεπεράσει αυτό", απάντησε ο Άνταμ. "Γιατί δεν παίρνουμε ένα ταξί για να πάμε σπίτι μου και να δούμε πού βρίσκομαι τώρα;"

Οι φίλοι τελείωσαν τα ποτά τους και πέρασαν μέσα από το πλήθος, βγήκαν στο χιονισμένο πεζοδρόμιο και κάλεσαν ταξί. Ο καθένας τους είχε ανάμεικτες σκέψεις για το γεγονός ότι ο Άνταμ συνέχισε να εργάζεται μόνος του. Ήταν ο πιο ενθουσιώδης για το έργο, αν και ο Ισαάκ θα ήταν ο τελευταίος που θα σταματούσε την κοινή επιχείρηση, για οποιονδήποτε λόγο. Ο Ισαάκ είχε κληθεί να εκτελέσει επανορθωτική χειρουργική σε μερικά από τα πιο θλιβερά εγκαύματα που θα μπορούσε κανείς να φανταστεί. Υπήρχε ελάχιστη πρόοδος στο να βοηθηθούν αυτοί οι άνθρωποι να προχωρήσουν πέρα από το φρικτό και το τρομερό, και οτιδήποτε επιπλέον μπορούσε να προσφέρει στον τομέα αυτό ήταν καλό.

Από τους τέσσερις, ο Έιμπ ήταν ο πιο σταθερός αλλά και ο πιο προσεκτικός στην πορεία που είχαν επιλέξει. Στα τριάντα του, ήταν ο μεγαλύτερος της ομάδας και είχε μια γυναίκα και τέσσερα παιδιά να θρέψει. Ως χειρουργός περιφερικών νεύρων, είχε στα χέρια του υπερσύγχρονο εξοπλισμό και τις τελευταίες πληροφορίες για την έρευνα και την ανάπτυξη. Παρόλο που ήταν ένας απλός ειδικευόμενος, δεν προέβλεπε καμία αδικαιολόγητη καθυστέρηση στο να εξελιχθεί γρήγορα στην ιεραρχία και να γίνει ηγέτης στον τομέα του. Είδε πολλούς μόνιμους γιατρούς που ήταν και αναποφάσιστοι και διστακτικοί στο τραπέζι, φοβισμένοι από την προοπτική να κάνουν πάρα πολλά ή πολύ λίγα και να χτυπηθούν με μια αγωγή κακής πρακτικής που θα κατέστρεφε την καριέρα τους. Αν και δεν ήταν καθόλου παθιασμένος , ο πατέρας του πάντα τον δίδασκε ότι η αναβλητικότητα και ο δισταγμός ήταν δύο από τις πιο θανάσιμες αμαρτίες. Ανεξάρτητα από το σωστό ή το λάθος, πάντα αναλάμβανε κανείς μια δέσμευση την ώρα της απόφασης. Ο Έιμπ Τζάβιτς δεν είχε κανένα πρόβλημα να επιμείνει στις αποφάσεις του και το μόνο που ήλπιζε ήταν ότι το να παραμείνει με τους φίλους του σε αυτή την προσπάθεια δεν ήταν κακή κίνηση.

Ο ίδιος ο Νώε ήταν ο αδύναμος κρίκος στην αλυσίδα. Ήταν το ακριβώς αντίθετο του Έιμπ, καθώς αμφιταλαντευόταν και ήταν ανασφαλής, και βασιζόταν στην υποστήριξη των φίλων του για να περάσει τις δύσκολες στιγμές. Ωστόσο, θεωρούνταν από αυτούς ως ο πιο ικανός από τεχνική άποψη, καθώς ήταν σε θέση να ερμηνεύει νέες θεωρίες και ιδέες και να τις εφαρμόζει στο πεδίο. Συχνά βρέθηκαν να του φέρνουν άρθρα ιατρικών περιοδικών για να τα ερμηνεύσει. Μπορούσε να διαβάσει ανάμεσα στις γραμμές και να τους δώσει τη διορατικότητα που χρειάζονταν για να επιλύσουν μια κατάσταση που αντιμετώπιζαν στο νοσοκομείο.

Έφτασαν στο σπίτι Κτίριο του Άνταμ στο Grace Court με θέα στην Πλατεία στο Brooklyn Heights, το οποίο ο πατέρας του είχε αγοράσει πριν μια ζωή και άξιζε εκατομμύρια στη σημερινή ραγδαία αυξανόμενη αγορά. Ο Άνταμ ο πρεσβύτερος είχε ανακαινίσει πλήρως το σπίτι και είχε μετατρέψει το ισόγειο σε όνειρο μεσίτη, ενώ είχε μετατρέψει τον δεύτερο όροφο σε διαμέρισμα για τον Άνταμ και είχε κρατήσει τον τρίτο όροφο για τον ίδιο και τη σύζυγό του. Μετά τον θάνατό του, ο Άνταμ διατήρησε τον τελευταίο όροφο σε παλατιανή μορφή, ενώ μετέτρεψε το υπόγειο σε ερευνητικό εργαστήριο. Οι τέσσερις φίλοι συνέκλιναν εκεί για να δουλέψουν πάνω στα κοινά τους έργα, αλλά δεν είχαν βρεθεί από τον Σεπτέμβριο, όταν ξεκίνησαν την πρακτική τους άσκηση στο Μπέλβιου.

"Ωωωωωω!" Ο Ισαάκ έβαλε την καλύτερη προφορά του Μπέλα Λουγκόζι καθώς έμπαιναν από την πόρτα του υπογείου κάτω από την επάνω σκάλα. "Καλώς ήρθατε στο εργαστήριο Ράουχ !"

"Πού είναι ο Ιγκόρ;" Ο Έιμπ προσπάθησε να είναι ανέμελος. "Πρέπει να τον απολύσεις. Μυρίζει σαν σπηλιά εδώ κάτω".

"Ελάτε, παιδιά, ηρεμήστε", επέμεινε ο Άνταμ Λόγκοι. "Η μαμά μου έχει αυτιά σαν νυχτερίδα".

"Ίσως μεταμορφώθηκε σε μία και άρχισε να τριγυρνάει εδώ κάτω", αστειεύτηκε ο Έιμπ, δεχόμενος μια ελαφριά αγκωνιά στα πλευρά από τον Άνταμ. "Έι, πρόσεχε, μπορώ ακόμα να σε πλακώσω στο ξύλο".

"Στα όνειρά σου, γέρο." Ο Άνταμ άναψε το φως φθορισμού, αποκαλύπτοντας τον εκπληκτικά ευρύχωρο χώρο έρευνας, γεμάτο με δύο αλουμινένια τραπέζια ανατομίας, ράφια γεμάτα χημικά και ποτήρια ζέσεως, βάζα και πολυάριθμα αξεσουάρ. Υπήρχε μια βιβλιοθήκη γεμάτη με ιατρικά βιβλία δίπλα σε έναν σταθμό εργασίας με δύο υπολογιστές. Κατά μήκος του απέναντι τοίχου υπήρχαν κλουβιά που προορίζονταν για τα πειραματόζωα, αν και μόνο ένα φαινόταν να είναι κατειλημμένο αυτή τη στιγμή. "Εμπρός, παιδιά, ρίξτε μια ματιά".

Οι τρεις τους πήγαν στο κλουβί και κοίταξαν το ζώο που κοιμόταν. Είδαν ένα κουνέλι να κοιμάται σε μια φωλιά από τεμαχισμένες εφημερίδες και καθώς το εξέτασαν είδαν κάτι που φαινόταν να είναι δύο μαύρα πίσω πόδια κάτω από την ολόλευκη σαν χιόνι κοιλιά του.

"Θεέ μου, Άνταμ", κούνησε το κεφάλι του ο Ισαάκ. "Δεν τα παρατάς ποτέ, έτσι;"

"Είναι σε καλή φόρμα μετά από δύο εβδομάδες", είπε ο Άνταμ με υπερηφάνεια. "Το σώμα του δεν απορρίπτει τα άκρα και δεν δείχνει κανένα σημάδι δυσφορίας. Τα άκρα δεν είναι λειτουργικά, αλλά, από την άλλη, δεν είχα τον Έιμπ εδώ για να κάνει την επέμβαση στα νεύρα".

"Λοιπόν, τι αποδεικνύει αυτό;" απαίτησε ο Έϊμπ . "Μπορείς να ξαναβάλεις πόδια σε κάποιον, ακόμα κι αν δεν λειτουργούν; Νομίζω ότι οι περισσότεροι από τους ακρωτηριασμένους που επιστρέφουν από το Αφγανιστάν θα προτιμούσαν τα μηχανικά. Τουλάχιστον μπορούν να τρέχουν με αυτά".

"Κοίτα πίσω σου", πρότεινε ο Άνταμ.

Οι τρεις άντρες γύρισαν και είδαν μια μαύρη γάτα να τους πλησιάζει παραπατώντας. Είχε μια αξιοσημείωτη χωλότητα στα πίσω πόδια της, τα οποία και τα δύο ήταν λευκά από τις αρθρώσεις μέχρι τις πατούσες. Πλησίασε και άρχισε να τρίβεται στοργικά πάνω τους.

"Γαμώτο." Ο Έιμπ έπεσε στα γόνατά του και άρχισε να εξετάζει τη γάτα. Μπορούσε να νιώσει τις χειρουργικές τομές όπου ήταν προσκολλημένα τα πίσω πόδια, αλλά δεν μπορούσε να διακρίνει καμία ανωμαλία. Αν δεν ήταν το χρώμα, η επέμβαση θα φαινόταν ως μια επιτυχημένη προσπάθεια να επανακολληθούν δύο κομμένα άκρα. "Το έκανες όλο αυτό μόνος σου;"

"Δεν θα μπορούσα να τα καταφέρω χωρίς εσάς", είπε ο Άνταμ περήφανος. "Κύριοι, το βλέπω αυτό ως ένα πράσινο φως από τον Παντοδύναμο. Δεν υπάρχει κανένας λόγος στη γη για τον οποίο αυτό δεν πρέπει να συνεχιστεί. Βρισκόμαστε στα πρόθυρα μερικών από τις πιο πρωτοποριακές εξελίξεις στην ιστορία της ιατρικής".

"Εντάξει, είμαι ακόμα μέσα", συμφώνησε ο Ισαάκ καθώς αυτός και ο Νώε γονάτισαν για να επιθεωρήσουν οι ίδιοι τη γάτα. "Ας τελειώνουμε με το Χάνουκα, ώστε να μην λείπω από το σπίτι τη δύση του ηλίου. Ακόμα και το νοσοκομείο κάνει τόση παραχώρηση".

"Ξέρω ότι εσύ και ο Έιμπ έχετε οικογένειες, αλλά τουλάχιστον ο Νώε μπορεί να έρθει και να βοηθήσει. Είσαι εντάξει, Νώε;"

"Βέβαια", σήκωσε τους ώμους ο Νώε.

"Τώρα που γυρίσαμε τη γωνία, πρέπει να βρούμε έναν νέο χώρο εργασίας", επέμεινε ο 'Ανταμ Adam. "Μια τοποθεσία όπου θα μπορούμε να αλληλοεπιδρούμε με την κοινότητα και να εφαρμόζουμε τις γνώσεις μας στην παροχή υπηρεσιών. Σκεφτείτε το σαν μια μονάδα MASH, που αυτοσχεδιάζει και προσαρμόζεται ενώ εκτελεί χειρουργική επέμβαση με κεφτέδες".

"Περίμενε", είπε ο Ισαάκ. "Μιλάς για εργασία χωρίς άδεια, εκτός εγκεκριμένων εγκαταστάσεων; Αν μας πιάσουν, δεν θα ασκήσουμε ποτέ ξανά το επάγγελμα του γιατρού".

"Το μόνο που ζητώ είναι να με ακούσεις", επέμεινε ο Άνταμ.

Αποσύρθηκαν στον χώρο ανάπαυσης που είχε στήσει και που έμοιαζε με αίθουσα αναμονής σε ιατρείο, και κάθισαν και άκουσαν την παρουσίαση του Άνταμ. Συζητούσαν μέχρι αργά τη νύχτα και τελικά συμφώνησαν να συνεχίσουν να κυνηγούν ένα όνειρο ζωής που τελικά θα γινόταν ένας δαιμονικός εφιάλτης.

---

1. Μητροπολιτικό σωφρονιστικό κέντρο
2. Μητροπολιτικό σωφρονιστικό κέντρο

ΚΕΦΆΛΑΙΟ ΔΕΎΤΕΡΟ

"Πιστεύεις αυτές τις μαλακίες;"

"Θα σας πω κάτι, οι ένορκοι θα το καταπιούν", απάντησε ο Τόμι Τζάκσον καθώς οι δύο ντετέκτιβ έφυγαν από το MCC εκείνο το απόγευμα.

Πήραν μια βόλτα μέχρι το Manitoba's στο Lower East Side, ένα ροκ κλαμπ με θέμα το πανκ, στο οποίο έτυχε να συχνάζουν και οι δύο άντρες κατά τη διάρκεια του ελεύθερου χρόνου τους. Όπως ακριβώς σε όλους τους κλάδους, οι συνάδελφοι προσπάθησαν να βρουν κοινό έδαφος, παρά τις πολιτισμικές τους διαφορές, πάνω στο οποίο να δημιουργήσουν μια σύνδεση. Το ροκ εν ρολ έτυχε να λειτουργήσει και για τους δύο.

Παρήγγειλαν βαρελίσια μπύρα και έπιασαν έναν πάγκο στο αμυδρά φωτισμένο μπαρ, το οποίο ήταν σχεδόν έρημο εκτός από μερικά κολεγιόπαιδα και μερικούς ντόπιους που σταματούσαν πριν αρχίσουν να εμφανίζονται οι μοντέρνοι. Ο Τόμι είχε όρεξη για τσιγάρο, αλλά δεν είχε όρεξη να στέκεται μπροστά σαν κάποιο φρικιό της νικοτίνης που επιδίδεται στη συνήθειά του. Θυμήθηκε τις μέρες που ο πατέρας του (ο οποίος πέθανε από καρκίνο του πνεύμονα) μπορούσε να ανάψει τσιγάρο ακριβώς στο μπαρ, πριν όλες αυτές οι οικολογικές αηδίες των γιάπηδων γίνουν νόμος του κράτους.

"Το να αμυνθούν ατομικά θα είναι η καλύτερη κίνησή τους", τόνισε ο Όριν καθώς ρουφούσε τη σκούρα μπύρα Moose Drool. "Όταν οι ένορκοι δουν τον κακομοίρη εκεί πάνω να κοιτάζει σαν ελάφι στα φώτα της δημοσιότητας, θα καταλάβουν ότι τον έχουν κοροϊδέψει. Θα ψάξουν να το φορτώσουν σε κάποιον από τους άλλους, και αυτή τη στιγμή τα λεφτά μου είναι στον Ράουχ. Ακούσατε τον Μπίρνμπαουμ. Όλο το πράγμα ξεκίνησε στο υπόγειο εργαστήριο του Ράουχ. Ο εισαγγελέας θα παρουσιάσει τον Ράουχ ως βαρόνο Φρανκενστάιν".

"Ναι, και ο Μπιρνμπάουμ θα είναι αυτός που θα ανοίξει την τρύπα για τους άλλους". Ο Τόμι συλλογίστηκε τον πισινό μιας από τις φοιτήτριες. "Οι Εβραίοι δικηγόροι τους θα επικεντρωθούν σε ό,τι πετύχει για να απαλλαγεί ο Μπιρνμπάουμ και θα προσπαθήσουν να κάνουν συμφωνία στην έφεση. Αυτή τη στιγμή, φαίνεται ότι το κοινό είναι διχασμένο. Οι περισσότερες μειονότητες και οι φιλελεύθεροι θέλουν να τους δουν κρεμασμένους. Πολλοί άλλοι άνθρωποι πιστεύουν τις μαλακίες του Δρ Κύκλωπα".

"Δεν το πιστεύεις." Ο Όριν τον κοίταξε.

"Έλα, Ράμπερσαντ", είπε ο Τόμι. "Κάποιος τρελός γιατρός τους προπονεί για να κάνουν όλα αυτά τα περίεργα πειράματα, αλλά αυτός είναι που στην πραγματικότητα μπαίνει μέσα και κάνει τη βρώμικη δουλειά; Είναι σαν ένα παιδί που στέκεται δίπλα σε ένα σπασμένο βάζο, με ψίχουλα παντού πάνω του, και λέει ότι το έκανε το Τέρας του Κουκιού".

"Πώς λοιπόν τέσσερεις σπασίκλες από το Brooklyn Heights πείθουν τον Τζέρομ Μπράουνι και την Γκέρι Λίντσεϊ να έρθουν στο υπόγειο του κτηρίου Κτίριο τους στο 'Ηστ Χάρλεμ για να αλλάξουν ανταλλακτικά;" Ο Όριν επέμεινε. "Μιλάμε για έναν σούπερ σταρ του NBA και ένα διεθνές μοντέλο, διαφορετικοί σαν τη μέρα με τη νύχτα. Και οι δύο είπαν ότι παρασύρθηκαν σε μέρη συνάντησης, μετά τους νάρκωσαν και τους απήγαγαν. Κανείς από τους δύο δεν μπαίνει σε λεπτομέρειες ως προς το ποιον συνάντησαν για ποιο λόγο- πρόκειται για φίλους φίλων. Ξέρουμε και οι δύο ότι πρόκειται για ναρκωτικά, αλλά πώς εμπλέκονται αυτοί οι τέσσερις βλάκες με τα ναρκωτικά;".

"Γι' αυτό διάλεξαν το Ανατολικό Χάρλεμ", τόλμησε ο Τόμι. "Είτε είναι σπασίκλες είτε όχι, πρέπει να ξέρουν ότι τα λεφτά μιλάνε και οι μαλακίες περπατάνε με τους ναρκομανείς. Αρχίζουν να επιδεικνύουν τα διαθέσιμα μετρητά τους εκεί πάνω και έχουν πολλούς αράπηδες στην αναμονή καθώς και τοξικομανείς που θα κάνουν ό,τι τους ζητήσουν για την επόμενη δόση τους. Όσο δεν παρεμβαίνουν στις δουλειές κανενός, οι έμποροι δεν δίνουν σημασία. Ειδικά αν οι γιατροί αγοράζουν κοκαΐνη να κρατούν ικανοποιημένους τους υπηρέτες τους".

"Αυτό είναι πολύ μεγάλο, φίλε", δήλωσε ο Όριν κουνώντας το κεφάλι του. "Πώς περιμένει ο αρχηγός Μάντεν να τυλίξουμε τα χέρια μας γύρω από κάτι τέτοιο;"

"Λέω να μείνουμε στην κορυφή και να κατεβούμε προς τα κάτω. Έχουμε ακόμα τους άλλους τρεις γιατρούς να πάρουμε συνέντευξη, μετά θα μιλήσουμε με την Πατς και τον Κόμπο. Μόλις έχουμε αρκετό υπόβαθρο, μπορούμε να επισκεφτούμε τον Μπράουν και τη Λίντσεϊ. Νομίζω ότι μέχρι τότε θα έχουμε αρκετά στοιχεία για να βγούμε έξω και να κάνουμε κάποιες συλλήψεις. Αν βρούμε τη σύνδεση με τα ναρκωτικά, θα έχουμε αρκετά στοιχεία για να κάνουμε ή να ακυρώσουμε την υπόθεση του Δρ. Κύκλωπα".

"Στοιχηματίζω δέκα δολάρια ότι υπάρχει ένας Δρ Κύκλωπας που αποδεικνύεται ότι είναι ένας από τους μέντορές τους από το λύκειο ή το κολέγιο, ο οποίος τους καθοδήγησε σε αυτόν τον δρόμο", τον προκάλεσε ο Όριν.

"Είσαι μέσα!" Ο Τόμι του χάρισε ένα στραβό χαμόγελο καθώς ρουφούσε το Γκίνες του. "Το μόνο μονόφθαλμο τέρας που θα βλέπουν όταν τελειώσει αυτή η έρευνα είναι το πουλί μου. Έλα, πάμε για φαγητό και μετά πάμε να μιλήσουμε στον Έιμπ Τζάβιτς".

~

Στη συνέχεια συμφωνούσαν ότι ο Τζάβιτς Τζάβιτς έμοιαζε με μια νεανική εκδοχή του Εντε Άσνερ. Ήταν ένας κοντός, γεροδεμένος άνδρας με την παραιτημένη συμπεριφορά κάποιου που είχε αποδεχτεί τη μοίρα του ως δεδομένη. Στην αρχή ήταν σιωπηλός, σίγουρος ότι οι ντετέκτιβ θα προσπαθούσαν να τον ξεγελάσουν για να πει κάτι που θα μπορούσαν να χρησιμοποιήσουν εναντίον του στο δικαστήριο. Μόνο αφού τον έπεισαν ότι απλώς συνέχιζαν από εκεί που είχε μείνει ο Μπίρνμπαουμ, χαλάρωσε κάπως.

"Λοιπόν, αυτό πρέπει να σας φρίκαρε." Ο Τόμι έφερε καφέ και για τους τρεις τους. "Το να βλέπετε ένα κουνέλι και μια γάτα να περπατούν με μεταμοσχευμένα πόδια. Πρέπει να ήταν ακόμα πιο συγκλονιστικό για σένα, που είσαι γιατρός. Γνωρίζοντας όσα ξέρεις γι' αυτά τα πράγματα, θα σε εντυπωσίαζε ακόμα περισσότερο από κάποιον τύπο του δρόμου, που θα νόμιζε ότι ήταν απλώς άλλη μια επιστημονική ανακάλυψη".

"Λοιπόν, κανείς δεν πίστεψε ούτε για ένα λεπτό ότι θα λειτουργούσε στους ανθρώπους". Ο Τζάβιτς πέρασε τα χέρια του από τα αραιωμένα, γκρίζα μαλλιά του. "Υπήρχαν πάρα πολλές δοκιμές που έπρεπε να γίνουν. Ξέραμε πόσο πολύ ήθελε ο Άνταμ να δουλέψει, και σκεφτήκαμε ότι μπορεί να είχε αποσιωπήσει κάποιες από τις διαγνώσεις του μετά την επέμβαση. Ακόμα κι έτσι, όλοι μας σηκώσαμε τη γάτα και ελέγξαμε τα δάχτυλα των ποδιών της, και νομίζω ότι όλοι μας πιθανώς δώσαμε ένα μικρό τσίμπημα στους μηρούς για να δούμε αν ένιωθε κάτι. Ήταν πολύ καλό για να είναι αληθινό.

"Κάπου έπρεπε να υπάρχει κάποιο σφάλμα και δεν είχαμε άλλη επιλογή από το να συνεχίσουμε από εκεί που είχαμε μείνει. Ήταν μια απίστευτη εξέλιξη πέρα από το σημείο που περιμέναμε να φτάσουμε εκείνη τη στιγμή. Παρόλα αυτά, υπήρχε πολύ δουλειά μπροστά μας, όλοι το ξέραμε αυτό.

Όταν μας είπε για το κτίριο Κτίριο , το πρώτο πράγμα για το οποίο όλοι ανησυχούσαν ήταν η επένδυση, ο χρόνος και τα χρήματα. Μας είπε ότι κόστιζε περίπου 200 δολάρια το μήνα στον καθένα , και δεν ήμασταν πολύ χαρούμενοι γι' αυτό. Το χειρότερο ήταν ότι έπρεπε να πηγαίνουμε στο γκέτο αυτό μερικές φορές την εβδομάδα για να μπαίνουμε μέσα.".

"Λοιπόν, πείτε μας πώς ήταν όταν είδατε το νέο σας εργασιακό περιβάλλον", ρώτησε ο Όριν. "Πώς σας φάνηκε το Χάρλεμ, αφού περάσατε το μεγαλύτερο μέρος της ζωής σας ανάμεσα στο Μπρούκλιν Χάιτς και το Γκρίνουιτς Βίλατζ;"

"Σαν σκατά, φίλε μου", τον κοίταξε επίμονα ο Τζάβιτς. "Σαν σκατά."

Θυμήθηκε τη διαδρομή με ταξί στην Οδό Ήστ 137 και τη Λεωφόρο Λένοξ με τρεις φίλους του λίγο μετά την Ημέρα της Εργασίας πέρυσι. Ήταν αργά το απόγευμα και μόλις είχαν σχολάσει από την πρωινή βάρδια. Ο Άνταμ το είχε προγραμματίσει έτσι ώστε να δουν το μέρος, να πάνε για φαγητό μετά και να πάρουν μια απόφαση. Είχε τηλεφωνήσει στον ιδιοκτήτη του κτιρίου από πριν και είχε πληρώσει τον ταξιτζή να τους περιμένει, ώστε να μην φαίνονται ως ώριμοι στόχοι για ληστές όταν θα επέστρεφαν έξω.

Παρά τα όσα διακήρυξε το Γραφείο του Δημάρχου σχετικά με την επιτυχημένη εκστρατεία του Δήμου για την ανάκτηση του Ανατολικού Χάρλεμ και την ανακαίνιση της γειτονιάς, τα σημάδια της κακοδαιμονίας ήταν ορατά παντού. Όλα τα καταστήματα ήταν κλειστά και οι πάγκοι προστατεύονταν από πλεξιγκλάς στο εσωτερικό τους. Τα κτίρια ήταν γραμμένα με γκράφιτι, τα οποία χρησίμευαν για να οριοθετούν την επικράτεια των συμμοριών. Άνθρωποι του δρόμου έσπρωχναν καροτσάκια γεμάτα με προσωπικά αντικείμενα κατά μήκος του πεζοδρομίου, συναναστρεφόμενοι με πρεζόνια που πηγαινοέρχονταν, προσπαθώντας να αποσπάσουν ψιλά για την επόμενη δόση τους. Μέλη και μέλη συμμοριών περπατούσαν πάνω-κάτω στο δρόμο, και το μαύρο αυτοκίνητο τελευταίου μοντέλου που ήταν παρκαρισμένο μπροστά από το ταξί κέντρισε το περαστικό τους ενδιαφέρον.

Ο Στου Σαπίρο βγήκε από το μαύρο αυτοκίνητο και ήρθε να συναντήσει τους επιφυλακτικούς γιατρούς καθώς έβγαιναν από το ταξί. Αντάλλαξαν χαιρετισμούς προτού ο Σαπίρο τους οδηγήσει στο κτίριο με τις ατσάλινες πόρτες και στη συνέχεια τους οδήγησε στον στενό διάδρομο του πρώτου ορόφου, όπου τους έδειξε τον πίσω χώρο.

"Βλέπεις, εδώ είναι ο ανελκυστήρας που σου έλεγα". Ο Σαπίρο σήκωσε τη συρόμενη ξύλινη πόρτα στον πίσω τοίχο. Ήταν ένας ψηλός, ξανθός άντρας με ευχάριστο χαρακτήρα. "Είναι κάπως παμπάλαιο, αλλά, όπως συζητήσαμε, αν θέλετε να το χρησιμοποιήσετε ή να το αναδιαμορφώσετε, δεν έχω αντίρρηση. Αν θέλετε να το μεγαλώσετε, να το τροποποιήσετε, να το μετατρέψετε σε ασανσέρ ή απλώς να το πειράξετε ώστε να μπορείτε να μεταφέρετε πράγματα πάνω και κάτω, κάντε το. Απλά φρόντισε τα καλώδια να περάσουν πίσω στον μετρητή σου για να μην χρεωθώ, εντάξει;".

Ξεκλείδωσε την ατσάλινη πόρτα που οδηγούσε στον υπόγειο χώρο και άναψε το φως για να τους οδηγήσει κάτω από τα στενά σκαλοπάτια. Κατέβηκαν και δεν εντυπωσιάστηκαν ιδιαίτερα από τα πρόχειρα πλακάκια και τις επενδύσεις στον κατά τα άλλα ευρύχωρο χώρο. Ο χώρος ήταν περίπου 60'x30' με ένα άθλιο χώρισμα που δημιουργούσε έναν προθάλαμο κατά μήκος της ανατολικής πλευράς. Ο χώρος μύριζε μούχλα και φρέσκο γύψο, μαζί με μια υποψία σπρέι για έντομα.

"Όπως είπα, έχω ξεπεράσει τα όρια του μυαλού μου εδώ, οπότε όποια αναδιαμόρφωση θέλεις να κάνεις, κάνε την. Πρέπει να το αφήσω όπως είναι. Τα υδραυλικά έχουν ανακαινιστεί με PVC, αλλά ο αρχικός χαλκός είναι ακόμα στους τοίχους. Αυτός είναι ένας λόγος για τον οποίο πρέπει να κρατάμε τις πόρτες κλειδωμένες, γιατί έχουν υπάρξει περιστατικά διαρρήξεων από ανθρώπους που προσπαθούν να βγάλουν τους χάλκινους σωλήνες. Πάντα να ελέγχετε την εξώπορτα όταν έρχεστε ή φεύγετε. Η πόρτα σας εδώ είναι σταθερή. Κάποιος θα είχε περισσότερες πιθανότητες να διαρρήξει το κλιμακοστάσιο για να μπει εδώ μέσα, παρά να περάσει από αυτή την πόρτα".

"Εντάξει, άσε με να μιλήσω με τους συνεργάτες μου εδώ και θα σε πάρω τηλέφωνο το πρωί". Έδωσαν τα χέρια για άλλη μια φορά.

"Ξέρεις, όταν ένας γιατρός σου λέει ότι θα σου τηλεφωνήσει πρωί-πρωί, συνήθως δεν είναι κάτι καλό". Ο Σαπίρο προσποιήθηκε τον εκνευρισμένο πριν γελάσει και χτυπήσει ελαφρά τον ώμο του Άνταμ. "Μπα, με την ησυχία σου. Όπως σου είπα, μόλις πήρα αυτό το μέρος και έριξα ένα σωρό λεφτά για να το φτιάξω. Έχω ήδη νοικιάσει τον τελευταίο όροφο σε έναν τύπο του θεάτρου. Προσπαθώ να βάλω επαγγελματίες ανθρώπους εδώ μέσα. Μετά θα νοικιάσω τον τρίτο όροφο, μετά τον δεύτερο και μετά αυτόν. Όλα παίρνουν χρόνο. Ξέρεις πώς πάει. Αλλά αν θες να το δοκιμάσεις, θα περάσω με τα χαρτιά και τα κλειδιά- πάρε με τηλέφωνο".

Όταν βγήκαν έξω, είδαν έκπληκτοι ένα περιπολικό διπλοπαρκαρισμένο δίπλα στην Κάντιλακ του Σαπίρο

"Αυτοί οι τύποι είναι από το 250 Τμήμα", ε ξήγησε ο Σαπίρο καθώς συνόδευε τους γιατρούς στο ταξί τους. "Είναι πολύ άνετοι εκεί πέρα. Θα περάσουν από εκεί αν τους τηλεφωνήσεις. Απλά μην το παρακάνεις, καταλαβαίνεις τι εννοώ".

Ο Σαπίρο πήγε να συνομιλήσει με τους αστυνομικούς, καθώς οι γιατροί εξέταζαν το ζοφερό έδαφος. Ο ταξιτζής άρχισε να γκρινιάζει στον Άνταμ, ο οποίος έβγαλε άλλο ένα χαρτονόμισμα από το πορτοφόλι του και το πέρασε από το παράθυρο του αυτοκινήτου.

"Λοιπόν, τι νομίζεις;" Τους ρώτησε ο Άνταμ.

"Νομίζω ότι είσαι *τρελός.* " Ο Έιμπ χτύπησε τον κρόταφό του. "Αν με ρωτήσει η γυναίκα μου πού θα είμαι, θα της πω να πάρει ταξί στην 137η και Λένοξ και μετά να ακολουθήσει τα όρνια".

"*Είσαι* το μοναδικό όρνιο στη Νέα Υόρκη", τον πείραξε ο Άνταμ. "Κοίτα, αν απευθυνθούμε σε κάποιους ανθρώπους εδώ στην κοινότητα και βρούμε κάποιους να προσέχουν το μέρος, θα είναι τέλειο. Αν μας δουν να μπαινοβγαίνουμε με τα πειραματόζωα, θα πούμε στον κόσμο ότι κάνουμε περιποίηση κατοικίδιων ζώων ή κάτι τέτοιο. Κανείς από το Χάϊτς ή το Βίλατζ δεν θα έχει ιδέα ότι είμαστε εδώ. Είναι πολύς χώρος κάτω, οπότε αν δώσουμε μερικά δολάρια και τον φτιάξουμε, μπορούμε να τον μετατρέψουμε σε έναν αξιοπρεπή χώρο εργασίας. Τι λες;"

"Παιδιά, έχετε ένα δολάριο για να πάρω κάτι να φάω;"

Ήταν μοιραίο να συμβεί. Τότε ήταν που μπήκε στη ζωή τους η η Πατς.

Η μαύρη γυναίκα είχε ύψος περίπου 1,80 μ., έμοιαζε με την Γούπι Γκόλντμπεργκ με πλεγμένα και ματ μαλλιά. Φορούσε ένα κάλυμμα στο αριστερό της μάτι και το δέρμα της ήταν γεμάτο πληγές.

"Μένεις εδώ γύρω;" ρώτησε ο Άνταμ.

"Βεβαίως, εκεί πάνω στο δρόμο", απάντησε. "Είστε από την πόλη;"

"Όχι κυρία μου, μπορεί να είμαστε οι νέοι ενοικιαστές εδώ. Είμαι ο Άνταμ και αυτοί είναι οι φίλοι μου".

"Λοιπόν, είμαι η Γουόλτεριν . Οι άνθρωποι εδώ γύρω με φωνάζουν Πατς, εξαιτίας αυτού, ξέρεις".

"Εντάξει, Πατς. Είμαστε αρκετά καινούργιοι εδώ γύρω και ελπίζαμε να συναντήσουμε κάποιον που θα μπορούσε να μας βοηθήσει να αποκτήσουμε μια αίσθηση της γειτονιάς. Ίσως ακόμη και να προσέχει το κτίριο για εμάς όσο θα λείπουμε. Ξέρεις κανέναν εδώ γύρω που θα μπορούσε να μας δώσει ένα χεράκι;"

"Ω, τους ξέρω όλους εδώ γύρω". Εμφανίστηκε ενθουσιασμένη. "Είμαι εδώ γύρω όλη την ώρα. Είμαι ο κατάλληλος άνθρωπος για να μιλήσεις. Αν δεν τους ξέρετε όλους, κανένα πρόβλημα. "

"Θα σου πω κάτι, Πατς." Ο Άνταμ έβγαλε ένα πεντάευρω από το πορτοφόλι του, κάνοντας το κατακόκκινο μάτι της να ανοίξει. "Αν αποφασίσουμε να μετακομίσουμε, μπορεί να έχω μια ευκαιρία για σένα. Θα σκεφτόσουν να μείνεις εδώ τη νύχτα για, ας πούμε, είκοσι δολάρια την εβδομάδα; Θα πρέπει να παραμείνεις κλειδωμένη για περίπου οκτώ ώρες περίπου, αλλά θα υπάρχει διαθέσιμη τουαλέτα, μέρος για να κοιμηθείς, φαγητό και νερό. Συν θέρμανση το χειμώνα".

"Λοιπόν, θα με κλειδώσεις μέσα, όπως στο καταφύγιο".

"Ναι, αλλά θα έχεις το σπίτι για τον εαυτό σου. Τελικά, θα είναι πιο ωραίο μόλις μεταφέρουμε κάποια έπιπλα, όπως μια τηλεόραση και τέτοια".

"Έι, θα το δοκιμάσω, γιατί όχι;"

"Ωραία." Ο Άνταμ της έσφιξε το βρώμικο χέρι. "Θα σε συναντήσω εδώ αύριο τέτοια ώρα και θα κανονίσουμε τα πάντα".

Οι τρεις φίλοι του ήταν γεμάτοι αμφιβολίες καθώς πήγαιναν στα Starbucks κοντά στο Πανεπιστήμιο της Νέας Υόρκης για να συμπαρασταθούν . Μέχρι να φτάσουν στο καφέ, ο Έϊμπ ήταν ο πιο φωνακλάς απ' όλους.

"Δηλαδή, τι, θα κλειδώσεις αυτήν την αλήτισσα της πιάτσας μέσα με τον εξοπλισμό μας τη νύχτα;" Ο Έιμπ βροντοφώναξε. "Δεν βλέπεις τηλεόραση; Κάποια συμμορία θα της δώσει ένα κινητό τηλέφωνο και θα βγάζει φωτογραφίες όλα όσα έχουμε εκεί κάτω. Θα περιμένουν μέχρι να φορτωθούμε, μετά θα κατέβουν με καραμπίνες και θα μας καθαρίσουν με την απειλή όπλου".

"Αυτό είναι που λέμε καταιγισμός ιδεών". Ο Άνταμ έσκυψε απέναντι από το τραπέζι προς το μέρος του. "Σκεφτείτε τα χειρότερα σενάρια, και εμείς παρέχουμε διορθωτικά μέτρα. Θα της το αναφέρω και θα την ψάξω πριν την κλειδώσω μέσα. Κοίτα, η εμπιστοσύνη είναι αμοιβαία. Πρέπει να μάθει να μας εμπιστεύεται όπως την εμπιστευόμαστε κι εμείς. Πρέπει επίσης να απευθυνθούμε στις αδυναμίες της. Φαγητό, στέγη, χρήματα, συν κάποια προνόμια κατά καιρούς. Είναι σαν να εξημερώνεις ένα άγριο ζώο, είναι μια σταδιακή διαδικασία. Εξάλλου, τα οφέλη είναι τεράστια. Αν μας βοηθήσει να συνδεθούμε με κάποιους από τους άλλους ανθρώπους του δρόμου, μπορούν να μας βοηθήσουν να προσέχουμε το μέρος, συν το ότι θα είναι τα μάτια και τα αυτιά μας. Μπορεί επίσης να μπορέσουν να μας βοηθήσουν να πάρουμε κάποια πράγματα που θα χρειαστούμε για την έρευνά μας".

"Σαν τι;" ρώτησε αμφίβολα ο Ισαάκ, ρίχνοντας κρέμα γάλακτος στο φλιτζάνι του.

"Εθελοντές για την έρευνά μας", είπε απρόθυμα ο Άνταμ. "Συν τα ναρκωτικά."

"*Τι!*" απαίτησε ο Έιμπ έκπληκτος. "Αυτό ήταν, φεύγω".

"Κοίτα, λογικέψου", επέμεινε ο Άνταμ, καθώς οι υπόλοιποι έμειναν έκπληκτοι. "Είδατε πού πάει αυτό στο σπίτι μου. Αυτό θα περιλαμβάνει χειρουργική επέμβαση κάποια στιγμή, και είδατε τι συνέβη σε εκείνο το πείραμα με το πρώτο κουνέλι πριν από μερικές εβδομάδες. Θέλετε να προσπαθήσει κάποιος να κόψει ένα από τα άκρα του αν κάτι πάει στραβά; Και πόση μορφίνη νομίζεις ότι θα μπορέσουμε να κλέψουμε από το Μπέλβιου πριν κάποιος το πάρει χαμπάρι; Κοιτάξτε, αυτό είναι, παιδιά. Τώρα ή ποτέ. Μας έβαλα στην αρένα. Τώρα, πρέπει όλοι να παίξουμε σαν ομάδα για να παραμείνουμε εκεί".

"Θα βαδίσουμε σε βαθιά νερά, και είμαι σίγουρος ότι όλοι εδώ το καταλαβαίνουν". Ο Ισαάκ ήπιε τον καφέ του. "Ο Έιμπ ανησυχεί για τους κινδύνους όσο κι εγώ και ο Νώε. Δεν διακινδυνεύουμε μόνο την καριέρα μας, αλλά μπορεί να ρισκάρουμε και κάποια φυλάκιση. Σκέφτομαι ότι ίσως θα έπρεπε να είσαι εσύ μπροστάρης στην επιχείρηση. Αν είσαι πρόθυμος να κάνεις όλη τη βαριά δουλειά, τότε αυτό θα είναι ένα δίκαιο αντάλλαγμα για τη συνεργασία μας. Θα συνεισφέρουμε ό,τι μπορούμε, αλλά εσύ θα βάλεις το όνομά σου στο συμβόλαιο και θα έχεις να κάνεις με τους ανθρώπους της πιάτσας.

"Αν σε συλλάβουν για τα ναρκωτικά, θα πρέπει να σου γυρίσουμε την πλάτη. Ξέρω ότι ακούγεται ψυχρό, αλλά μιλώ εκ μέρους όλων εδώ μέσα λέγοντας ότι εκτιμούμε τη φιλία σου και σε αγαπάμε σαν αδελφό. Ξέρουμε ότι είσαι στα πρόθυρα κάτι σπουδαίου εδώ, αλλά δεν μπορούμε να ρισκάρουμε το μέλλον των οικογενειών μας, όποιο κι αν είναι το κόστος".

"Εντάξει", υποχώρησε ο Άνταμ. "Εντάξει. Απλώς θέλω να συνειδητοποιήσετε τι συμβαίνει εδώ αν παραδώσουμε τη μπάλα τόσο νωρίς στο παιχνίδι. Πρώτα απ' όλα, θα μας επιβληθούν κυρώσεις για όλα όσα έχουμε ήδη καταφέρει. Μπορείς να φανταστείς τι θα έκαναν η ASPCA, η PETA και κάθε άλλη καταραμένη υπηρεσία; Δεύτερον, το νοσοκομείο πιθανόν να μας πιέσει να πουλήσουμε τα δικαιώματα σε κάποια ερευνητική εταιρεία. Αυτό τους στέλνει στην Ουάσινγκτον, και δεν θα έπαιρναν τις απαραίτητες κυρώσεις για να δουλέψουν με ανθρώπινα υποκείμενα για άλλη μια δεκαετία. Η ώρα μας είναι τώρα, φίλοι μου. Υποστηρίξτε με σε αυτό. Αν θέλετε να σηκώσω εγώ το βάρος της ευθύνης, εντάξει. Είναι τόσο σημαντικό για μένα. Δεν μπορώ όμως να το κάνω μόνος μου- πρέπει να ξέρω ότι είστε μαζί μου".

"Θα σου κόβω μια επιταγή μια φορά το μήνα για ό,τι χρειάζεσαι, σε λογικά πλαίσια, και θα έρχομαι μια φορά κάθε δύο εβδομάδες και θα κάνω ό,τι μπορώ", παραδέχτηκε ο Έιμπ. "Έχω μια γυναίκα και τέσσερα όμορφα παιδιά στο σπίτι. Ακόμη κι αν βρισκόμασταν στα πρόθυρα της θεραπείας του καρκίνου, η οικογένειά μου εξακολουθεί να προηγείται. Αυτό δεν θα αποτελέσει ποτέ αντικείμενο διαπραγμάτευσης, ποτέ. Αυτό είναι το μόνο που μπορώ να φέρω στο τραπέζι για σένα, Άνταμ".

"Αμήν σε αυτό", συμφώνησε ο Ισαάκ. "Αν είσαι εντάξει με αυτό, τότε είμαι κι εγώ".

"Υποθέτω ότι κι εγώ είμαι εντάξει", είπε ο Νώε.

"Λοιπόν, τι ... θα αφήσεις αυτούς τους δύο *βλάκες να* σε επηρεάζουν για το υπόλοιπο της ζωής σου;" Ο Άνταμ σήκωσε το φρύδι του στον Νώε.

"Τι εννοείς;" ρώτησε ο Νώε με θλίψη.

"Θα συμφωνήσεις με αυτή την ευτυχισμένη οικογένεια και την ασφαλή κατασκήνωση;" Ο Άνταμ χλεύασε. "Έχω δύο γάτες που με περιμένουν να τους ράψω κεφάλια σκύλων. Το *Καλημέρα Αμερική περιμένει να κάνει ένα αφιέρωμα γι' αυτές. Μπορεί* να καταλήξεις και στο εξώφυλλο του *Ρόλινγκ Στόουν* , όπως ο Τζοχάρ Τσαρνάεφ. Χρησιμοποίησε το μυαλό σου, *παλιομαλάκα*".

Ο Νώε τον κοίταξε εμβρόντητος πριν ξεσπάσουν όλοι σε γέλια που έσπασαν την ένταση.

~

"Εσύ είσαι, Άνταμ;"

Ανέβηκε με τα πόδια τις σκάλες μέχρι το διαμέρισμα του τρίτου ορόφου, όπου η μητέρα του διέμενε μόνη της στο κτίριο Κτίριο του Γκρέις Κορτ . Είχε μετατρέψει τα περισσότερα δωμάτια σε ιατρικές εγκαταστάσεις, όπου μοιραζόταν τον χρόνο του στο υπόγειο κάνοντας την έρευνά του. Το ευρύχωρο, καλά επιπλωμένο υπνοδωμάτιό της ήταν ο μόνος χώρος που εξακολουθούσε να θυμίζει κατοικία.

"Ναι. Μητέρα, έρχομαι αμέσως".

Πήγε στο παράθυρο και κοίταξε την εκπληκτική θέα του ορίζοντα της Νέας Υόρκης στον ποταμό Ήστ . Θυμήθηκε πώς αυτός και τα παιδιά καθόντουσαν στην Πλατεία ή σύχναζαν κάτω από τη γέφυρα του Μπρούκλιν όταν ήταν παιδιά, και ονειρεύονταν πώς θα είχαν τον κόσμο σε μια σειρά μια μέρα. Θα είχαν επενδύσει όλα τα χρήματά τους από τις ιατρικές τους δουλειές στη Γουόλ Στριτ, και θα μεγάλωναν όλο και περισσότερο, μέχρι που θα ήταν εκατομμυριούχοι στο Λονγκ Άιλαντ Σάουντ και θα έπλεαν με τα γιοτ τους στο Σάουθ Στριτ Σίπορτ για δείπνο κάθε βράδυ. Όλα θα ήταν τόσο εύκολα μεταξύ των τεσσάρων τους.

Μεταξύ των τεσσάρων τους.

"Άνταμ."

"Ναι, μητέρα. Πώς αισθάνεσαι; Θα ήθελες ένα ποτήρι γάλα πριν κοιμηθείς;"

"Χαίρομαι που δεν είπες πριν τον ύπνο", αστειεύτηκε, όπως πάντα.

Η Ναόμι Ράουχ ήταν μια όμορφη γυναίκα στα εξήντα της που υπέστη εγκεφαλικό επεισόδιο που της στέρησε τη χρήση των ποδιών της. Όταν διαπιστώθηκε ένας κακοήθης όγκος στο στήθος πριν από δύο χρόνια, αρνήθηκε περαιτέρω ιατρική περίθαλψη μέχρι που συμφώνησε να επιτρέψει στον Άνταμ να πραγματοποιήσει χειρουργική επέμβαση στο σπίτι. Από τότε, δεν έβγαινε πια από το σπίτι, επιμένοντας ότι ο Άνταμ αναλάμβανε όλες τις ιατρικές της ανάγκες. Τελικά αποφάσισε να εκμεταλλευτεί ό,τι μπορούσε από την κατάσταση και άρχισε να μοιράζεται τα οράματά του για το μέλλον με τη μητέρα του. Εκείνη, με τη σειρά της, άρχισε να απομυζά τις επενδύσεις που εκείνη και ο μακαρίτης σύζυγός της θα άφηναν ως κληρονομιά.

"Αυτές οι δέκα χιλιάδες θα βοηθήσουν πολύ στο να αλλάξουν ζωές". Ο Άνταμ τη φίλησε στο μάγουλο αφού του έδωσε την επιταγή. "Θα μπορέσουμε να συνεχίσουμε από εκεί που είχα μείνει κάτω. Είδες τον Πέρκι τον γάτο. Περπατάει μια χαρά τώρα. Πρέπει να τον δεις. Στο λέω, μαμά, μια μέρα θα περπατήσεις ξανά".

"Ω, σε παρακαλώ." Σήκωσε το χέρι της. "Έχω περπατήσει αρκετά σε αυτή τη ζωή. Κράτα τα θαύματά σου για κάποιο νεαρό παιδί που δεν έχει περπατήσει ούτε ένα βήμα στη ζωή του. Γι' αυτό είναι αυτά τα χρήματα. Και υποσχέσου μου ότι κανείς δεν θα πάθει κακό: ούτε ζώα, ούτε άνθρωποι, *κανείς δεν θα πάθει κακό*".

"Κανείς δεν θα πάθει κακό, μαμά". Της φίλησε το

χέρι. "Κανείς, ποτέ. Είμαι γιατρός. Έδωσα όρκο ότι θα σώζω ζωές, δεν θα κάνω κακό σε κανέναν".

"Αυτό είναι το αγόρι μου. Σ' αγαπώ, γιε μου".

"Κι εγώ σ' αγαπώ, μαμά. Θα φέρω το γάλα σου".

Ήξερε ότι έλεγε ψέματα στη μητέρα του. Ζώα είχαν υποφέρει και πεθάνει στο εργαστήριό του, και θα ακολουθούσαν πολλά ακόμη.

Ωστόσο, στους χειρότερους εφιάλτες του δεν μπορούσε ποτέ να ονειρευτεί τα βάσανα και τον θάνατο που θα ακολουθούσαν.

ΚΕΦΆΛΑΙΟ ΤΡΊΤΟ

"Έτσι, έχουμε τον Νώε, το καλό εβραιόπουλο, να πηγαίνει μαζί με τους φίλους του, να τον σέρνουν από τη μύτη και να πέφτει στο κολαστήριο. Ο τίμιος Έιμπ ακολουθεί ακριβώς από πίσω του, κόβει τις επιταγές, έρχεται και ελέγχει τους ασθενείς δύο φορές την εβδομάδα. Ποιος έχει μείνει εκτός από τον Ισαάκ Βαντίμ και τον ίδιο τον Ράουχ;" ρώτησε ο Τόμι Τζάκσον, παίρνοντας μια τελευταία, μεγάλη τζούρα από το Lucky Strike του πριν το πετάξει στον τοίχο του γκαράζ, όπου είχε παρκάρει δίπλα στον Όριν Ράμπερσαντ. "Καταλαβαίνεις πού πάει αυτό, έτσι δεν είναι; Θα συνεχίσουν να μεταθέτουν την ευθύνη. Ο Βαντίμ θα το περάσει και μετά ο Ράουχ θα τα φορτώσει όλα στον Κύκλωπα, ο οποίος δεν υπάρχει. Μας έχουν βάλει να κυνηγάμε την ουρά μας. Άκουσες πως το σχεδίασαν όλο αυτό πριν καν πάνε στην ιατρική σχολή. Νομίζεις ότι δεν κάθισαν ποτέ, κάτω από τη γέφυρα του Μπρούκλιν, και δεν μίλησαν για το τι θα έκαναν αν ένας από αυτούς μετατρεπόταν σε Ρίτσαρντ Κιμπλ;"

"Ποιος;" ρώτησε ο Όριν , μπερδεμένος.

"*Ο φυγάς*", ανταπάντησε ο Τόμι. "Δεν βλέπατε αμερικανική τηλεόραση από εκεί που ήρθες; "

"Άντε γαμήσου", καγχάζει ο Όριν. "Οπότε, γιατί δεν πάμε πίσω να το πούμε στον Γουίλαρντ;"

"Αποκλείεται." Ο Τόμι έβγαλε ένα φλασκί ουίσκι από την εσωτερική τσέπη του δερμάτινου μπουφάν του, ήπιε μια γουλιά και μετά το έδωσε στον Όριν. "Παίρνουμε την ιστορία από πρώτο χέρι, κανείς δεν ξέρει περισσότερα από εμάς. Αν βγεις στο δρόμο σε ένα μήνα από τώρα και σε πυροβολήσουν στο κεφάλι, μπορείς να αποσυρθείς και να πουλήσεις αυτή την ιστορία στο Πλεημπόη. Εξάλλου, είναι καλύτερο από το να ερευνάς ένα δωμάτιο γεμάτο με θύματα από αυτοκίνητο".

"Τι θα συμβεί όταν μάθουμε ότι υπάρχει ένας Κύκλωπας; Αν ο Ράουχ δεν τον παραδώσει, έχει τις περισσότερες πιθανότητες να εκτίσει ισόβια στη φυλακή. Γιατί δεν μιλάμε με τον Ράουχ μετά;"

"Θα μιλήσουμε με τον Ράουχ μετά και δεν θα έχει νόημα να τα βάλουμε με τον Βαντίμ . Η καλή έρευνα είναι σαν το καλό κρασί, σπάνια συναντάς κάτι τέτοιο. Πρέπει να το γευτείς, να το στριφογυρίσεις και να το γευτείς. Με την ησυχία μας, πάμε να δούμε τον Βαντίμ αύριο για δεκατιανό και μετά έχουμε τον Ράουχ για δείπνο".

"Ακούγεται σαν σχέδιο." Ο Όριν ανατρίχιασε με τη γουλιά του Τζακ Ντάνιελς. Δεν είχαν φάει τίποτα από τότε που συναντήθηκαν εκείνο το πρωί στο MCC.

Ο Τόμι έφτασε στο δυάρι διαμέρισμά του στην

Οδό Πρινς λίγο μετά τις επτά το απόγευμα εκείνης της ίδιας ημέρας. Τον εκνεύριζε το γεγονός ότι ξόδευε το ένα τρίτο του μισθού του για το ενοίκιο αυτού του σπιτιού, συν ένα επιπλέον χιλιάρικο το χρόνο μόνο και μόνο για να παρκάρει την Camry του. Ποτέ δεν είχε ονειρευτεί ότι θα μπορούσε να βγάζει 90 χιλιάδες δολάρια το χρόνο και να τα βγάζει μόλις και μετά βίας. Με δύο παιδιά που δεν πήγαιναν ακόμα σχολείο, η γυναίκα του έμενε στο σπίτι με κοινή συμφωνία. Θα ήταν ωραία όταν θα μπορούσε να επιστρέψει στη δουλειά της, αλλά μέχρι τότε, έπρεπε απλά να χαμογελάσει και να το υπομείνει.

"Γύρισε ο μπαμπάς!", φώναζε και ήταν αναπόφευκτα το καλύτερο μέρος της ημέρας του.

Τα κορίτσια, η πεντάχρονη Λωρέν και η δίχρονη Ντίρντρε , έτρεξαν στην αγκαλιά του καθώς έσκυψε να τα χαιρετήσει. Τις αγκάλιασε και τις φίλησε πριν σηκωθεί για να δώσει λίγη αγάπη στη Μορίν.

"Πώς ήταν η μέρα σου;" Η Μορίν , μια υπέροχη, μελιστάλαχτη Ιρλανδοαμερικανίδα, χάιδεψε το πρόσωπό του. "Φαίνεσαι κουρασμένος."

"Λοιπόν, ήμουν στο MCC με τους τρελούς επιστήμονες, ανάμεσα στα σφηνάκια με τον καινούργιο τύπο". Ο Τόμι έβγαλε το σακάκι του και το κρέμασε στην καπελιέρα δίπλα στην πόρτα. "Τι έχει για δείπνο;"

"Ιρλανδέζικο στιφάδο", απάντησε, παίρνοντας το σακάκι του και κρεμώντας το στη ντουλάπα, όπως έκανε κάθε φορά που γύριζε σπίτι. "Θέλεις μια μπύρα;"

"Πάλι στιφάδο;" Κατέβηκε στο τραπέζι της κουζίνας, καθώς τα κορίτσια επέστρεφαν στην τηλεόραση στο στενό αλλά άνετο σαλόνι.

"Κανείς δεν πήγε για ψώνια αυτό το Σαββατοκύριακο, θυμάσαι;", επιπλήττει. "Αν θες να προσέχεις τα κορίτσια για λίγο, μπορώ να τρέξω να πάρω μερικά πράγματα".

"Όχι, θα πάω όταν σχολάσω αύριο". Έτριψε τα μάτια του, ξεκουμπώνοντας το πουκάμισό του. "Ποιος στο διάολο ονειρεύτηκε ποτέ ότι το Ανθρωποκτονιών θα γινόταν έτσι;"

"Το κάνεις εδώ και τρία χρόνια. Έχεις μιλήσει με πολλούς από τους μεγαλύτερους. Ξέρεις τη ρουτίνα". Έριξε ένα μπολ με στιφάδο και το έβαλε στον φούρνο μικροκυμάτων.

"Η ζωή είναι μπερδεμένη." Έβαλε στόχο να τροποποιήσει το λεξιλόγιό του, καθώς είχαν συμφωνήσει ότι δεν θα υπήρχαν βωμολοχίες στο σπίτι αφού τα κορίτσια μάθουν να μιλούν. "Αυτό είναι το πρόβλημα, δεν είναι η δουλειά. Είναι η οικονομία, είναι η κοινωνία, είναι ο τρόπος που είναι ο κόσμος στις μέρες μας".

"Τι έλεγες πάντα για το ότι δεν μοιάζουμε με τους γονείς μας;" Έκοψε μια φέτα σπιτικού ψωμιού με σόδα από μια φρέσκια φρατζόλα. Παρά το γεγονός ότι γέννησε δύο παιδιά, ήταν εντυπωσιακά αδύνατη και θα μπορούσε να περάσει για φοιτήτρια, αν δεν υπήρχαν οι γραμμές ανησυχίας στο πρόσωπο της συζύγου ενός αστυνομικού.

"Ξέρεις, θα ρίξω εκατό δολάρια στο μπακάλικο και θα βγω με αρκετά χρήματα για να τα βγάλω πέρα μέχρι την επόμενη εβδομάδα", γκρίνιαξε. "Μερικές φορές, νομίζω ότι έχεις δίκιο - έπρεπε να μείνουμε στο Μπρούκλιν".

"Μπορούμε ακόμα να γυρίσουμε πίσω, μπορείς να μετατεθείς, έχεις βαθμό και αρχαιότητα τώρα.

Μπορούμε να μείνουμε με τους γονείς μου μέχρι να τακτοποιηθούμε".

"Δεν μπορεί να γίνει αυτό." Έβαλε τους αγκώνες του στο τραπέζι και έκανε μασάζ στο τριχωτό της κεφαλής του κουρασμένος. "Είμαστε εδώ τώρα. . Πρέπει να μετρήσω τις ευλογίες μου. Αν βάλουμε τα παιδιά στο σχολείο εδώ, μπορούμε να τα στείλουμε στο Γυμνάσιο Καλών Τεχνών και Σχεδιασμού ή στο Καλών Τεχνών του Γκράμερσι. . Μετά, μπορούν να πάνε στο Πανεπιστήμιο της Νέας Υόρκης. Μόλις φύγουν, θα μετακομίσουμε στη Φλόριντα και θα ζούμε σαν δυο πλούσιοι Εβραίοι για το υπόλοιπο της ζωής μας".

"Ναι, το Μεγάλο Αμερικανικό Όνειρο του Τόμας Τζάκσον", έγνεψε, βάζοντας μπροστά του το μπολ με το στιφάδο, μαζί με το ψωμί και μια φέτα βούτυρο σε ξεχωριστό πιάτο. "Αυτό, βέβαια, αν τα κορίτσια εξακολουθούν να αρέσκονται στο να ζωγραφίζουν και να ζωγραφίζουν όταν τελειώσουν το δημοτικό σχολείο".

"Πρέπει να υποστηρίζεις τα όνειρά τους, να τα βοηθάς να αναπτύξουν αυτό στο οποίο είναι καλές ". Ο Τόμι γεύτηκε μια κουταλιά από το εξαιρετικό στιφάδο της Μορίν. "Αν ο γέρος μου μου είχε δείξει ότι υπάρχουν κι άλλα πράγματα στη ζωή πέρα από το ποτό, ποιος ξέρει;"

"Μου είπες ότι το μόνο στο οποίο ήσουν καλός ήταν να δέρνεις ανθρώπους". Του έβαλε ένα ποτήρι παγωμένο νερό. "Ίσως έπρεπε να γίνεις πυγμάχος".

"Ααα", σήκωσε τους ώμους. "Πλούσιος, φτωχός, ζητιάνος, κλέφτης. Ξέρεις, αυτοί οι Εβραίοι είναι που με βάζουν σε σκέψεις. Θέλω να πω, αυτοί οι τέσσερις, κοίταξέ τους. Είχαν τα πάντα για να τα καταφέρουν, και κατέληξαν στα σκατά..."

"Μίλα καλύτερα.".

"Ναι, ναι. Τέλος πάντων, αναρωτιέσαι ποια είναι η δικαιοσύνη σε όλο αυτό. Εγώ είμαι εδώ, ξεσπιτώνομαι, προσπαθώ να εξασφαλίσω μια καλή ζωή για τη γυναίκα και τα παιδιά μου, και αυτοί οι τύποι τα παίρνουν όλα σε ασημένιο πιάτο. Μετά γυρίζουν και τα πετάνε στην τουαλέτα. Σου λέω, ίσως θα έπρεπε να τριγυρνάς στα μέρη τους στο Χάϊτς και να παντρευτείς έναν πλούσιο Εβραίο".

"Λοιπόν, υποθέτω ότι ήταν πολύ κακό για μένα που μου άρεσαν οι σκληροί άντρες. Οι Ιρλανδοί σκληροί άντρες", είπε, σφίγγοντας τον ώμο του καθώς στεκόταν πίσω του.

"Ναι, είμαι τυχερός." Έπιασε το χέρι της και το φίλησε.

"Και λοιπόν, είναι όλοι τους σνομπ και ψηλομύτες;" αναρωτήθηκε, καθισμένη στο τραπέζι δίπλα του. "Ποτέ δεν μιλάς πολύ για τους ανθρώπους από τους οποίους παίρνεις συνέντευξη".

"Όχι, αυτό είναι ακριβώς." Ο Τόμι δάγκωσε ένα κομμάτι βουτυρωμένου ψωμιού. "Είναι συνηθισμένοι τύποι, με γυναίκες και παιδιά, που ανησυχούν για τις δουλειές τους και προσπαθούν να τα καταφέρουν όπως εμείς. Μου εξηγούν πώς ξεκίνησαν όλα, και έχω ακόμα μερικές συνεντεύξεις να κάνω, αλλά ακόμα δεν μπορώ να καταλάβω πώς στο διάολο έφτασαν από το σημείο Α στο σημείο Γ".

"Δεν έχει να κάνει με το ότι είναι Εβραίοι, έτσι δεν είναι;"

"Μπα, απλά μιλάω. Ο σύντροφός μου είναι

Δυτικο-Ινδός, τι λες; Είμαι σαν τον Βρώμικο Χάρι. Μισώ τους πάντες εξίσου".

"Ωραία. Χαίρομαι που δεν μετατρέπεσαι σε αντισημίτη".

"Αυτό είναι αντισημίτης, παπαγαλάκι". Άπλωσε το χέρι του και χτύπησε στοργικά τη μύτη της με το δάχτυλό του. "Όχι, απλά δεν μπορώ να πιστέψω ότι έκαναν αυτό που έκαναν. Όσο περισσότερα μαθαίνω γι' αυτούς, τόσο λιγότερο λογικό είναι".

"Λοιπόν, κάποιος έβαλε ένα ρομποτικό χέρι στον Τζερόμ Μπράουνι , ακρωτηρίασε το πόδι της Γκέρι Λίντσεϊ και έκανε ένας Θεός ξέρει τι έκαναν σε αυτόν τον άνθρωπο τον Κόμπο". Κούνησε το κεφάλι της. "Βρήκατε τίποτα στοιχεία γι' αυτόν τον Δρ. Κύκλωπα;"

"Ακούγεσαι σαν τον Ράμπερσαντ με αυτά τα περί Κύκλωπα". Την κοίταξε επίμονα. "Πρέπει να διαβάζεις πάλι αυτές τις φυλλάδες".

"Τι, με τα κιάλια μου; Έχω να βγω από το σπίτι τέσσερις μέρες".

"Εντάξει, ας βάλουμε τη Ρέινι στο νηπιαγωγείο και την Ντι στο νηπιαγωγείο, και εσύ μπορείς να είσαι έξω όλη μέρα".

"Έλα, κόψε τις μαλακίες. Είναι πολύ αργά τώρα και το έχουμε ήδη συζητήσει. Το μόνο που λέω είναι ότι πρέπει να υπάρχουν περισσότερα από αυτά που μας δίνουν τα ΜΜΕ. Είσαι μέσα μαζί τους, Τόμι, τους μίλησες. Μόλις τελείωσες λέγοντας ότι είναι απλοί άνθρωποι. Μόνο τέρατα θα μπορούσαν να κάνουν αυτό που λένε τα ΜΜΕ ότι έκαναν".

"Γαμώτο, αυτό ήταν καλό." Άφησε κάτω το μπολ αφού καταβρόχθισε τις τελευταίες μπουκιές. "Τώρα, το επιδόρπιο."

"Λοιπόν, τι θέλεις;" ρώτησε.

Σηκώθηκε, της έπιασε το χέρι και της έκλεισε το μάτι.

"Όχι, δεν έχει. Έχω πονοκέφαλο".

"Ναι, ίσως."

"Όχι, σταμάτα." Σηκώθηκε, διαμαρτυρόμενη. "Τα κορίτσια είναι ακόμα ξύπνια".

"Δεν ενοχλούν τον μπαμπά όταν κοιμάται".

"Δεν είχα την ευκαιρία να κάνω ντους ακόμα". Γέλασε καθώς την τράβηξε στην κρεβατοκάμαρά τους.

"Σ' αγαπώ έτσι όπως είσαι", είπε καθώς η πόρτα έκλεινε πίσω τους.

~

Οι δύο ντετέκτιβ συναντήθηκαν στις 10 π.μ. στο MCC το επόμενο πρωί, και ο Isaac Vadim είχε βγει για να τους συναντήσει σε ένα από τα δωμάτια ανάκρισης. Ο Βαντίμ έδειχνε την ένταση της φυλάκισης και φαινόταν σαν να μην είχε κοιμηθεί πολύ. Όπως και ο Τζάβιτς, ήταν καχύποπτος και σιωπηλός στην αρχή. Ηρέμησε κάπως όταν διαπίστωσε ότι είχαν ήδη μιλήσει με τον Μπιρνμπάουμ και τον Τζάβιτς.

"Λοιπόν, ο Τζάβιτς μου είπε ότι δεν πήδηξε ακριβώς πάνω κάτω από τη χαρά του όταν νοίκιασες το Κτίριο Ρινί ". Ο Τόμι βυθίστηκε πίσω στη μεταλλική καρέκλα, καθώς ο Όριν άνοιξε το μαγνητόφωνο. "Πώς ήταν το πρώτο βράδυ που πήγες εκεί;"

"Ζήτησα από τον ταξιτζή να μείνει εκεί μέχρι να μπω μέσα και του έδωσα επιπλέον δέκα δολάρια για να επιστρέψει όταν τον καλέσω". Τα καστανόξανθα μάτια του Ισαάκ ξεχείλιζαν από ενέργεια, παρά την ατημέλητη εμφάνισή του. "Είχα επίσης ρυθμίσει το κινητό μου να καλεί το 100. Έτσι μπήκα την πρώτη φορά και έτσι μπήκα μέχρι το τέλος".

"Εσείς όμως κάνατε διασυνδέσεις". Ο Τόμι έσκυψε απέναντι από το τραπέζι και ένωσε τα δάχτυλά του. "Γνώρισες την Πατς και γνώρισες και τον Κόμπο. Κάποια στιγμή τα πράγματα έπρεπε να γίνουν πιο χαλαρά. Δεν είναι δυνατόν να φοβόσουν για τη ζωή σου κάθε φορά που πήγαινες εκεί πάνω".

"Μου διάβασαν τα δικαιώματα Miranda όταν με συνέλαβαν και έχω ήδη μιλήσει με τον δικηγόρο μου", απάντησε ο Ισαάκ . "Ξέρεις πολύ καλά ότι δεν χρειάζεται να πω άλλη λέξη μέχρι να τον φέρεις εδώ μέσα. Ξέρουμε επίσης πως ό,τι πω μπορεί να χρησιμοποιηθεί εναντίον μου. Δεν πρόκειται να σε αφήσω να με οδηγήσεις να ενοχοποιήσω κανέναν άλλο".

"Εντάξει, σας προστάτεψαν, ας το θέσουμε έτσι", σήκωσε τους ώμους ο Τόμι. "Αν δεν είχατε μιλήσει για εσάς, η συμμορία της 137ης οδού θα σας είχε ψήσει στη σούβλα. Ας δοκιμάσουμε αυτό, θα αναφερόμαστε στον Έμπορο ως ευφημισμό. Το μαγνητόφωνο είναι ανοιχτό. Θα καταγράψω ότι ο κρατούμενος δεν παραδέχεται ότι ο γνωστός του είναι έμπορος. Είστε εντάξει με αυτό;"

"Εντάξει, ας δούμε πού θα πάει αυτό", υποχώρησε ο Ισαάκ.

"Λοιπόν, ο Έμπορος ", συνέχισε ο Τόμι. "Υποθέτω ότι η η Πατς σας βοήθησε να κάνετε μια σύνδεση στο δρόμο. Ο Άνταμ την είχε στήσει σαν το σκυλί φύλακά σας, κλειδώνοντάς την στο εργαστήριο τη νύχτα. Κέρδισε την εμπιστοσύνη σας, την κάνατε να νιώσει άνετα και εκείνη έβγαλε τη φήμη ότι είστε εντάξει. Ο Έιμπ μας είπε με τόσα πολλά λόγια ότι έτσι βρίσκατε εθελοντές για τα πειράματα. Έχουμε ήδη καταθέσεις από την Πατς και τον Κόμπο, καθώς και από τις άλλες τέσσερις γυναίκες που διασώθηκαν".

"Η δήλωσή σου δεν θα το κάνει καλύτερο ή χειρότερο", παρενέβη ο Όριν. "Απλώς βοηθάμε την εισαγγελία να βάλει σε τάξη τα γεγονότα. Είσαι μορφωμένος άνθρωπος, πρέπει να καταλάβεις ότι εδώ πρέπει να αποδοθεί δικαιοσύνη. Επτά άνθρωποι -απ' όσο γνωρίζουμε- παραμορφώθηκαν για μια ζωή. Δεν προσπαθούν να πάρουν μια λίρα σάρκας εδώ, απλά πρέπει να στείλουν ένα μήνυμα. Μέρος αυτού του μηνύματος είναι ότι όλοι αξίζουν μια δίκαιη και αμερόληπτη δίκη. Δουλειά μας είναι να διασφαλίσουμε ότι θα την έχετε. Αν δεν αφαιρέσατε τα χέρια ή τα πόδια κανενός ή δεν βάλατε πίσω κάτι που δεν ανήκε εκεί, τότε θα πρέπει να το πείτε".

"Αυτή είναι η δουλειά σου, έτσι δεν είναι;" είπε πονηρά ο Ισαάκ. "Πρέπει να αποδείξεις ποιος έβγαλε τι και ποιος ξαναέβαλε τι".

"Εντάξει, ας παίξουμε παιχνίδια. Ήταν ο Κύκλωπας; Ήρθε ο Κύκλωπας και έκανε όλη τη βρώμικη δουλειά;"

"Δεν ξέρω." Ο Ισαάκ καθάρισε το λαιμό του. "Δεν τον γνώρισα ποτέ."

"Λοιπόν, πώς ξέρεις ότι υπήρξε; Πώς ξέρεις ότι δεν ήταν ένας μαλακισμένος χαρακτήρας που επινόησε ο Άνταμ για να καλύψει τον κώλο του;"

"Λόγω του χεριού", εξέπνευσε αργά ο Ισαάκ. "Την

πρώτη φορά. Ο Άνταμ δεν θα μπορούσε ποτέ να κάνει κάτι τέτοιο, όχι μόνος του. Ανεξάρτητα από το τι έκανε με το κουνέλι και τη γάτα".

"Εντάξει, πες μου για το χέρι".

Ο Ισαάκ θυμήθηκε τη νύχτα που πήγαν όλοι μαζί στο Κτίριο Κτίριο , λίγες εβδομάδες μετά την υπογραφή του μισθωτηρίου συμβολαίου. Ήταν ένα κρύο βράδυ του Οκτωβρίου και η η Πατς δεν είχε φτάσει ακόμα. Ξεκλείδωσαν την μπροστινή πόρτα και ενοχλήθηκαν ελαφρώς που ήταν τόσο δροσερό στο διάδρομο. Στη συνέχεια πήγαν στο πίσω μέρος και άνοιξαν την πόρτα του υπογείου. Ο Άνταμ άναψε το φως και κατέβηκαν την απότομη σκάλα προς το εργαστήριο.

"Όχι και τόσο άσχημα", παραδέχτηκε ο Έιμπ καθώς εξέταζαν το έργο που είχε παραγγείλει ο Άνταμ. Είχε βάλει κάποιους ντόπιους να έρθουν κατά τη διάρκεια της ημέρας και να ολοκληρώσουν κάποιες από τις αισθητικές εργασίες που είχε κάνει το συνεργείο του Σαπίρο. Ο διαχωρισμός των δωματίων είχε ολοκληρωθεί και ολόκληρο το υπόγειο είχε βαφτεί γκρι. Παρατήρησαν επίσης ότι είχαν μεταφερθεί και τα μεταλλικά τραπέζια, τα ράφια και τα ντουλάπια.

"Εντάξει, τώρα το *κομμάτι της αντίστασης*". Ο Άνταμ πήγε σε ένα μακρύ κουτί στον τοίχο, πίσω από ένα από τα τραπέζια, δίπλα σε μια βαριά πολυθρόνα. "Δώσε μου ένα χεράκι, Ισαάκ".

Οι δύο άντρες έβαλαν το κουτί πάνω στο τραπέζι, καθώς ο Άνταμ επέμενε να γίνει απαλά. Ο Ισαάκ υπολόγισε ότι ζύγιζε περίπου τριάντα κιλά. Ο Άνταμ έβγαλε έναν κόφτη κουτιού και το άνοιξε, κόβοντας κάθε ραφή μέχρι που μπόρεσε να τραβήξει κάθε πλευρά προς τα κάτω και να απομακρύνει με βούρτσα τα σφαιρίδια αφρού.

"Τι κάνεις, φτιάχνεις ένα ρομπότ;" Ο Νώε έμεινε κατάπληκτος.

Μαζεύτηκαν όλοι γύρω τους για να παρατηρήσουν τον τεράστιο μεταλλικό βραχίονα που βρισκόταν στο τραπέζι. Είχε ιμάντες και καλώδια προσαρτημένα πάνω του και οι γιατροί μπορούσαν να δουν ότι επρόκειτο για ένα εξωτικό σχέδιο.

"Πόσο κόστισε αυτό;" αναρωτήθηκε δυνατά ο Έιμπ.

"Πολύ. Ευτυχώς, είναι αντικείμενο που επιστρέφεται, αλλά ελπίζω ότι δεν θα έχουμε λόγο να θέλουμε να το επιστρέψουμε. Ισαάκ, θα κάνεις εσύ την τιμή;" Ο Άνταμ παρακάλεσε.

"Τι να κάνω;"

"Κάτσε κάτω, χαλάρωσε το πουκάμισό σου και άσε με να σε ετοιμάσω". Ο Άνταμ πάτησε ένα κόκκινο κουμπί που φάνηκε να ενεργοποιεί τη συσκευή. Τα φώτα φάνηκε να πάλλονται σε όλο το εξάρτημα, σαν να έπαιρνε δική του ζωή.

"Στήσιμο; Τι θα κάνεις;" Ο Ισαάκ ήταν στο παιχνίδι.

Άνοιξε το πουκάμισό του και κάθισε στην καρέκλα, καθώς ο Άνταμ του φόρεσε ένα στήριγμα κεφαλής με ηλεκτρόδια που ήταν τοποθετημένα στους κροτάφους του. Υπήρχε μια ζώνη που πήγαινε γύρω από το στήθος του με έναν ιμάντα που ήταν ευθυγραμμισμένος με τον νωτιαίο μυελό του. Οι άλλοι παρακολουθούσαν γοητευμένοι καθώς ο Άνταμ έβαζε το καλώδιο του εξαρτήματος στον τοίχο.

"Αυτό το πράγμα έχει διανύσει μεγάλη απόσταση και χρειάζεται επαναφόρτιση", εξήγησε ο Άνταμ . "Προσκολλημένο σε έναν ασθενή για σημαντικό χρονικό διάστημα, παραμένει φορτισμένο από τα ηλεκτρικά ρεύματα του ανθρώπινου σώματος".

"Αυτό είναι τρελό", κατάφερε να ψελλίσει ο Ισαάκ.

"Εντάξει, τώρα θέλω να προσποιηθείς ότι πρόκειται να περάσεις από τεστ ανιχνευτή ψεύδους". Ο Άνταμ έκανε νόημα στους υπόλοιπους. "Ας κάνουμε απόλυτη ησυχία. Ισαάκ, θέλω να το κάνεις αυτό μηχανικά, σαν να προσπαθείς να κινήσεις ένα άκρο που έχει παραλύσει εντελώς. Σκέψου ώμο, δικέφαλο, αντιβράχιο, καρπό, παλάμη, δάχτυλα. Τα εγκεφαλικά σου ερεθίσματα θα συντονίσουν τη συσκευή. Αν δεν ακολουθήσεις την ακολουθία, το χέρι δεν θα είναι σε θέση να ανταποκριθεί. Στην αρχή, θα είναι άβολο και αργόσυρτο, αλλά μόλις αναπτύξεις ένα μοτίβο, θα γίνει πιο εύκολο. ώμος, δικέφαλος, αντιβράχιο, καρπός, παλάμη, δάχτυλα. Δοκίμασέ το".

Ο Ισαάκ ξάπλωσε στην καρέκλα και έκλεισε τα μάτια του. Οι υπόλοιποι παρακολουθούσαν με προσδοκία καθώς τα φώτα της συσκευής άρχισαν να αναβοσβήνουν πάνω και κάτω από το μήκος της. Αμέσως, ο βραχίονας τινάχτηκε, κάνοντάς τους σχεδόν να πηδήξουν μακριά από τρόμο. Πλησίασαν και είδαν την άρθρωση του αγκώνα να τρέμει, χτυπώντας μανιωδώς την επιφάνεια του τραπεζιού-έπειτα, αμέσως, τα δάχτυλα άνοιξαν και έκλεισαν.

"Αυτό είναι." Ο Ισαάκ έβγαλε το κάλυμμα του κεφαλιού, με ρυάκια ιδρώτα να τρέχουν στο πρόσωπό του. "Χρησιμοποίησα κάθε ίχνος εγκεφαλικής ενέργειας που μπόρεσα να συγκεντρώσω. Η ιδέα είναι φανταστική, αλλά έχει πολύ δρόμο μπροστά της".

"Σκεφτείτε τι θα συνέβαινε αν ήταν χειρουργικά συνδεδεμένο", πρότεινε ο Άνταμ. "Τα εγκεφαλικά κύματα θα πήγαιναν απευθείας στη συσκευή, σε αντίθεση με τη μετάδοση μέσω εξωτερικού ηλεκτροδίου".

"Το πράγμα ζυγίζει τουλάχιστον τριάντα κιλά", επέμεινε ο Ισαάκ. "Θα χρειαζόταν ένας αρσιβαρίστας ή ένας γίγαντας για να μπορέσει να το κουβαλήσει. Ακόμα και τότε, θα ήταν αδύνατο για ένα σκελετικό πλαίσιο να υποστηρίξει ένα τέτοιο πράγμα".

"Αν είχατε έναν ασθενή με εκτεταμένη δομική βλάβη, ίσως να μπορούσατε να εγκαταστήσετε ένα δοκάρι για να στηρίξετε το πλαίσιο", ισχυρίστηκε ο Adam σταθερά.

"Μιλάτε για τη μετατροπή κάποιου σε εικονικό ρομπότ", επέμεινε ο Έιμπ κουνώντας το κεφάλι. "Κάτι τέτοιο θα έπρεπε να κοστίζει εκατομμύρια".

"Όχι, έχω μια σύνδεση", αποκάλυψε ο Άνταμ με ένα γρήγορο χαμόγελο. "Ο τύπος προτιμά να είναι γνωστός ως Δρ. Κύκλωπας. Είναι πρόθυμος να χρηματοδοτήσει την εγχείρηση υπό τον όρο της ανωνυμίας. Τον ενδιαφέρει πολύ αυτό που κάνουμε εδώ, και είναι πρόθυμος να παράσχει υλικό και πρωτότυπα όπως αυτό για την προώθηση της έρευνάς μας".

"Δρ. Κύκλωπας". Ο Ισαάκ γέλασε καθώς κουμπώνει το πουκάμισό του. "Αυτός ο τύπος έχει δει πολλές ταινίες με τέρατα. Πρώτα είχαμε το

"Καφέ του Φρανκενστάιν", μετά το "Ρομποτικό Χέρι" και τώρα τον "Δρ. Κύκλωπα". Πού στο διάολο το πας αυτό, Άνταμ;"

"Είδατε τι έκανα με τη γάτα", δήλωσε με θέρμη ο Άνταμ. "Μόλις είδες τι μπορεί να κάνει αυτό το πράγμα. Απλά πρέπει να συνδέσω τις τελείες, και εσείς είστε οι μόνοι που μπορούν να με βοηθήσουν. Κάναμε μια συμφωνία μεταξύ μας πριν καν μεγαλώσουμε αρκετά ώστε να μπορούμε να μαλακιστούμε. Δεν μπορείτε να κάνετε πίσω τώρα. Δεν μπορείτε να δείτε πού οδηγεί αυτό το πράγμα;"

"Αυτό το πράγμα είναι πολύ μεγάλο για να το σηκώσει άνθρωπος". Ο Έιμπ κούνησε το κεφάλι του. "Έκανα μια συμφωνία και νομίζω ότι αυτή η επιχείρηση θα αποφέρει σημαντικά μερίσματα. Αλλά πρέπει να εξορθολογήσεις και να επικεντρωθείς στα βραχυπρόθεσμα οφέλη, γιατί εδώ μιλάμε για προσωπικές επενδύσεις. Θα συνεχίσω να χρηματοδοτώ την επιχείρηση, αλλά δεν μπορεί να συνεχιστεί για πάντα".

"Εντάξει, αν μπορέσω να σε πείσω να έρθεις για ένα βράδυ σε δύο εβδομάδες, θα έχω έναν εθελοντή στην αποτοξίνωση που μπορεί να χρειαστεί μια εκτεταμένη εγχείρηση νεύρων. Ξεκίνα εσύ και εγώ θα κάνω το καθάρισμα".

"Τι, είσαι...;" Ο Έιμπ τον κοίταξε επίμονα.

"Ισαάκ, έλα την επόμενη εβδομάδα και θα κάνουμε την προετοιμασία. Κύριοι, είμαστε στα πρόθυρα να γράψουμε ιατρική ιστορία", είπε ενθαρρυντικά ο Άνταμ.

~

Ο Ισαάκ Βαντίμ δεν είχε πραγματικά καμία γνώση των γεγονότων που συνέβησαν αφότου οι γιατροί έφυγαν από το Κτίριο εκείνο το βράδυ. Ο Ισαάκ και ο Έιμπ ήταν απασχολημένοι με τις επερχόμενες αποκριάτικες γιορτές που είχαν προγραμματιστεί σε μερικές εβδομάδες. Και οι τέσσερις τους είχαν κατακλυστεί από την έξαρση των νέων ασθενών στο Μπέλβιου που επωφελούνταν από τις παροχές του Obamacare που τους παρείχε η ομοσπονδιακή κυβέρνηση. Ως αποτέλεσμα, είχαν αφήσει το έργο σε δεύτερη μοίρα, αν και ο Άνταμ πίεζε ολοταχώς μπροστά.

Ο Άνταμ είχε παραχωρήσει ένα κάμπριο σε κάτι που έμοιαζε με χώρο αναμονής στη γωνία δίπλα στη σκάλα που οδηγεί στο υπόγειο. Είχε επίσης στρώσει ένα χαλί, μερικές πολυθρόνες, ένα τραπεζάκι και ένα μικρό ψυγείο. Φορτώνοντάς το με σάντουιτς και φρέσκο γάλα η Πατς πίστευε ότι βρισκόταν στον έβδομο ουρανό. Συνέχισε να την παροτρύνει να τον βοηθήσει να κάνει κάποιες διασυνδέσεις στην πιάτσα, και όταν τελικά έφερε έναν έμπορο μεσαίου επιπέδου, ο Άνταμ πήγε για τα καλά να εξηγήσει ότι είχε κάποιους εξωτερικούς ασθενείς που τον επισκέπτονταν και θα χρειαζόταν ένα εφεδρικό απόθεμα ναρκωτικών για έκτακτες καταστάσεις. Διαισθανόμενος ότι επίκεινται μεγάλες συναλλαγές, ο έμπορος έκανε σοφά στην άκρη και το ρύθμισε στον Ντζάγκο Ταμσουλόσιν ΤαμσουλόσινΝΝτζάγκο Ταμσουλόσιν.

Ο Ταμσουλόσιν ήταν ο εγκεκριμένος έμπορος στην περιοχή της συμμορίας της 137ης οδού, με αντάλλαγμα το δέκα τοις εκατό των κερδών του, τα οποία ανέρχονταν κατά μέσο όρο σε περίπου δέκα χιλιάδες δολάρια την εβδομάδα. Διοικούσε το φέουδό του με σιδερένιο χέρι, ενώ η συμμορία ήταν πάντα διαθέσιμη για υποστήριξη. Ο Ταμσουλόσιν επισκέφθηκε τον Άνταμ στο Κτίριο , συνοδευόμενος από δύο από τους πιστολάδες του, και ο Άνταμ του εξήγησε λεπτομερώς τι είχε κατά νου.

Ο ΤαμσουλόσινΝΝτζάγκο συμφώνησε να τον προμηθεύει με μια ουγκιά ηρωίνης έναντι 1.000 δολαρίων κάθε μήνα. Ήταν μια σημαντική έκπτωση, αλλά του επέτρεπε να βγάλει γρήγορο κέρδος με έναν πελάτη που επέστρεφε και αγόραζε αξιοπρεπές βάρος, χωρίς να χρειάζεται να ανησυχεί για την απώλεια πελατών μέσω της μεταπώλησης.

Ο ΤαμσουλόσινΝΝτζάγκο επέστρεψε το επόμενο βράδυ μαζί με έναν ψηλό, γεροδεμένο μαύρο άνδρα που φαινόταν να είναι σε κακή κατάσταση. Ο Ταμσουλοσίν και οι σωματοφύλακές του έφεραν τον άντρα να συναντηθεί με τον Άνταμ στον προθάλαμο του κτιρίου. Τα γκρίζα μάτια του ήταν υγρά και είχε μια δερματική πάθηση παρόμοια με αυτή του Πατς. Περπατούσε με μπαστούνι και φαινόταν να δυσκολεύεται να κρατήσει την ισορροπία του.

"Αυτός εδώ είναι ο αδελφός που σου έλεγα". Ο Ντζάγκο τους σύστησε. "Αυτός εδώ είναι ο Κόμπο, ένα από τα παιδιά του σπιτιού μου. Αυτή τη στιγμή, νοσηλεύεται για μυϊκή δυστροφία. Οι γιατροί λένε ότι η κατάστασή του επιδεινώνεται. Τον περιμένουν να βρεθεί σε αναπηρικό καροτσάκι σε λίγους μήνες. Αυτή τη στιγμή, χάνει τη χρήση των χεριών και των βραχιόνων του. Του είπα ότι ψάχνετε για περιπτώσεις σαν τη δική του, όπου μπορεί να μπορείτε να τον βοηθήσετε".

"Χάρηκα για τη γνωριμία, Κόμπο." Ο Άνταμ του έσφιξε το χέρι, και στη συνέχεια αντάλλαξε έναν φάκελο με τον Ντζάγκο για ένα μικρό πουγκί, πριν οι έμποροι αποχωρήσουν.

Κατέβασε τον Κόμπο από τα σκαλιά στο εργαστήριο, όπου η Πατς σκούπιζε και τακτοποιούσε τον χώρο. Γνώριζαν ο ένας τον άλλον εξ όψεως, και ο Άνταμ εξήγησε ότι και οι δύο θα ήταν κλειδωμένοι μαζί τα βράδια. Θα κανόνιζε να μείνει ο Κόμπο στον προθάλαμο, και η κατάστασή του θα απαιτούσε πιθανότατα να παραμείνει εκεί για παρατεταμένη θεραπεία και θεραπεία.

Ο Άνταμ είχε εξηγήσει στην Πατς εκ των προτέρων ότι θα της ανατίθεντο πρόσθετες ευθύνες για τα διπλάσια χρήματα, κερδίζοντας 40 δολάρια την εβδομάδα για τη βοήθειά της. Θα έπρεπε να κάνει μπέιμπι σίτινγκ στον Κόμπο, καθώς αυτός θα ανάρρωνε για μεγάλα χρονικά διαστήματα. Τελικά, το δωμάτιο θα σφραγίζονταν, ώστε να μην έχει πολλά να κάνει για να βοηθάει στη φροντίδα του. Κανείς από τους δύο δεν ήξερε ότι ο Άνταμ θα του έδινε ηρεμιστικά τη νύχτα, ώστε να μην έχουν σχεδόν καμία λεκτική επικοινωνία.

"Αυτό που θέλω να συνειδητοποιήσετε είναι ότι αυτό θα περιλαμβάνει μια σειρά από μικρές χειρουργικές επεμβάσεις", εξήγησε ο Άνταμ στον Κόμπο καθώς συζητούσαν την κατάσταση στον προθάλαμο. Είχε ήδη στήσει εκεί ένα ράντζο μαζί με ένα μικρό τραπέζι και μια καρέκλα. "Θα κάνω μια σειρά από εξετάσεις και θα σου δώσω μια πλήρη διάγνωση πριν ξεκινήσουμε. Αυτό που μπορώ να σας εγγυηθώ είναι ότι, αν αυτό πετύχει, μπορεί να καταλήξετε πιο δυνατός και υγιής από ό,τι ήσασταν ποτέ στη ζωή σας".

"Σου λέω, γιατρέ." Δάκρυα μπήκαν στα μάτια του Κόμπο. "Φοβάμαι. Είμαι μόλις είκοσι εννέα ετών. Δεν θέλω να πεθάνω. Άκουσα ιστορίες για το τι συμβαίνει σε ανθρώπους που έχουν αυτή την ασθένεια. Οι μύες τους πεθαίνουν, σιγά σιγά, και τελικά πεθαίνεις. Προχωράς και κάνεις ό,τι έχεις να κάνεις. Δεν με νοιάζει αν θα γίνω πιο δυνατός και υγιής, απλά δεν θέλω να πεθάνω".

Ο Άνταμ έκανε μια σειρά από πρόχειρες εξετάσεις και ανακάλυψε ότι ο Κόμπο δεν είχε σχεδόν καθόλου δύναμη στο αριστερό του χέρι και έχανε τον έλεγχο των ποδιών του. Ανέφερε επίσης ότι αντιμετώπιζε προβλήματα με την αναπνοή του τη νύχτα και είχε ακράτεια.

"Θα σου δώσω στεροειδή για αρχή, μαζί με κάποια φάρμακα για να κοιμηθείς", εξήγησε ο Άνταμ καθώς του έδινε πέντε χάπια και ένα ποτήρι νερό. " Η Πατς θα είναι εδώ τη νύχτα για να σε προσέχει, και θα ελέγχω κάθε πρωί για να βεβαιωθώ ότι όλα είναι εντάξει. Τα φάρμακα θα σε κάνουν να νυστάζεις και θα κοιμάσαι πολύ στην αρχή, αλλά μόλις αρχίσει η θεραπεία, μάλλον θα συνηθίσεις τη ρουτίνα. Θα κάνουμε αγώνα δρόμου ενάντια στο χρόνο για να προσπαθήσουμε να προλάβουμε τον μυϊκό εκφυλισμό σας. Θα σου δώσουμε πρεδνιζόνη και αυτό θα επιβραδύνει τη διαδικασία αρκετά ώστε να μπορέσουμε να κάνουμε τις επεμβάσεις".

"Σε τι θα συνίστανται οι επεμβάσεις;" αναρωτήθηκε δυνατά ο Κόμπο, με το φρύδι του τσαλακωμένο.

"Λοιπόν, θα είναι μια ριζική επέμβαση", εκμυστηρεύτηκε ο Άνταμ με ένα καταπραϋντικό χαμόγελο. "Μπορεί να έχεις μέρη του σώματός σου που θα υποβαθμιστούν τελείως και η ατροφία μπορεί να οδηγήσει σε περαιτέρω επιπλοκές. Αν μπορέσουμε να αντικαταστήσουμε αυτά τα μέρη, μπορεί όχι μόνο να αποτρέψουμε την εξάπλωση της ασθένειας στην περιοχή, αλλά, όπως ανέφερα, να σας δώσει ακόμη μεγαλύτερη δύναμη και κινητικότητα μακροπρόθεσμα. Έχω επίσης μερικούς συναδέλφους που θα συμμετάσχουν στο πρόγραμμα και είναι ειδικοί στον τομέα τους. Μπορεί επίσης να είναι σε θέση να βοηθήσουν στην αποκατάσταση ή την αναστροφή της νευρικής βλάβης και της αρτηριακής κατάρρευσης, όπως μπορεί να συμβεί".

"Γιατρέ, ό,τι κι αν χρειαστεί να κάνεις, δεν έχω αντίρρηση. Το μόνο που σου ζητώ - σε ικετεύω - είναι να μου σώσεις τη ζωή".

"Θα κάνω ό,τι περνάει από το χέρι μου για να σου αλλάξω τη ζωή, φίλε μου", τον χτύπησε ο Άνταμ καθησυχαστικά στον ώμο καθώς κατάπινε την πρεδνιζόνη και το Βάλιουμ. "Ελπίζω ότι εσύ κι εγώ θα γράψουμε ιστορία".

"Σου εμπιστεύομαι τη ζωή μου, γιατρέ". Ένα δάκρυ κύλησε στο μάγουλο του Κόμπο καθώς έσφιγγε το χέρι του Άνταμ πριν φύγει.

"Ας δώσουμε τον καλύτερό μας εαυτό και σας διαβεβαιώνω ότι θα πετύχουμε πράγματα που ο κόσμος δεν θα ξεχάσει ποτέ".

Ο Κόμπο ξάπλωσε στο ράντζο, πέφτοντας στον πιο ξεκούραστο ύπνο που είχε απολαύσει εδώ και πάρα πολύ καιρό.

ΚΕΦΆΛΑΙΟ ΤΈΤΑΡΤΟ

Ο Τόμι τηλεφώνησε στον Orrin το επόμενο πρωί και πρότεινε να συναντηθούν στο Starbucks στο Park Row κοντά στην Beekman Street. Ο Όριν εξεπλάγην ελαφρώς, αλλά συμφώνησε με χαρά. Χαιρέτησαν ο ένας τον άλλον, καθώς ο Τόμι είχε φτάσει πρώτος και καθόταν σε ένα πίσω τραπέζι. Ο Όριν πήρε ένα φλιτζάνι κολομβιανό καφέ και κοιτούσαν και οι δύο με περιέργεια τα φλιτζάνια μπροστά τους.

"Σκέφτηκα ότι ίσως ήθελες να φας κάτι. Η γυναίκα μου πρότεινε να σας συναντήσω εδώ για αλλαγή".

"Η σύζυγός μου σκέφτηκε να δοκιμάσω το ίδιο πράγμα", γρύλισε ο Όριν. "Σκέφτηκε ότι ίσως είχες πρόβλημα με το ποτό. Συνήθως μου φτιάχνει ένα κανονικό πρωινό το πρωί, ζαμπόν και αυγά ή κάτι τέτοιο. Τις μισές φορές το μοιράζομαι με το μικρό μου αγόρι".

"Ναι, συνήθως παίρνω δύο τοστ με τον καφέ μου. Η Μορίν ξέρει ότι αυτό είναι το μόνο που τρώω το πρωί. Έτσι, σήμερα πήραμε τον Νώε, την Πατς και τον Κόμπο. Πώς σου φάνηκε ο Ράουχ χθες;"

"Καθόταν εκεί και μας τάιζε μια σειρά από σκατά". Ο Όριν κοίταξε έξω από το παράθυρο τους βλοσυρούς εργαζόμενους στα γραφεία, που πηγαινοέρχονταν βιαστικά στη δουλειά τους.

"Σου είπα ότι τα περί Κύκλωπα ήταν μια μπούρδα". Ο Τόμι ήπιε τον καφέ του με Equal.

"Δεν εννοούσα τον Κύκλωπα. Εγώ το πίστεψα αυτό. Μιλάω για τις μαλακίες με τα μεταλλαγμένα. Αυτό δεν ήταν ο τομέας της ειδικότητάς του. Απλά έριξε μια θηλιά γύρω από το λαιμό του Τζάβιτς. Ο Τζάβιτς έπρεπε να ξέρει ότι δεν έμπλεκε με κανονικά μοσχεύματα δέρματος. Έκανε τη δουλειά στην Πατς, μετά στον Κόμπο, μετά στον Μπράουν. Βλέπετε, έτσι θα γίνει ο κύκλος της μαλακίας. Ο Τζάβιτς θα πει ότι η δουλειά ήταν ήδη σε εξέλιξη και απλά μπήκε για να κάνει τον έλεγχο της ζημιάς. Ο εισαγγελέας θα πει ότι είχε υποχρέωση να τους καρφώσει, αλλά ο δικηγόρος του θα επανέλθει με το "ιατρικό απόρρητο". Είναι ακριβώς όπως είπε ο Μπιρνμπάουμ . Το ονειρεύτηκαν αυτό σαν έφηβοι κάτω από τη γέφυρα του Μπρούκλιν. Έχουν στήσει ένα νομικό ναρκοπέδιο και ο εισαγγελέας θα παίζει χοροπηδηχτά σε όλη τη διαδρομή".

"Ναι, και θα σου πω κάτι", γρύλισε ο Τόμι. "Αν ο εισαγγελέας μπει στην αίθουσα του δικαστηρίου μόνο με τον πούτσο του στο χέρι, εμείς είμαστε αυτοί που θα έχουμε το σάντουιτς με τα σκατά στο πιάτο μας όταν όλα τελειώσουν".

"Αυτό είναι που λέω μαλακίες". Ο Όριν κούνησε το κεφάλι του. "Δεν είμαστε νομικοί βοηθοί, είμαστε αστυνομικοί. Πώς στο διάολο θα μας θεωρήσουν υπεύθυνους για την υπόθεση εναντίον αυτών των τύπων;

"Είναι σαν το πόκερ, τα χαρτιά μιλούν μόνα τους", επέμεινε ο Τόμι. "Είτε ο εισαγγελέας έχει υπόθεση είτε όχι, και εμείς απλά φροντίζουμε να έχει μια δίκαιη συμφωνία. Κοίτα, γι' αυτό οι άντρες περνούν από το Ηθών, είναι σαν να τελειώνουν το σχολείο. Στο Ηθών μαθαίνεις τι πρέπει να κάνεις για να παραμείνουν οι κατηγορίες. Όταν βγαίνεις έξω, είσαι το πλήρες πακέτο. Μας ανέθεσαν ο Αρχηγός και ο ίδιος ο Αρχηγός. Υπάρχουν κίνδυνοι σε κάθε κερδοφόρο εγχείρημα. Κάνουμε την υπόθεση να στέκει, και μας ανεβάζουν. Αυτό είναι ένα πράγμα για τον Αρχηγό Μάντεν, ανεξάρτητα από το πόσο μαλάκας μπορεί να είναι. Ποτέ δεν ξεχνάει μια δουλειά που έχει γίνει καλά".

"Στην υγειά του αρχηγού Μάντεν." Ο Όριν σήκωσε το φλιτζάνι του.

"Στην υγειά της Πατς", απάντησε ο Τόμι. "Λίγοι είναι σαν κι αυτήν, ε;"

Ο Άνταμ Ράουχ τους είχε πει μερικά πράγματα για την Πατς χθες - τα ίδια πράγματα που είπε στον Ισαάκ Βαντίμ όταν επέστρεψε από το σπίτι την επόμενη Παρασκευή, αφού οι φίλοι είχαν δει την ανακαίνιση. Ο Βαντίμ συνάντησε τον Κόμπο και είχε ανάμεικτα συναισθήματα για την επόμενη φάση της επιχείρησης, αλλά ακόμη περισσότερο όταν συζήτησαν για την Πατς.

"Πάσχει από εκτεταμένη φθορά των κυττάρων της που προκαλείται από το κάπνισμα", εξήγησε ο Άνταμ καθώς κάθονταν στην αίθουσα αναμονής του εργαστηρίου εκείνο το βράδυ. "Της έκανα μια εξέταση τις προηγούμενες μέρες. Τα στήθη της έχουν σχεδόν μαραθεί- μοιάζουν με δύο δαμάσκηνα. Όταν ο γιατρός στο Μπέλβιου της είπε ότι θα έπρεπε να αφαιρεθούν, σταμάτησε να πηγαίνει. Αυτός είναι ο λόγος που η ψωρίασή της δεν αντιμετωπίζεται, ενώ έχει και σκορβούτο. Της δίνω βιταμίνη C για να θεραπεύσει το σκορβούτο, αλλά όπως ξέρετε, η ψωρίαση είναι ανίατη σε αυτό το σημείο. Της δίνω αλοιφές για να ανακουφιστεί από τα συμπτώματα. Νομίζω ότι, σε αυτό το σημείο, ίσως μπορέσουμε να επέμβουμε και να κάνουμε κάποια διορθωτική επέμβαση".

"Λοιπόν, αν είπε ότι δεν ήθελε να αφαιρέσει το στήθος της, ρισκάρεις αν προχωρήσεις και το κάνεις ούτως ή άλλως".

"Είπε ότι θα ήταν πρόθυμη να κάνει αισθητική χειρουργική επέμβαση, όπως εμφυτεύματα στήθους. Έχω επίσης κάτι που ίσως μπορέσουμε να χρησιμοποιήσουμε για να διορθώσουμε την ψωρίαση στην μπροστινή περιοχή του κορμού. Αν αυτό δουλέψει, Ισαάκ, θα μας δώσει το πράσινο φως για να ξεκινήσουμε να δουλεύουμε τον Κόμπο. Θα πρέπει να τρέξουμε με την μπάλα σε αυτό το θέμα. Αν τα καταφέρουμε, τότε ο Έιμπ και ο Νώε μπορούν να έρθουν και να κάνουν τη συνέχεια της θεραπείας. Πρέπει να αρχίσουμε να δουλεύουμε με τον Πατς και μετά να συνεχίσουμε από εκεί και πέρα".

"Εντάξει, περίμενε!" Ο Ισαάκ σήκωσε ένα δάχτυλο. "Έχεις *επίσης* κάτι για να διορθώσεις την ψωρίαση;"

"Μιλάω για την αντικατάσταση του δέρματος στο μπροστινό μέρος του κορμού της, από την κλείδα μέχρι τη λεκάνη. Το συζήτησα εκτενώς μαζί της- της είπα όλα τα πιθανά σενάρια. Με παρακάλεσε να σας ζητήσω να με βοηθήσετε να το ξεκινήσω το συντομότερο δυνατό".

"Πού θα βρεις το υλικό για το μόσχευμα;"

"Δρ. Κύκλωπας", αποκάλυψε ο Άνταμ. "Έχει αναπτύξει ένα προϊόν τεχνητού δέρματος χρησιμοποιώντας μια δια γονιδιακή τεχνική που είναι πολύ πιο ανθεκτικό από το ανθρώπινο δέρμα και είναι αδιαπέραστο από τις ασθένειες του ανθρώπινου δέρματος. Αν αυτό δουλέψει, θα θεραπευτεί πλήρως από την ψωρίαση στην περιοχή που υποβλήθηκε σε θεραπεία, και το νέο δέρμα θα είναι πολύ πιο ελκυστικό και χωρίς ψεγάδια από οποιοδήποτε άλλο έχει δει ποτέ".

"Και ποιο είναι το μειονέκτημα;"

"Λοιπόν", είπε απαλά ο Άνταμ καθώς έπαιζε, "βγαίνει μόνο σε ένα χρώμα".

"Αυτό είναι πανέξυπνο, Άνταμ, απλά πανέξυπνο", ξεσπάθωσε ο Ισαάκ. "Έχεις δύο μαύρους ανθρώπους εδώ μέσα για εκτεταμένες μεταμοσχεύσεις δέρματος με τεχνητό δέρμα που τυχαίνει να είναι λευκό. Τι νομίζεις ότι θα συμβεί όταν πάνε να δουν έναν κανονικό γιατρό; Δεν προβλέπετε μια μικρή πιθανότητα να περάσετε τα επόμενα χρόνια στην Αττική;"

"Κοιτάξτε, υπάρχουν πολλές πιθανότητες μπροστά μας", επέμεινε ο Άνταμ κατηγορηματικά. "Πρέπει να αρχίσεις να βλέπεις τα θετικά. Αν η εγχείρηση δουλέψει στον μπροστινό κορμό, δεν υπάρχει κανένας λόγος γιατί να μη συνεχίσουμε και στον υπόλοιπο κορμό. Φυσικά, θα φαινόταν περίεργο στην αρχή, αλλά μετά από λίγο, ο ασθενής θα το έβλεπε σαν ένα είδος μόνιμου κορμάκι, σαν ένα δεύτερο δέρμα. Δεν είναι ότι θα αρχίσει να κάνει ηλιοθεραπεία στο Σέντραλ Παρκ, για όνομα του Θεού. Επιπλέον, θα σκεφτεί το κόστος ευκαιρίας. Μου είπε ότι ένα από τα λίγα πλεονεκτήματα που είχε ποτέ σε αυτόν τον κόσμο ήταν το στήθος της, και η βλάβη της περιφερικής αρτηρίας της το στέρησε. Το να πάρει πίσω το μπούστο της και να αποτρέψει την εξάπλωση της ψωρίασης θα ήταν η μεγαλύτερη ευλογία που θα μπορούσε να έχει σε αυτόν τον κόσμο".

"Πότε θα το προχωρήσετε αυτό;" Ο Ισαάκ έτριψε τους κροτάφους του.

"Το δέρμα θα είναι εδώ αύριο το βράδυ."

~

"Η Πατς λοιπόν ξυπνάει δύο μέρες μετά, ακόμα ζαλισμένη από την ηρωίνη καφέ πίσσα ή ό,τι άλλο χρησιμοποιούσατε, και το μόνο που θυμάται είναι ότι ένας από εσάς κάθεται εκεί και κάνει ερωτήσεις". Ο Τόμι ήταν κάπως κακόκεφος καθώς ανέκρινε τον Ράουχ την προηγούμενη μέρα. "Λέει ότι στην αρχή σοκαρίστηκε, αλλά τελικά ερωτεύτηκε το νέο της δέρμα και περνούσε ώρες μπροστά στον καθρέφτη, κοιτάζοντας το στήθος της. Έφτασε στο σημείο να αρχίσει να απεχθάνεται το μαύρο δέρμα, το άρρωστο δέρμα, και σύντομα ήθελε να καλυφθεί με το νέο λευκό δέρμα. Ήθελε να είναι εντελώς λευκή. Δεν το περιμένατε αυτό; Δεν καταλάβατε ότι θα παίζατε τον Θεό;"

"Νόμιζα ότι θα ερχόσουν εδώ μόνο για τα γεγονότα, όπως το *Dragnet*". Ο Άνταμ έγειρε το κεφάλι του, κοιτάζοντάς τον προσεκτικά.

"Λοιπόν, όπως είπαμε, αυτό εξακολουθεί να λειτουργεί υπέρ σας", μίλησε ο Όριν. "Ακόμα δεν ξέρουμε ποιος την έβαλε κάτω από το μαχαίρι, αν και εσύ ήσουν ο εκπρόσωπος της ομάδας. Ακόμα δεν πρόκειται να σε αφήσει να κρατάς το σάκο, γιατί ο δικηγόρος σου μπορεί να βγει και να πει ότι μπορεί να ήταν ο Κύκλωπας".

"Όλοι οι δρόμοι οδηγούν στον Κύκλωπα", χαμογέλασε ο Τόμι.

"Έτσι, όταν άρχισε να σε πιέζει να κάνεις την επέμβαση παρακολούθησης και να υπαινίσσεται ότι μπορεί να πάει αλλού για να την κάνει αν δεν κινήσεις τα πράγματα, θα πρέπει να κατάλαβες ότι θα υπήρχε πρόβλημα. Γιατί δεν ζήτησες από τον Ντίλερ να τη συνετίσει;". ρώτησε ο Όριν.

"Αν υπήρχε έμπορος", απάντησε ο Άνταμ, "θα ήταν εκεί για να βγάλει χρήματα, όχι για να αγοράσει τα προβλήματα κάποιου άλλου".

"Έλα, γιατρέ." Ο Τόμι γούρλωσε τα μάτια του. "Οι μπάτσοι βρήκαν το ντουλάπι με τα κρέατα γεμάτο κατεψυγμένα μέλη του σώματος. Έχουν ήδη λίστες πλυντηρίου με δακτυλικά αποτυπώματα και δείγματα DNA που έχουν ταυτοποιήσει πάνω από δώδεκα θύματα. Και αυτό για να μην αναφέρουμε τις τέσσερις γυναίκες που διασώθηκαν, μαζί με τη Γκέρι Λίντσεϊ και τον Τζερόμ Μπράουν. Το γραφείο του εισαγγελέα δεν έχει καμία αμφιβολία ότι όλα αυτά πετάχτηκαν στο εργαστήριό σας από τον ντίλερ με μονόδρομο. Οι ιατροδικαστικές εξετάσεις αναβάλλονται μέχρι να ξεπαγώσουν τα μέλη του σώματος, αλλά οι προκαταρκτικές εξετάσεις δείχνουν ότι κάποια από τα θύματα μπορεί να ήταν ακόμα ζωντανά όταν έγιναν οι ακρωτηριασμοί. Αν δεν υπάρχει Ντίλερ, εσείς θα μείνετε να κρατάτε μεγαλύτερο σάκο από αυτόν που ήδη έχετε".

"Λοιπόν, αυτό δεν είναι ούτε εδώ ούτε εκεί", πίεσε ο Orrin. "Ξεφεύγουμε από το θέμα. Εντάξει, λοιπόν, η Πατς βγαίνει από το χειρουργείο και είναι στο σύννεφο εννιά, έχει μια νέα ζωή. Εσείς παιδιά αρχίστε να της δίνετε την εμψυχωτική ομιλία που θα χρησιμοποιήσετε στον Κόμπο. Στη δήλωσή του, λέει ότι καταρρέει γρήγορα, δεν έχει άλλη επιλογή από το να εναποθέσει τη ζωή του στα χέρια σας. Μόνο που πέφτει για ύπνο και ξυπνάει με μερικές μεταλλικές ράβδους στη θέση των ποδιών του. Αυτό το σημείο, λέει, είναι όταν εσείς τον κάνατε ναρκομανή".

"Παίρνω την πέμπτη θέση σε αυτό, ή αυτό, ή φέρτε τον δικηγόρο μου εδώ", δήλωσε ο Άνταμ με αποφασιστικότητα.

"Κοίτα, προσπαθώ να ζητήσω τη βοήθειά σου σε αυτό", προσπάθησε να τον κατευνάσει ο Τόμι. "Τόσο ο Κόμπο όσο και η Πατς βρίσκονται εδώ στο ΜΚΚ για τη συμμετοχή τους στα επεισόδια. Ο Κόμπο έκανε ένα όργιο δολοφονιών εδώ στο Χάρλεμ- έχει τα δικά του προβλήματα να αντιμετωπίσει. Κατηγορεί εσάς, αλλά ο εισαγγελέας δεν θα το χάψει, όχι αυτό το κομμάτι. Υπήρξε ποτέ στιγμή που πίστεψες ότι ήταν ικανός για φόνο; Σκεφτήκατε ποτέ κάποιου είδους θεραπεία με μεθαδόνη για να απαλλαγεί από τον εθισμό στην ηρωίνη, μόλις ολοκληρώθηκαν οι αρχικές επεμβάσεις;".

"Υπαινίσσεσαι ότι ο Κύκλωπας τον γαντζώθηκε", χαμογέλασε ο Άνταμ. "Αυτό σου δίνει το υπόβαθρο για να παραπέμψεις τον Κύκλωπα για μη εξουσιοδοτημένη χρήση και κατοχή".

"Ή εσύ ή αυτός, γιατρέ", δήλωσε με έμφαση ο Τόμι. "Κάποιος θα πληρώσει το λογαριασμό γι' αυτό".

"Γιατί να μην το γυρίσουμε;" πρότεινε ο Adam. "Αν τον συλλάβουν, δεν είναι λογικό να μας ξανασυλλάβει και τους τέσσερις;"

"Δεν μπορείς να κατηγορηθείς για το ίδιο έγκλημα δύο φορές", του υπενθύμισε ο Όριν.

"Σωστά. Οπότε, πρέπει να νικήσουμε αυτή την υπόθεση πριν μπορέσουμε να παραδώσουμε τον Κύκλωπα ... αν όντως θα μπορούσαμε να το κάνουμε".

"Δηλαδή, η ιστορία σας είναι ότι όλες οι επαφές σας μαζί του γίνονταν μέσω του Διαδικτύου, μέσω ξένων ιστοσελίδων". Ο Τόμι σταύρωσε τα πόδια του κάτω από το τραπέζι. "Προσπαθείς να ρίξεις το φταίξιμο σε ένα φάντασμα στον κυβερνοχώρο".

"Πού βρήκαμε τα ρομποτικά άκρα;" Ο Άνταμ χαμογέλασε. "Δεν βγήκαν από κάποιο Σταθμό Φαντασίας στον κυβερνοχώρο, έτσι δεν είναι;"

"Λοιπόν, ας επιστρέψω στο θέμα της ιστορίας." Ο Τόμι χτύπησε το δάχτυλό του στο τραπέζι. "Σύμφωνα με τον Κόμπο, δεν ήξερε ότι άλλαζες μέρη παρά μόνο εκ των υστέρων. Κατέβηκε την πρώτη φορά και του έβγαλες τα πόδια και τα αντικατέστησες με τις ράβδους. Τη δεύτερη φορά τον ανοίξατε και του βάλατε τις ράβδους γύρω από τη σπονδυλική του στήλη. Το επόμενο πράγμα που ξέρει είναι ότι του έβγαλες το αριστερό του χέρι".

"Για το καλό του καταγραφέα σας, όλη η δουλειά έγινε από τον Κύκλωπα".

"Ναι, σωστά. Έτσι, ο Κύκλωπας τον μετατρέπει σε ανθρώπινο cyborg, κομμάτι-κομμάτι, και τον ντοπάρει, ώστε να μην έχει πολύ λόγο στο θέμα. Είπε ότι χρειάστηκαν εβδομάδες μέχρι να καταφέρει να κάνει τις ράβδους να ανταποκριθούν και, ακόμα και τότε, περνούσε τον περισσότερο χρόνο του με πατερίτσες, επειδή δεν μπορούσε να προσαρμοστεί στις πνευματικές απαιτήσεις. Μερικές φορές, μπορούσε να βάλει τα πόδια του να περπατήσουν και, μερικές φορές, κολλούσε στις ταχύτητες. Το ίδιο και με το χέρι - μερικές φορές, μπορούσε να φάει ένα γεύμα με αυτό και, άλλες φορές, πετούσε σκατά παντού".

"Υπήρχαν ορισμένες προ υπάρχουσες συνθήκες που ήταν απροσδόκητες, σε συνδυασμό με το γεγονός ότι κανένας από εμάς δεν είχε πραγματική εμπειρία στον τομέα. Ο δικός μου τομέας εξειδίκευσης ήταν η ρομποτική, αλλά το μεγαλύτερο μέρος των πρακτικών μου ήταν με προσθετική. Για να κάνω μια κακή αναλογία, ήμασταν σαν τους Αφγανούς στρατιώτες στους οποίους η CIA έδωσε όπλα τελευταίας τεχνολογίας χωρίς εγχειρίδια χρήσης. Υπήρχε πολλή δοκιμή και λάθος, αλλά, ως επί το πλείστων, οι αποτυχίες οφείλονταν στην αδυναμία του Κόμπο να αναλάβει τον έλεγχο των συσκευών".

"Λέει ότι μετατράπηκε σε ναρκομανή. Ίσως αυτό να έχει κάποια σχέση με αυτό."

"Ίσως ο εθισμός ήταν αυτό που έκανε τη μικρή του εκδρομή τόσο επιτυχημένη". Ο Άνταμ άπλωσε το χέρι του στην πλάτη της καρέκλας του. "Όπου υπάρχει θέληση, υπάρχει και τρόπος".

"Έξι άνθρωποι σκοτώθηκαν", είπε ο Τόμι συνοφρυωμένος. "Τι τρέχει με τον όρκο του Ιπποκράτη;"

"Δεν το συγχωρώ. Απλά βλέπω πώς συνέβησαν όλα αυτά".

~

"Έλα, Κόμπο. Μπορείς να το κάνεις. Μπορείς να πας να πάρεις κάτι και για τους δυο μας".

Βρίσκονταν εκεί για μήνες και η Πατς είχε αρχίσει να νιώθει ασφάλεια και αυτοπεποίθηση για την κατάσταση. Είχε φτάσει στο σημείο να είναι πολύ ομιλητική με τους γιατρούς που μπαινόβγαιναν. Είχε αρχίσει να γίνεται ιδιαίτερα φιλική με τον Άνταμ, ο οποίος αστειευόταν μαζί της πότε πότε καθώς έκανε τις ρουτίνες της. Ως επί το πλείστων, ήταν πολύ λεπτομερής και επαγγελματίας, και την κυνηγούσε από τη στιγμή που έμπαινε μέσα μέχρι να βεβαιωθεί ότι κάθε οδηγία που της είχε δώσει είχε ακολουθηθεί κατά γράμμα.

Ήταν κυρίως η φροντίδα του Κόμπο, η διασφάλιση ότι έπαιρνε τα φάρμακά του και ότι όλες οι ουλές και οι θεραπευμένες περιοχές του είχαν τη δέουσα φροντίδα. Αυτό που δεν γνώριζε ο Άνταμ ήταν ότι η Πατς απομάκρυνε σιγά σιγά τον Κόμπο από τα φάρμακά του, παίρνοντας ένα ή δύο από τα Hydros και Oxys για τον εαυτό της πού και πού. Όχι μόνο γινόταν πιο διαυγής, αλλά αντιμετώπιζε τον πόνο πολύ καλύτερα. Μόνο που, τη συγκεκριμένη νύχτα, ο Άνταμ τους είπε ότι δεν θα ερχόταν εκείνο το βράδυ. Ήταν Απόκριες και έπρεπε να πάει τα παιδιά του σε ένα πάρτι. Η Πατς είχε αρπάξει ένα χάπι παραπάνω από τη δόση του

Κόμπο για τη νύχτα και είχε αρχίσει να γίνεται ανήσυχος και ευερέθιστος.

"Κοίτα, μπορώ να σου δώσω τη διεύθυνση. Σου λέω, μπορείς να ανοίξεις την πόρτα με τα χέρια σου. Δεν θα γυρίσουν μέχρι αύριο. Θα την έχουμε φτιάξει μέχρι να γυρίσεις".

"Βλέπεις, αυτό είναι εύκολο για σένα να το λες." Ο Κόμπο εμφανίστηκε σκυθρωπός. "Σε πετάνε έξω, έχεις μέρη να πας. Με πετάνε έξω, πού θα πάω με όλα αυτά τα σκατά; Με το ζόρι περπατάω, με κόβουν συνέχεια, δεν μπορώ να περάσω ούτε μια μέρα χωρίς τα πράγματά μου, φίλε, είμαι χάλια".

"Τώρα, σας είπα ποια είναι η συμφωνία εδώ". Ήταν ανυπόμονη. "Νομίζεις ότι σε θέλουν να κυκλοφορείς έτσι; Πειραματίζονται πάνω μας, αυτό που κάνουν δεν είναι σωστό. Πώς και κανείς άλλος δεν έχει μεγάλα χέρια και πόδια σαν εσένα; Και γιατί κανείς άλλος δεν έχει δέρμα λευκού κοριτσιού σαν το δικό μου;"

Η Πατς σήκωσε το φούτερ της και του έδειξε τη λεία, υπέροχη, λευκή από ελεφαντόδοντο μέση της που ξεκινούσε από κάτω από το στήθος της και έφτανε μέχρι τον αφαλό της. Το φυσικό της δέρμα, το οποίο συνεχιζόταν από το θώρακά της, ήταν ακόμα γεμάτο στίγματα και ψώρα. Ο Κόμπο άπλωσε το χέρι του για να αγγίξει την κοιλιά της και εκείνη του χαστούκισε το χέρι, τραβώντας το πουκάμισό της πίσω προς τα κάτω.

"Τώρα, είπε ότι θα μου δώσει αυτό το δέρμα σε όλο μου το σώμα", επέμεινε η Πατς. "Είπε ότι θα σε κάνει και εσένα. Θα γίνεις ο Σούπερμαν όταν τελειώσει. Αλλά αυτό δεν σημαίνει ότι δεν μπορούμε να διασκεδάσουμε όσο είμαστε εδώ. Τώρα, δεν σου έδωσε αρκετά φάρμακα για να ελέγξει τον πόνο σου, και δεν θα επιστρέψει μέχρι αύριο, και αυτό είναι γεγονός. Μπορείς να σηκώσεις τον κώλο σου και να βγεις έξω. Πήγαινε στη διεύθυνση που σου δίνω, πάρε μερικά πράγματα και φέρ' τα πίσω. Μπορείς να πάρεις αρκετά ώστε να έχουμε το δικό μας απόθεμα που δεν πρέπει να ξέρει. Και μετά ό,τι μας δώσει, θα είναι όλο πάρτι, σκύλε".

"Προσπαθείς να με μπερδέψεις για να κρατήσεις τα πάντα". Ο Κόμπο πέρασε το δεξί του χέρι πάνω από το κεφάλι του. "Ξέρω ότι δεν δίνεις δεκάρα για μένα".

"Φίλε, κάνεις λάθος, φίλε, κάνεις λάθος! Ποιος φρόντιζε τον μαύρο κώλο σου όλους αυτούς τους μήνες εδώ; Σε τάιζα με το κουτάλι σαν μωρό! Ποιος σου άλλαζε τους επιδέσμους, σου έβαζε λοσιόν στον κώλο, έλεγχε τους σωλήνες και όλες αυτές τις μαλακίες; Μη μου γκρινιάζεις, αράπη. Κοίτα, γιατί δεν σηκώνεσαι από τον κώλο σου και να πας στην πόρτα ... να δεις τι θα γίνει;"

Γόνατο-ισχίο-μόνι. Γόνατο-ισχίο-γάλαθο.

Έκανε ό,τι του είπαν και το μηχανικό πόδι παραλίγο να εκτοξεύσει το υπόλοιπο σώμα του από το ιατρικό ντιβάνι. Και οι δύο αιφνιδιάστηκαν από την ξαφνική κίνηση, και ήταν οι εκφράσεις στα πρόσωπα του άλλου που τους βοήθησαν να συνέλθουν.

"Εντάξει, σκύλε. Τώρα, κάνε αυτό που σου είπαν: συγκεντρώσου, συγκεντρώσου. Πήγαινε στην πόρτα εκεί. Μπορείς να το κάνεις."

Γόνατο-ισχίο-μόνι. Γόνατο-ισχίο-γάλαθο.

Το ρομποτικό πόδι εκτοξεύτηκε προς τα εμπρός,

τραβώντας το υπόλοιπο σώμα του προς τα εμπρός, έτσι ώστε να νιώσει έναν πόνο που έσκιζε την άρθρωση του ισχίου του. Θυμήθηκε ότι του είπαν να ισορροπήσει το βάρος του, ώστε να είναι μια φυσική κίνηση, και το αριστερό του πόδι θα ταλαντευόταν αντανακλαστικά προς τα εμπρός. Άρχισε να παραπαίει προς τα εμπρός, και μετά από δώδεκα βήματα βρέθηκε σε όλο το πάτωμα και στους πρόποδες της σκάλας που οδηγούσε στην ατσάλινη πόρτα στο ισόγειο.

"Φίλε, αυτό είναι φοβερό, αδερφέ!" Η Πατς στάθηκε με δέος. "Έλα τώρα. Ανέβα τα σκαλιά, Κόμπο! Μπορείς να το κάνεις!"

Γόνατο-ισχίο-μόνι. Γόνατο-ισχίο-γάλαθο.

Το ρομποτικό πόδι έσερνε όλο το βάρος του σώματός του στα σκαλιά και ο πόνος στο ισχίο του ήταν αφόρητος. Ανέβηκε τις σκάλες πριν το καταλάβει, αλλά μέχρι να φτάσει εκεί. μπορούσε μόνο να ακουμπήσει στην πόρτα, καθώς το κεφάλι του τον έφερνε σε ημι-συνείδηση.

"Έλα, Κόμπο! Χρησιμοποίησε το χέρι σου! Πρέπει να χρησιμοποιήσεις το χέρι σου!" άκουσε τον Πατς να φωνάζει από το κάτω μέρος των σκαλοπατιών.

"Εντάξει, εντάξει, κρατηθείτε!" Ο Κόμπο αγκομαχούσε με αγωνία. "Δώσε μου ένα λεπτό. Είμαι τελείως μπερδεμένος εδώ!"

Κατά κάποιο τρόπο, θυμήθηκε τι του είπαν για την πλάτη του. Έπρεπε να ασχοληθεί με την πλάτη του. Αν έστελνε πρώτα μια ώθηση στην πλάτη του, τότε οι ράβδοι στήριξης θα στήριζαν τη βαριά κίνηση των ρομποτικών άκρων.

Πλάτη- ώμος- αγκώνα-χέρι.

Τώρα, είχε αρχίσει να καταλαβαίνει κάτι.

Ένιωθε τον μηχανισμό στην πλάτη του να προτρέπει τον βραχίονα, ο οποίος σηκώθηκε και τον βοήθησε να στηριχτεί στην πόρτα. Ένιωσε επίσης το στήριγμα του ποδιού του και συνειδητοποίησε ότι ήταν οι ράβδοι της πλάτης που υποστήριζαν την κίνηση των άκρων.

"Εντάξει, Κόμπο. Αυτή η κλειδαριά δεν είναι τίποτα. Άνοιξε την πόρτα και όταν επιστρέψεις θα την κλείσουμε. Θα πούμε ότι κάποιος προσπάθησε να μπει μέσα, αλλά άκουσε θορύβους και έφυγε".

Πλάτη- ώμος- αγκώνα-χέρι. Πίσω-ώμος-χέρι αγκώνα-χέρι.

Έμεινε έκπληκτος με τον τρόπο που λειτουργούσε η συσκευή μέσα στο σώμα του, σαν ένα είδος γερανού σε ένα εργοτάξιο. Τα μεταλλικά δάχτυλα άρχισαν να σκάβουν το πλαίσιο της πόρτας, καθώς η πλάτη στήριζε την πνευματική δύναμη, ενώ το πόδι λειτουργούσε ως άγκυρα και τον ασφάλιζε στη θέση του. Μέσα σε λίγα λεπτά, τα δάχτυλα είχαν σφηνώσει το δρόμο τους ανάμεσα στην ατσάλινη πόρτα και το μεταλλικό πλαίσιο, ανοίγοντάς την σαν μηχανικός λοστός.

"Τα κατάφερες, Κόμπο! Τα κατάφερες!" Η Πατς συνωστίζεται, ανεβαίνοντας τα μισά σκαλιά πίσω του. "Τώρα, πήγαινε στη διεύθυνση που σου είπα και πάρε μερικά πράγματα από αυτόν τον άνθρωπο. Φτιάξε την πόρτα για να φαίνεται εντάξει, κι εγώ θα περιμένω εδώ μέχρι να γυρίσεις. Αν γυρίσουν οι γιατροί, θα τους πω ότι κάποιος μπήκε μέσα κι εσύ πήγες να φωνάξεις την αστυνομία".

"Φρόντισε να με καλύψεις", είπε αυστηρά ο Κόμπο.

"Σκύλε, μόλις έκανες τέτοια μαλακία και νομίζεις ότι θα σε πειράξει κανείς;"

Ο Κόμπο οδήγησε το ρομποτικό πόδι έξω από την πόρτα, στη συνέχεια γύρισε και σήκωσε τον βραχίονα για να επαναφέρει την πόρτα στο πλαίσιο της. Ένιωσε μια ανατριχίλα ενθουσιασμού ανάμεικτη με ανησυχία καθώς περπατούσε στον αμυδρά φωτισμένο, βρώμικο διάδρομο, έξω από την πόρτα και μέσα στη νύχτα.

ΚΕΦΆΛΑΙΟ Π'ΕΜΠΤΟ

Ο Κόμπο θυμήθηκε όταν ήταν μικρό παιδί, όταν αυτός και οι φίλοι του έβλεπαν μεθυσμένους στο δρόμο. Ακολουθούσαν πίσω τους, κοροϊδεύοντας τον μεθυσμένο και προκαλώντας τον να τους πιάσει. Έλεγαν ότι ό,τι πήγαινε γύρω, έρχονταν γύρω, και σίγουρα ερχόταν γύρω αυτή τη φορά. Υπήρχαν περίπου δώδεκα παιδιά γύρω του, που μιμούνταν το περπάτημά του, εμφανιζόμενα ως μια ομάδα μικροσκοπικών τεράτων του Φρανκενστάιν που βάδιζαν στην 137η οδό. Δεν φαινόταν κάτι ασυνήθιστο τη νύχτα του Χάλογουιν, αλλά ήταν ωστόσο ανησυχητικό.

Ανέβηκε μερικά τετράγωνα μέχρι να φτάσει στο υπόγειο διαμέρισμα μιας κακόφημης πολυκατοικίας. Τώρα πια ο δεξιός γοφός και ο αριστερός ώμος του ένιωθαν σαν τα ρομποτικά εξαρτήματα να ήταν έτοιμα να ξεκολλήσουν από το σώμα του. Η πλάτη του άντεχε μια χαρά, και αν δεν υπήρχαν οι ράβδοι στήριξης, θα μπορούσε να είχε διαλυθεί μέχρι τώρα. Ωστόσο, είχε πιέσει το σώμα του πολύ περισσότερο απ' ό,τι του είχαν ζητήσει οι γιατροί πριν, και συνειδητοποίησε ότι θα δυσκολευόταν πάρα πολύ να επιστρέψει στο εργαστήριο.

Τριγύρισε στην περιοχή και σταμάτησε για να ξεκουραστεί. Τα παιδιά βαρέθηκαν να τον ενοχλούν και αποφάσισαν να κάνουν κάτι άλλο. Συγκέντρωσε την ενέργειά του και προχώρησε προς την πόρτα, σηκώνοντας το ρομποτικό χέρι για να χτυπήσει τη σιδερένια πύλη που εμπόδιζε την είσοδο του προθαλάμου κάτω από τα μπροστινά σκαλιά. Το χτύπημα ήταν ένας ήχος σφυροκόπημα, όπως το περίμενε, και περίμενε να δει αν κάποιος ανταποκρίθηκε μέσα.

Η εσωτερική πόρτα άνοιξε και ένας μικροκαμωμένος ηλικιωμένος άνδρας βγήκε από την πόρτα.

"Ποιος είναι εκεί;"

"Με λένε Κόμπο, είμαι φίλος της Πατς. Μου είπε ότι ίσως μπορείς να με βοηθήσεις".

"Της Πατς; Τι στο καλό σε έστειλε εδώ η Πατς;"

"Είπε ότι θα με βοηθήσεις. Πονάω, αδελφέ".

"Τώρα, αδελφέ μου." Ο γέρος άρχισε να ξεκλειδώνει τις πολλαπλές κλειδαριές της πόρτας. "Έχω να ακούσω νέα από την Πατς σχεδόν ένα χρόνο, και τώρα μου στέλνει κάποιον. Εντάξει, λοιπόν, έλα μέσα".

Ο Κόμπο βγήκε από την πόρτα και μπήκε στον σκοτεινό διάδρομο που οδηγούσε στο μικρό υπόγειο διαμέρισμα. Τα έπιπλα ήταν φθαρμένα και κουρελιασμένα, υπήρχαν παντού μικρά χαλιά, και το μέρος μύριζε παλιό. Γύρισε και συνειδητοποίησε ότι ο γέρος ήταν τυφλός καθώς έπιασε το δρόμο του προς το σαλόνι.

"Λοιπόν, έχεις ψεύτικο πόδι, ε; Αυτό είναι το πρόβλημά σου; Έλα, κάθισε."

"Έχω και ψεύτικο χέρι. Οι γιατροί μου έβαλαν αυτά τα ρομποτικά μαραφέτια. Έφυγαν από το γραφείο και εγώ και η Πατς ξεμείναμε από φάρμακα. Και τα δύο αυτά πράγματα αισθάνομαι σαν να είναι έτοιμα να ξεκολλήσουν από πάνω μου".

"Μάλλον σου τελείωσαν τα φάρμακα γιατί η Πατς τα πήρε". Ο γέρος κατάφερε να γελάσει καθώς ξανακαθόταν στην αρχαία πολυθρόνα του. "Έμεινε εδώ για μερικούς μήνες πριν την διώξει ο εγγονός μου. Ήταν στη φυλακή την εποχή που ήρθε εδώ. Βγήκε και την έδιωξε, αν και του ζήτησα να τη βοηθήσει αν τη συναντήσει στο δρόμο. Μου φερόταν σωστά, καθάριζε εδώ γύρω, μαγείρευε τα γεύματά μου. Το μόνο πρόβλημα που είχα ήταν ότι έπαιρνε τα φάρμακά μου. Ο κοινωνικός λειτουργός μου την έπεσε γιατί πίστευε ότι έκανα υπερβολική χρήση".

"Ποιος σε βοηθάει τώρα;"

"Έχω τώρα ξενώνα. Λένε ότι έχω καρκίνο και ότι φεύγω".

"Βγαίνουν με όλα τα είδη των πραγμάτων τώρα." Ο Κόμπο κατάφερε να καθίσει σε μια πολυθρόνα, αντικρίζοντας τον γέρο. "Τελικά, θα ξεπεράσουν τον καρκίνο. Κοίτα με, κοίτα όλα τα καινούργια πράγματα που κάνουν".

"Φοβάμαι ότι δεν μπορώ να το κάνω αυτό",

γέλασε. "Πες μου, πώς σε λένε; Με φωνάζουν Μπαμπά".

"Είμαι ο . Νομίζεις ότι μπορείς να μου δώσεις μερικά χάπια για να ξεκουραστώ;"

"Ναι, έλα από εδώ, θα σου βάλω μερικά".

Συνειδητοποίησε ότι η μεγαλύτερη πρόκληση ήταν να σηκώνεται και να κατεβαίνει, όπως το να στέκεται και να ανεβαίνει σκάλες. Το να κάθεται ή να κινείται ευθεία μπροστά δεν αποτελούσε πρόβλημα.

"Ακούω ότι δυσκολεύεσαι να κινηθείς, αδελφέ. Είσαι καλά;"

"Είναι το πόδι μου. Δεν το έχω μετακινήσει πολύ".

"Δεν πειράζει. Εσύ μείνε εδώ, θα μας συνδέσω εγώ".

Ο Κόμπο έκατσε αναπαυτικά και παρακολούθησε τον γέρο να σηκώνεται, να πηγαίνει στο ψυγείο της κουζίνας και να βγάζει δύο αναψυκτικά. Άφησε το ένα στο τραπέζι της τηλεόρασης δίπλα στην καρέκλα του και έφερε το άλλο στον Κόμπο, μαζί με δύο υδροκοδόνες.

"Ορίστε, αδελφέ. Σου αρέσουν τα μπλουζ ή η τζαζ;"

"Ό,τι σε βολεύει". Ο Κόμπο τον ευχαρίστησε για τα χάπια και το ποτό.

Έσπασε την καρτέλα και κατέβασε τα χάπια, ενώ ο Μπαμπάς πήγε στον απέναντι τοίχο και ενεργοποίησε το μέτριο στερεοφωνικό του. Είχε ταινίες με γραφή Braille στις κασέτες και μπορούσε να τις αναγνωρίσει. Επέλεξε μια ποικιλία από μπλουζ του Μέμφις, με τον ήχο να απλώνεται απαλά σε όλο το σαλόνι. Ήταν αρκετά δυνατός για να παρέχει ένα σκηνικό ώστε να μπορούν να συνομιλούν.

Αμέσως, ο Κόμπο κυριεύτηκε από ισχυρό συναίσθημα. Του ήρθε στο μυαλό ότι κανείς δεν του είχε φερθεί τόσο καλά εδώ και πολύ καιρό. Έκανε έκπτωση στην Πατς επειδή κέρδιζε το δωμάτιο και τη διατροφή της σε αντάλλαγμα για αυτό που έκανε. Έμαθε επίσης απόψε ότι ήταν και η ίδια ασθενής. Πριν τον γνωρίσει στους γιατρούς ο Ντζάγκο , έψαχνε πάντα να βρει μια θέση στο καταφύγιο ανδρών τη νύχτα, ή ένα αξιοπρεπές μέρος κάτω από μια γέφυρα, ή σε ένα σοκάκι όταν δεν μπορούσε. Ήταν ένας σκληρός, σκληρός κόσμος και όλοι εκεί έξω προσπαθούσαν απλώς να επιβιώσουν. Αυτός ο τυφλός άνδρας που τον έκανε να νιώσει σαν στο σπίτι του άγγιξε ένα ευαίσθητο σημείο της καρδιάς του.

"Είμαστε φίλοι τώρα, ε;" Ο Κόμπο κατάφερε να χαμογελάσει.

"Είναι κάπως μοναχικά όταν φτάνεις στην ηλικία μου και δεν βλέπεις αρκετά καλά για να κυκλοφορείς. Ο μόνος που έρχεται τακτικά είναι ο κοινωνικός λειτουργός και ο τεχνικός του ξενώνα. Μου αρέσει να έχω κάποιον εδώ μια στο τόσο. Να έρχεσαι όποτε θέλεις".

Μετά από λίγο, τα χάπια υδροκωδόνης άρχισαν να επιδρούν, ξεπλένοντας τον παλλόμενο, κοφτερό πόνο στις αρθρώσεις του με καταπραϋντική ανακούφιση. Η μουσική τον χαλάρωνε, και είδε ακόμη και τον Pop να κοιμάται στο σκισμένο Laz-E-Boy ανάκλιντρό του. Τα δικά του μάτια άρχισαν να κλείνουν και σύντομα έπεσε σε έναν βαθύ, χαλαρωτικό ύπνο.

"Ποιος στο διάολο είσαι εσύ; Τι στο διάολο κάνεις εδώ;"

Ο Κόμπο άνοιξε τα μάτια του και είδε το φως του ήλιου να μπαίνει μέσα από τις περσίδες στο παράθυρο που έβλεπε στο δρόμο. Μια μεσήλικη μαύρη γυναίκα στεκόταν δίπλα στο κασετόφωνο και τον κοίταζε κακόβουλα. Ο Μπαμπάς μόλις είχε ξυπνήσει και, όπως και ο Κόμπο, προσπαθούσε να συνέλθει και να καταλάβει τι συνέβαινε.

"Είναι φίλος ενός φίλου μου", κατάφερε να πει ο Μπαμπάς . "Είναι εντάξει, απλά ήρθε για επίσκεψη".

"Τώρα, ξέρεις ότι ο εγγονός σου λέει ότι κανείς δεν πρέπει να είναι εδώ μέσα! Δεν είναι σωστό να ανοίγεις την πόρτα σου σε κανέναν τη νύχτα!", δήλωσε και στη συνέχεια επιτέθηκε στον Κόμπο, "Τώρα, καλύτερα να πάρεις τον κώλο σου από αυτό το σπίτι, αν ξέρεις τι είναι καλό για σένα!".

"Εντάξει." Ο Κόμπο έβαλε το ρομποτικό πόδι να τον σηκώσει όρθιο, αν και η πίεση στο ισχίο του ήταν βασανιστική. "Μπαμπά, νομίζεις ότι μπορείς να με συνδέσεις πριν φύγω - το ξέρεις;"

"Τι είναι αυτά που λες, ναρκωτικά; Γι' αυτό πρόκειται; Καλύτερα να του δίνεις πριν φέρω τους μπάτσους εδώ μέσα!" Η κυρία έδειξε ένα κινητό τηλέφωνο.

"Τώρα, Τζεμίμα, αυτό δεν είναι απαραίτητο", επέμεινε ο μπαμπάς. "Απλά έφευγε, εντάξει;"

Ο Κόμπο άρχισε να απομακρύνεται από τον καναπέ, και ο μικρός ήχος των ρομποτικών αρθρώσεών του ακουγόταν μαζί με το χτύπημα της μεταλλικής μπότας. Τα μάτια του εργαζόμενου στον ξενώνα άνοιξαν, στρογγυλά σαν πιατάκια, καθώς ο Κόμπο κατευθύνθηκε προς την έξοδο.

"Τι στο διάολο είσαι εσύ;" Η Τζεμάιμα δεν έβγαλε άχνα.

"Αφήστε με ήσυχο!" Ο Κόμπο ούρλιαξε. Προσπάθησε να ανοίξει την πόρτα με το δεξί του χέρι, και όταν δεν μπόρεσε να ανοίξει τις κλειδαριές, το αριστερό χέρι άπλωσε το χέρι του και έσκισε την πόρτα από τους μεντεσέδες της.

Η Τζεμάιμα κάλεσε μανιωδώς το 100 καθώς ο Κόμπο έσκιζε τη σιδερένια πόρτα έξω, βγαίνοντας από το υπόγειο διαμέρισμα.

Τριγύρισε, βγήκε στο δρόμο, και οι άνθρωποι που περπατούσαν στο πεζοδρόμιο έμειναν έκπληκτοι από το θέαμα που αντίκρυζαν . Φορούσε το πράσινο στρατιωτικό πανωφόρι του, το μπλουζάκι του και τη φόρμα του, αλλά είχε κόψει τα μανίκια από το πουκάμισο για να μπορεί να το περάσει γύρω από το ρομποτικό χέρι. Είχε επίσης κόψει το μανίκι από το παλτό του και το ένα πατζάκι του παντελονιού του, φορώντας μόνο μία μπότα, καθώς δεν υπήρχε τρόπος να χωρέσει το ρομποτικό πόδι που έμοιαζε με έλκηθρο. Ως αποτέλεσμα, τα ρούχα του χτυπούσαν γύρω του καθώς προχωρούσε, μοιάζοντας σχεδόν σαν να είχε παλουκωθεί πάνω σε ένα ρομποτικό πλαίσιο. Η έκφραση αγωνίας στο πρόσωπό του προκαλούσε ένα αίσθημα τρόμου που ήταν εμφανές στα πρόσωπα όλων όσων συναντούσε.

"Εντάξει, φίλε! Ακίνητος!"

Άκουσε τον ήχο της σειρήνας έκτακτης ανάγκης στο πεζοδρόμιο και πάγωσε αμέσως, χωρίς να έχει καμία αμφιβολία ότι είχαν έρθει γι' αυτόν. Άκουσε το χτύπημα των πορτών των αυτοκινήτων καθώς οι αστυνομικοί περνούσαν γύρω από ένα παρκαρισμένο αυτοκίνητο σε κάθε πλευρά. Εδώ ήταν το Ανατολικό Χάρλεμ και δεν είχαν κανέναν ενδοιασμό να τραβήξουν ένα όπλο και να το στρέψουν στο πρόσωπο ενός ανθρώπου μέρα μεσημέρι. Μόνο ο ξανθός νεαρός αστυνομικός που στεκόταν μπροστά του κρατούσε το χέρι του στο κοντάκι του ρεβόλβερ του, κοιτάζοντας με δέος το θέαμα μπροστά του.

"Βάλτε τα χέρια σας στο καπό του αυτοκινήτου και γυρίστε", διέταξε.

Ο Κύμπο έκανε ό,τι του είπαν και τα δάχτυλα του ρομποτικού βραχίονα γρατζούνισαν το καπό προς μεγάλη έκπληξη των αστυνομικών. Έβγαλε τα αντικείμενα από τις τσέπες του και τα έβαλε στο αυτοκίνητο, και ο αστυνομικός πίσω του τα εξέτασε σχολαστικά.

"Μάϊκλ Μουρχεντ ", διάβασε τη φθαρμένη κάρτα κοινωνικής ασφάλισης και την κάρτα WIC. "Εδώ μένεις, στο Μπάουερι;"

"Όχι, κύριε."

"Πού μένεις, Μάικλ;"

"Είμαι σε ένα διαμέρισμα στην 137η οδό", είπε με προσοχή. Ήξερε καλά ότι δεν έπρεπε να παραδώσει τον χώρο στο υπόγειο των γιατρών. Είχε εντρυφήσει στο νόμο της ζούγκλας και θα έκανε φυλακή προτού παραδώσει τους γιατρούς.

"Μπήκες στο υπόγειο διαμέρισμα εκεί πέρα;"

"Όχι, κύριε. Πήγα να επισκεφτώ τον τύπο εκεί".

"Πώς τον λένε;"

"Μπαμπά ."

"Μπαμπά τι; Ποιο είναι το πραγματικό του όνομα; Από πού τον ξέρεις;"

"Απλά τον ξέρω από τη γειτονιά, αυτό είναι όλο".

"Από πού πήρες αυτό το χέρι; Η κυρία είπε ότι έσπασες την πόρτα με αυτό το πράγμα. Μόλις γρατζούνισες το καπό του αυτοκινήτου με αυτό".

"Κύριε, μόλις με βάλατε σε αυτό το αυτοκίνητο".

"Θα σε πάμε στα κεντρικά και θα σου κάνουμε μερικές ερωτήσεις", του είπε ο αστυνομικός.

Προσπάθησαν να του περάσουν χειροπέδες στο αριστερό του χέρι, αλλά αυτό δεν χωρούσε γύρω από τον ρομποτικό καρπό. Αντ' αυτού, έδεσαν το ένα άκρο στον δεξιό καρπό του και το αριστερό στην θηλιά της ζώνης σε εκείνη την πλευρά του παντελονιού του. Δεν αμφέβαλλαν ότι θα μπορούσε να ξεφύγει αν το επιθυμούσε, αλλά δεν θα δίσταζαν να βάλουν μια σφαίρα σε έναν τέτοιο άνθρωπο.

Ένα μεγάλο πλήθος συγκεντρώθηκε καθώς ο Κόμπο μπήκε στο αυτοκίνητο και ένα αγόρι έτρεξε πίσω στην 137η οδό. Η είδηση είχε βγει από το Κτίριο πριν από μισή ώρα, και όσοι τον αναζητούσαν σύντομα θα ήξεραν πού βρισκόταν.

Ήταν λιγότερο από μία ώρα αργότερα, όταν ο υπεύθυνος κράτησης στη ρεσεψιόν πλησίασε έναν καλοντυμένο, αν και αφηρημένο νεαρό άνδρα που είχε σπεύσει πριν από αυτόν.

"Μάλιστα, κύριε, τι μπορούμε να κάνουμε για σας;" Ο αστυνομικός τον κοίταξε.

"Κάποιον έφεραν εδώ πριν από λίγο καιρό, έναν Μάικλ Μουρ", απάντησε.

Βρίσκονταν στο σωφρονιστικό κέντρο του Μανχάταν στην οδό Σέντερ . Ο Άνταμ Ράουχ είχε σπεύσει έξω σε ένα ταξί που τον περίμενε αμέσως μόλις έμαθε ότι βρισκόταν στο Κτίριο όπου βρισκόταν ο Κόμπο. Επέστρεψε εκείνο το πρωί και διαπίστωσε ότι το εργαστήριο είχε περιέλθει σε κατάσταση χάους, αλλά έπρεπε να ασχοληθεί με τα πρώτα πράγματα πρώτα. Το να επιστρέψει ο Κόμπο στο εργαστήριο ήταν η πρώτη του προτεραιότητα. "Είναι ασθενής μου. Βρίσκεται υπό τη φροντίδα ξενώνα και απομακρύνθηκε από τον τόπο διαμονής του. Ο φροντιστής του ανέφερε ότι έφυγε από το χώρο χθες το βράδυ. Έχει υποβληθεί σε πολλαπλές χειρουργικές επεμβάσεις και λαμβάνει βαριά φαρμακευτική αγωγή. Πρέπει να βάλω κάποιον να τον παραδώσει στη φροντίδα μου αμέσως. Για ποιο λόγο κατηγορείται;"

"Λοιπόν, δεν υπάρχουν ακόμα κατηγορίες". Ο αξιωματικός χτύπησε το πληκτρολόγιό του για να βρει τις πληροφορίες. "Προφανώς, ο ένοικος του σπιτιού στο οποίο τον μάζεψαν δεν θα υποβάλει μήνυση".

"Πρέπει να τον πάω πίσω στην κατοικία του, η υγεία του μπορεί να κινδυνεύει. Κοίτα, μπορώ να το τακτοποιήσω αυτό", επέμεινε ο Άνταμ. Έβγαλε χίλια δολάρια σε χαρτονομίσματα των 100 δολαρίων και τα έσπρωξε στην επιφάνεια εργασίας, καλύπτοντάς τα κάτω από το χέρι του. "Είμαι γιατρός με άδεια στο Μπέλβιου, μπορώ να το αναλάβω από εδώ και πέρα. Μπορείς να τα πάρεις αυτά και να τον φέρεις εδώ;"

"Ορίστε;", ήταν η κοφτή ερώτηση.

"Υπάρχει κάποιο πρόστιμο ή κάτι τέτοιο που μπορώ να τακτοποιήσω εδώ;" ρώτησε ο Άνταμ με προσοχή.

"Κύριε, πρέπει να πάρετε τα χρήματα από το γραφείο και να καθίσετε στον πάγκο δίπλα στον τοίχο μέχρι να φέρουν τον ασθενή σας εδώ", εξήγησε αυστηρά ο αξιωματικός του γραφείου.

Ο Άνταμ έκανε ό,τι του είπαν, αν και μέσα σε λίγα λεπτά ήρθε ένας αστυνομικός και του ζήτησε τον αριθμό της άδειας του γιατρού του. Στριφογύριζε νευρικά τους αντίχειρές του καθώς καθόταν με ένταση, μέχρι που, τελικά, είδε τον Κόμπο να κατευθύνεται προς το χώρο αναμονής, συνοδευόμενος από δύο αστυνομικούς και έναν υπάλληλο με πολιτικά.

"Δρ Άνταμ Ράουχ;" ρώτησε ο άνδρας με τα πολιτικά καθώς πλησίαζε. "Μπορώ να σας μιλήσω;"

"Κύριε, ο άνθρωπος αυτός τελεί υπό αυστηρή ιατρική παρακολούθηση και πρέπει να επιστρέψει αμέσως στον χώρο του ξενώνα που τον φροντίζει".

"Είμαι ο Δρ Νάιγκμα από την Αστυνομία της Νέας Υόρκης", συστήθηκε ο μαύρος άνδρας. "Απλά μερικές γρήγορες ερωτήσεις. Δεν έχω δει ποτέ μια διαδικασία όπως αυτή που έχει υποβληθεί αυτός ο άνθρωπος. Έγινε στο Μπέλβιου;"

"Κύριε, είμαι βέβαιος ότι γνωρίζετε ότι εδώ εμπλέκονται θέματα HIPAA, τα οποία δεν έχω το δικαίωμα να συζητήσω. Είμαι επίσης βέβαιος ότι, μέχρι τώρα, έχετε αντιληφθεί ότι αυτός ο άνθρωπος πονάει πολύ και πρέπει να επιστρέψει σε ξενώνα το συντομότερο δυνατό".

"Θέλω απλώς να ξέρετε ότι θα το ψάξω με το Μπέλβιου", τόνισε ο Νάιγκμα με σοβαρότητα.

"Έχετε τον αριθμό της άδειάς μου". Ανασήκωσε τους ώμους καθώς απομακρύνθηκε για να μαζέψει τον Κόμπο.

"Γιατρέ, πονάω", βογκούσε ο Κόμπο καθώς

πλησίαζε τον Άνταμ με όλα τα μάτια του λόμπι στραμμένα πάνω του.

"Ηλίθιο κάθαρμα, έπρεπε να σε είχα αφήσει εδώ", μουρμούρισε ο Άνταμ. "Απλά ακολούθησέ με από εδώ. Υπάρχει ένα ταξί που περιμένει έξω".

"Πραγματικά λυπάμαι, γιατρέ, πραγματικά λυπάμαι".

"Περπατήσατε όλη αυτή τη διαδρομή γύρω από την εγκατάσταση μόνη σας, χωρίς βοήθεια;"

"Μάλιστα, κύριε, το έκανα."

"Εντάξει, θα το συζητήσουμε στο εργαστήριο. Πάμε."

~

"Δηλαδή, μας λες ότι δεν είχες ιδέα για το τι μπορούσε να κάνει αυτός ο τύπος μέχρι που βγήκε από το υπόγειο εκείνο το βράδυ;"

"Όχι ακριβώς", προσπάθησε να εξηγήσει ο Νώε Μπιρνμπάουμ το επόμενο πρωί στην αίθουσα συνεντεύξεων.

Ο Τόμι και ο Orrin τον έφεραν αντιμέτωπο με τις αναφορές συλλήψεων από το MCC για να πάρουν την αντίδρασή του. "Να θυμάστε ότι τα προσθετικά μας παρουσιάστηκαν ως ευεργετικές συσκευές. Δεν τέθηκε ποτέ το ζήτημα της ικανότητάς τους να προκαλούν ζημιές. Κοιτάξτε, ας υποθέσουμε ότι μάθαμε ότι τα άκρα είχαν αυτή την υπεράνθρωπη ιδιότητα. Θα σκεφτόμασταν ότι θα ήταν ένα πρόσθετο όφελος για τον ασθενή, υποθέτοντας ότι θα έπεφτε από μια σκάλα ή θα εμπλεκόταν σε κάποιο ατύχημα. Ποτέ δεν θα είχαμε αμφισβητήσει την ηθική πτυχή, ως προς το αν τα άκρα θα μπορούσαν να χρησιμοποιηθούν για παράνομους σκοπούς".

"Έτσι, ασχολείσαι με ένα ζευγάρι χρηστών κρακ στο Ανατολικό Χάρλεμ και η σκέψη αυτή δεν σου πέρασε ποτέ από το μυαλό". Ο Τόμι Τζάκσον είχε ακουμπήσει την καρέκλα του στα πίσω πόδια της και γύριζε τους αντίχειρές του, ενώ ο Όριν Ράμπερσαντ ρουφούσε τον καφέ του στη γωνία. "Βλέπετε, αυτό είναι το πρόβλημα που έχω εδώ. Εσείς, παιδιά, εμφανίζεστε σαν ένα μάτσο παιδιά στο πάρκο, σαν να έχετε αυτά τα φωτοστέφανα πάνω από τα κεφάλια σας, και εγώ έχω μισή ντουζίνα ανθρώπους που τους έκοψε τα χέρια και τα πόδια *κάποιος* που σας μοιάζει. Τώρα, συνεχίζετε να τα ρίχνετε όλα αυτά στον Δρ. Κύκλωπα, ο οποίος πρέπει να είναι ο πιο ικανός χειρουργός στην ιστορία της ιατρικής, κάνοντας όλες αυτές τις μαλακίες μόνος του. Λέτε ότι ο Άνταμ σας έδειξε το χέρι και τον τρόπο λειτουργίας του, και μετά το έδωσε πίσω στον Κύκλωπα, ο οποίος έκανε την επέμβαση και έδωσε τον Κόμπο πίσω στην φροντίδα του Άνταμ. Κι όμως, κανείς δεν έχει ιδέα για το τι μπορούσαν να κάνουν αυτά τα άκρα μέχρι που ο Κόμπο ξέσπασε και τον μάζεψε η αστυνομία της Νέας Υόρκης".

"Είναι όπως είπα, μείναμε με τον Άνταμ μόνο λόγω της συμφωνίας που είχαμε". Ο Νώε ήταν εκνευρισμένος. "Είδαμε αυτές τις αξιοσημείωτες ανακαλύψεις που γίνονταν. Ανέπτυξε αυτά τα προσθετικά άκρα που λειτουργούσαν μέσω του συντονισμού νου-νευρικού συστήματος ... είχε κάνει αυτές τις εξαιρετικές δια γονιδιακές μεταμοσχεύσεις δέρματος. Πώς στο καλό νομίζετε ότι θα μπορούσαμε να τον αφήσουμε να φύγει;"

"Ώστε, ήταν ο Άνταμ!" Ο Τόμι παραλίγο να γελάσει, όταν ο Όριν όρμησε κατά του Νώε, βροντοφωνάζοντας με τη δυτικο-ινδική προφορά του: "Γιατί ρισκάρεις ολόκληρη την καριέρα σου εδώ; Απλά πες την αλήθεια στο εδώλιο του μάρτυρα και θα φύγεις με καθαρό μητρώο!"

"Δεν ήταν μόνο ο Άνταμ, στο είπα ξανά και ξανά!" Ο Νώε χτύπησε απαλά το πλάι της γροθιάς του στην επιφάνεια του τραπεζιού. "Ήταν ο Κύκλωπας! Από πού στο καλό νομίζεις ότι θα μπορούσε να έχει πάρει αυτά τα προσθετικά; Ο Κύκλωπας πρέπει να είχε κάποια υπερπόντια σύνδεση μέσω της οποίας έπαιρνε αυτά τα ρομποτικά μέλη. Ίσως είχε κάνει κάποια συμφωνία με τον Άνταμ. Ίσως ο Άνταμ έκανε τα πειράματα. Δεν ξέρω".

"Εντάξει." Ο Τόμι άρχισε να γράφει στο σημειωματάριό του. "Τώρα, σημειώνουμε πρόοδο. Οπότε, ο Άνταμ κάνει τα πειράματα με τα άκρα".

"Δεν το είπα αυτό!" Ο Νώε γκρίνιαξε. "Μου βάζεις με το ζόρι λέξεις στο στόμα. Σου είπα ότι δεν γνώρισα ποτέ τον Κύκλωπα. Δεν έχω ιδέα ποια ήταν η συμφωνία- το μόνο που μπορώ να πω είναι ότι ξέρω ότι υπάρχει. Αλλιώς κανένας από εμάς δεν θα μπορούσε ποτέ να πάρει τα προσθετικά".

"Κοίτα αυτό." Ο Τόμι τον κοίταξε επίμονα. "Βλέπεις συνέχεια αυτές τις αστυνομικές ταινίες, που σε κατεβάζουν στο κελάρι κάτω από μια λάμπα με έντονο φως, με τύπους να σου φωνάζουν επί δώδεκα ώρες; Μπορούμε να το κάνουμε αυτό. Αν θες να με κάνεις μαλάκα, *μπορούμε να* το κάνουμε".

"Σου λέω τα πάντα! Δεν έχω κανένα λόγο να πω ψέματα! Έχω γυναίκα και παιδιά, έχω οικογένεια, έχω καριέρα! Νομίζεις ότι θα ρίσκαρα τα πάντα αν πίστευα ότι θα κάναμε κάτι που θα μπορούσε να φτάσει μέχρι εδώ;"

"Δεν είναι αυτό που νόμιζες, Νώε. Είναι αυτό που συνέβη", είπε ο Τόμι βλοσυρά.

"Δεν ξέρω πώς αλλιώς να στο εξηγήσω. Ξέραμε ότι ο Κόμπο βγήκε έξω επειδή έπρεπε να επισκευαστεί η πόρτα και η συμπεριφορά της Patch άλλαξε εντελώς, σαν να την είχαν τιμωρήσει για κάτι. Επιπλέον, είχε τελειώσει τον αποθηκευτικό χώρο και το ψυγείο λίγο αργότερα. Η μεγαλύτερη ανησυχία μας ήταν ότι μπορεί να είχε σκοτώσει τη μαμά του για να πάρει στα χέρια του όλα αυτά τα λεφτά, αλλά μας κάλεσε να την επισκεφτούμε την Ημέρα των Ευχαριστιών και τη βρήκαμε σε πολύ καλή διάθεση. Μετά από αυτό, το θέμα ήταν να κάνουμε τις επεμβάσεις παρακολούθησης του Κόμπο και του Patch. Ποτέ δεν υπήρξε κόκκινη σημαία πουθενά, και αν υπήρχε, ο Άνταμ έκανε την αντιμετώπιση των προβλημάτων".

Ο Τόμι και ο Όριν κάλεσαν τελικά τον φρουρό και επέστρεψαν στο πάρκινγκ μέσα σε μελαγχολική σιωπή. Μπήκαν στο αυτοκίνητο του Τόμι, καθώς εκείνος έβγαινε, και ξεκίνησαν για τη Μανιτόμπα.

"Ξέρεις ότι μπορώ να το σπάσω αυτό το μικρό σκατό". Ο Τόμι άναψε ένα τσιγάρο.

"Γνωρίζουμε επίσης τι χρήματα έχουν αυτοί οι άνθρωποι". Ο Όριν κοίταξε έξω από το παράθυρο. "Οι δικηγόροι τους θα έκαναν ό,τι κι αν έπαιρνες, θα το έδιωχναν από το δικαστήριο με έφεση. Όλη η δουλειά που κάναμε θα πήγαινε μαζί της, μαζί με τις πιθανότητές μας για μπόνους ή προαγωγή".

"Γαμημένη πολιτική". Ο Τόμι έβγαλε ένα ρεύμα καπνού από το παράθυρο. "Τότε που ο πατέρας μου ήταν μπάτσος, θα είχαν υπογεγραμμένη ομολογία και από τους τέσσερις από αυτούς τους λαθρομετανάστες μέσα σε μισή ώρα μετά τη σύλληψη. Τους έσερναν στο υπόγειο, και η υπόθεση έκλεινε".

"Ήταν αυτό πριν υπάρξουν τέτοια πράγματα όπως τα δικαιώματα Μιράντα;"

"Ααα, γάμα το αυτό το σκατό. Δεν θα βάλουμε την ουρά στο σβέρκο του γαϊδάρου εδώ. Ξέρεις ότι αυτοί το έκαναν. Αν αυτοί οι τύποι αφεθούν ελεύθεροι, θα είναι η χειρότερη παρωδία της δικαιοσύνης από τότε που έγινε με τον OJ Simpson. Παίζουμε το παιχνίδι του νικητή και χάνουμε".

"Κάποιος θα εγκαταλείψει τον Κύκλωπα αργά ή γρήγορα, το νιώθω. Η ιστορία με τους τέσσερις σωματοφύλακες θα καταρρεύσει από στιγμή σε στιγμή. Και οι τέσσερις δεν πρόκειται να χάσουν τα πάντα για να προστατέψουν τους ενόχους, ειδικά ο Τζάβιτς. Νομίζω ότι είναι αυτός που τον κράτησαν στο σκοτάδι ως επί το πλείστων, και θα είναι αυτός που θα νιώσει ότι τον χέζουν".

"Λοιπόν, θα φέρεις την Άντζι το Σάββατο το βράδυ;"

"Ναι, της το είπα ήδη. Θα στείλω τον Ντέιβιντ στης αδελφής μου για το Σαββατοκύριακο. Δεν μπορεί να περιμένει".

"Η Μορίν στέλνει τα κορίτσια στην αδελφή της. Θα είναι ωραία, θα μπορέσουμε να μείνουμε μέχρι αργά".

"Η Άντζι ανυπομονεί να σας γνωρίσει."

"Ωραία." Ο Τόμι επιβράδυνε καθώς πλησίαζαν σε απόσταση αναπνοής από τη Μανιτόμπα. "Θα μπορέσουμε να το κάνουμε με στυλ πριν ο Σριβ μας κρεμάσει από τα αρχίδια τη Δευτέρα".

Πάρκαραν το αυτοκίνητο και κατευθύνθηκαν προς το σαλόνι, ελπίζοντας ότι τα πράγματα δεν ήταν τόσο ξεκάθαρα όσο άρχισαν να φαίνονται.

ΚΕΦΆΛΑΙΟ ΈΚΤΟ

Ο Adam Rauch ενημερώθηκε από ένα από τα σκυλιά ότι ο Ντζάγκο Ταμσουλόσιν βρισκόταν σε μια Cadillac Brougham στο τέλος του δρόμου και τον περίμενε. Βοήθησε τον Κόμπο να βγει από το ταξί και είπε στον οδηγό ότι θα τον καλούσε όταν θα ήταν έτοιμος να τον παραλάβει. Είχε την αίσθηση ότι δεν επρόκειτο να τελειώσει σύντομα. Δεν είχε ιδέα ότι θα ερχόταν ο Ντζάγκο και παρακολουθούσε τον σκύλο να τρέχει στο τετράγωνο για να δώσει το οκ στο αφεντικό του.

Μέσα σε δεκαπέντε λεπτά, ο Άνταμ είχε δώσει στον Κόμπο μερικά παυσίπονα και η Πατς του είπε ότι ο Ντζάγκο είχε στείλει δύο σκυλιά αμέσως μόλις ο Άνταμ έφυγε για το MCC. Ο Άνταμ είχε ήδη διαβάσει στην Πατς την πράξη της εξέγερσης, αλλά εκείνη φοβόταν περισσότερο για το τι θα είχε να της πει ο Ντζάγκο . Ήξερε ότι το λάστιχο θα συναντούσε το δρόμο εδώ, και πίστευε ακράδαντα ότι η κρίση έφερνε πάντα μαζί της τις καλύτερες ευκαιρίες.

"Λοιπόν, υποθέτω ότι τώρα πια ξέρεις ότι ο γέρος που πήγε να επισκεφτεί ο Κόμπο ήταν ο παππούς μου". Ο Ντζάγκο άναψε ένα τσιγάρο καθώς καθόταν στην πολυθρόνα μπροστά από το ταπεινό γραφείο του Άνταμ στο καθιστικό.

Ο Άνταμ αντιλήφθηκε τα δύο σκυλιά που τριγυρνούσαν στο υπόγειο, αλλά δεν μίλησε. "Όχι, στην πραγματικότητα, δεν το έκανα."

"Λοιπόν, Ντζάγκο , δεν είχα καμία πρόθεση να προσπαθήσω να ξεγελάσω τον μπαμπά", κλαψούρισε η Πατς από πίσω τους, με τα χέρια της διπλωμένα σαν να προσεύχεται. "Απλώς σκέφτηκα ότι μπορεί να βοηθήσει τον Κόμπο, αυτό είναι όλο..."

"Βλέπεις, τώρα δεν δίνω δεκάρα για το γιατί και το γιατί". Ο Ντζάγκο έβγαλε ένα αυτόματο Colt .44 από μια θήκη ώμου και το σημάδεψε στην Πατς. "Και δεν με νοιάζει καθόλου αν θα σκοτώσω αυτή την τσούλα με την άσπρη κοιλιά".

"Κοίτα, αυτό δεν είναι απαραίτητο, σε παρακαλώ". Ο Άνταμ σήκωσε το χέρι του καθώς η Πατς έπεσε στα γόνατα, κλαίγοντας με λυγμούς και ικετεύοντας για τη ζωή της.

"Βλέπεις, γιατρέ, το κάνω για σένα και αυτό παίρνω". Ο Ντζάγκο κατέβασε τελικά το πιστόλι και το έβαλε στη θήκη του. "Σε καλύπτω σε όλη τη γειτονιά και ο αράπης ρομπότ σου πάει στο σπίτι του παππού μου. Σου έκανα καλές συμφωνίες για τα ναρκωτικά σου και κοίτα τι παίρνω".

"Είπατε ότι θα μου βρείτε περισσότερους εθελοντές και ότι θα ρίξετε τις τιμές σας". Ο Άνταμ καθάρισε το λαιμό του. "Δεν μπορώ να προχωρήσω τόσο γρήγορα μόνο με αυτούς τους δύο, αν σκεφτείς την πρόοδο που κάνουμε. Επιπλέον, το ποσό που μου κοστίζει αυτό το έργο με έχει καταβάλει".

"Απλά υποστηρίζεις τις συνήθειες δύο αράπηδων και γκρινιάζεις;"

"Με χτυπάτε επίσης για την πενικιλίνη και όλα τα άλλα προϊόντα που έχω παραγγείλει. Δεν παραπονιέμαι, Ντζάγκο . Ήσουν μια τεράστια βοήθεια εδώ. Απλά χρειάζομαι μερικούς ακόμη εθελοντές. Επιπλέον, θα μπορούσα να κάνω ένα διάλειμμα στην τιμολόγηση. Βλέπεις τι συμβαίνει εδώ. Πρέπει να κάνουμε πολλές χειρουργικές επεμβάσεις και αυτό μειώνει τα αποθέματα παυσίπονων. Είμαι σίγουρος ότι μπορείτε να καταλάβετε τι συμβαίνει εδώ. Κάνουμε πράγματα εδώ που δεν έχουν επιχειρηθεί πουθενά αλλού στη γη. Εδώ, στα *δικά σου* λημέρια, Ντζάγκο ".

"Εντάξει, γιατρέ", γέλασε ο Ντζάγκο , φυσώντας ένα δαχτυλίδι καπνού προς το ταβάνι. "Δεν χρειάζεται να μου φυσάς καπνό στον κώλο. Απλά προσπαθώ να τα καταφέρω όπως όλοι οι άλλοι. Απλά προσπαθώ να βγάλω όσα περισσότερα μπορώ όσο είμαι στην κορυφή. Κοιτάξτε, θα σας στείλω εθελοντές. Ο τρόπος που δουλεύει, όμως, είναι να μη μου κάνεις ερωτήσεις και να μην απορρίψεις κανέναν. Θα σου τηλεφωνήσω στο κινητό σου και πρέπει να είσαι πρόθυμος να δεχτείς τον εθελοντή σου εδώ στο εργαστήριό σου σε μια ώρα. Αρκετά δίκαιο;"

"Εντάξει." Ο Άνταμ εξέπνευσε αργά, το στήθος του ήταν σφιγμένο και το μυαλό του έτρεχε. Σκέφτηκε ότι ένας από τους άλλους συναδέλφους θα μπορούσε να έρθει και να τον αντικαταστήσει, αν αναγκαζόταν να δουλέψει μια βραδινή βάρδια στο Μπέλβιου. Πιθανότατα θα κλωτσούσαν και θα φώναζαν, αλλά τώρα που εμπλέκεται η αστυνομία, όλοι θα εντυπωσιάζονταν από την ανάγκη να κυλήσουν τα πράγματα όσο το δυνατόν πιο ομαλά από εδώ και πέρα. "Έγινε. Τηλεφώνησέ μου και, αν δεν μπορώ να έρθω αμέσως, θα κανονίσω να έρθει ένας από τους συνεργάτες μου να σε συναντήσει. Ο Patch και ο Κόμπο θα είναι επίσης διαθέσιμοι. Θα τα καταφέρουμε".

"Εντάξει, το κάνεις για μένα, το κάνω για σένα". Ο Ντζάγκο τον κοίταξε στα μάτια. "Δεν απορρίπτεις κανέναν, τον παίρνεις σε μια ώρα. Θα μειώσω το κόστος των φαρμάκων σου κατά είκοσι τοις εκατό- είναι δίκαιο αυτό;"

"Αυτό είναι πολύ δίκαιο. Όλα όσα κάνετε για εμάς τα εκτιμούμε, το ξέρετε αυτό".

Ο Ντζάγκο Ταμσουλόσιν σηκώθηκε για να σφίξει το χέρι του Adam πριν φύγει. Και οι δύο άνδρες ένιωσαν κατά κάποιο τρόπο ότι ο Διάβολος είχε μπει στη συμφωνία και είχε συμμετάσχει και ο ίδιος στη χειραψία.

~

"Δηλαδή, η ιστορία σου είναι ότι ήσουν συνέχεια μαστουρωμένος και δεν ήξερες τι συνέβαινε;" Ο Τόμι Τζάκσον χτύπησε τα δάχτυλά του στην επιφάνεια εργασίας, καθώς αυτός και ο Όριν Ράμπερσαντ είχαν επιστρέψει και πάλι στο MCC.

"Αυτό είναι γεγονός. Απλά ρωτήστε την Πατς και θα σας πει".

Και οι δύο ντετέκτιβ θαύμασαν στη θέα του

Κόμπο, ο οποίος φαινόταν λιγότερο ανθρώπινος από ό,τι έδειχναν οι αστυνομικές αναφορές. Μέχρι εκείνη τη στιγμή, οι γιατροί είχαν κατασκευάσει έναν τεχνητό ώμο πάνω στον κορμό, ενισχυμένο με μια ατσάλινη κλείδα από τιτάνιο. Είχαν επίσης κατασκευάσει μια χαλύβδινη λεκάνη που αποτελούσε στήριγμα για ολόκληρη τη συσκευή. Φαινόταν πολύ πιο σίγουρος απ' ό,τι περίμεναν, πιθανότατα αφού τον είχαν επισκεφθεί οι άνθρωποι του Τζερόμ Μπράουν. Προφανώς, ο Μπράουν ανέπτυξε μια συμπάθεια για τον Κόμπο και θα έκανε ό,τι περνούσε από το χέρι του για να τον ξεμπλέξει.

"Ξέρετε, θα ήθελα να επισημάνω κάτι εδώ". Ο Τόμι έγειρε πίσω στην καρέκλα του. "Αν πείσουμε κάποιον -και εννοώ *οποιονδήποτε*- να αλλάξει την ιστορία του, θα σταθείς δίπλα στους γιατρούς. Αυτός ο μπασκετμπολίστας δεν θα μπορέσει να κάνει τίποτα για να σώσει τον κώλο σου. Ο χρόνος μας τελειώνει, η δίκη αρχίζει τη Δευτέρα. Είτε θα γίνεις μάρτυρας υπέρ μας, είτε θα ρίξεις τα ζάρια και θα ελπίζεις να μη σε καρφώσει κανείς".

"Φίλε, σου είπα ότι ήμουν υπό την επήρεια ναρκωτικών", επέμεινε ο Κόμπο. "Μπορείς να δεις με τα μάτια σου τι μου έκαναν. Κάθε φορά που έκαναν κάτι καινούργιο, κατέληγαν να κάνουν τέσσερις φορές περισσότερο καθάρισμα μετά. Μου έλεγαν ότι αυτό δεν έπιασε, ή ότι αυτό πρέπει να το ξαναρυθμίσουμε, ή ότι αυτό το άλλο πρέπει να το ξανακάνουμε. Μου έσωσαν τη ζωή, δεν υπάρχει αμφιβολία γι' αυτό, αλλά πώς θα συνεχίσω από εδώ και πέρα; Αν υποθέσουμε ότι τους κλείνουν μέσα; Ποιος θα μπορέσει να με φροντίσει;"

Υπήρχε κάτι στον Κόμπο που δεν άρεσε στους ντετέκτιβ. Είχε πολύ περισσότερη αυτοπεποίθηση από τον χαρακτήρα που περιέγραφαν όλοι οι ύποπτοι, περισσότερο από το αφηρημένο ναυάγιο που εμφανίστηκε στο βίντεο της αστυνομίας κατά τη διάρκεια της προκαταρκτικής ανάκρισης. Υποπτεύονταν ότι ένα μέρος του είχε να κάνει με τη γνώση ότι θα μπορούσε να σπάσει τον λαιμό οποιουδήποτε από τους δύο σαν κλαδί, αν και θα τον πυροβολούσαν στα σκατά μόλις προσπαθούσε να ξεφύγει από το MCC. Πιθανότατα είχε να κάνει περισσότερο με την όποια σχέση είχε κάνει με τον Τζερόμ Μπράουν. Ο σταρ του NBA είχε κάνει δημόσιες δηλώσεις ότι ο Κόμπο του είχε σώσει τη ζωή, αν και αυτό μάλλον έγινε εν βρασμώ ψυχής. Παρόλα αυτά, ήταν εξαιρετικά απίθανο να άφηνε τον Κόμπο να κρέμεται δίπλα στους γιατρούς, αν μπορούσε να κάνει κάτι γι' αυτό.

Γνώριζαν επίσης ότι ο δικηγόρος του Μπράουνι είχε μιλήσει με τον δικηγόρο του Κόμπο και ότι και οι δύο είχαν συναντηθεί με τον ίδιο τον Κόμπο. Δεν υπήρχε καμία αμφιβολία ότι θα πήγαιναν στο αστικό δικαστήριο μετά από αυτό, ανεξάρτητα από το πώς θα εξελισσόταν η ποινική δίκη. Ο Μπράουν θα έκανε μήνυση στους γιατρούς για όλα όσα είχαν και όχι μόνο. Κάποιος κάπου έπρεπε να προσκομίσει τον Κύκλωπα, όχι μόνο για να μην περάσουν οι γιατροί τη ζωή τους στη φυλακή, αλλά και για να μην είναι μια ζωή υπόδουλοι στον Τζερόμ Μπράουν, ακόμα κι αν κέρδιζαν τη δίκη.

"Έτσι, συνεχίζεις να προσπαθείς να ρίξεις το φταίξιμο στην Πατς". Ο Όριν πλησίασε και μπήκε στα μούτρα του Κόμπο. Είχαν κόψει το αριστερό χέρι και το δεξί πόδι από την πορτοκαλί φόρμα του για να χωρέσουν τα τεράστια εξαρτήματα. " Η Πατς σε ανάγκασε να κάνεις αυτό, η Πατς σε ανάγκασε να πεις εκείνο. Δεν νομίζεις ότι είναι δύσκολο να πιστέψεις ότι μια μικρή τσούλα σαν κι αυτή μπορεί να σε κάνει να κάνεις οτιδήποτε;"

"Δεν καταλαβαίνεις. Άρχισε να πιέζει τους γιατρούς όταν τα πράγματα άρχισαν να βελτιώνονται στο εργαστήριο. Ήθελε να τελειώσουν τη δουλειά πάνω της, ειδικά ο Άνταμ. Δεδομένου ότι ήταν αυτός που περνούσε τον περισσότερο χρόνο μαζί μας, του γκρίνιαζε συνέχεια. 'Ω, γιατρέ, είπες ότι θα κάνεις αυτό' και 'Είπες ότι θα κάνεις εκείνο'. Ξέρεις πώς είναι οι γυναίκες. Επιπλέον, άρχισε να αφήνει υπονοούμενα ότι θα πήγαινε να πάρει μια δεύτερη γνώμη. Δεν υπήρχε περίπτωση να το επιτρέψει αυτό. Όταν ήρθε η ώρα, είπε ότι θα το έλεγε στη σύνδεσή του, και αυτό την έπνιξε γρήγορα. Παρόλα αυτά, μπορούσες να καταλάβεις ότι είχε στο πίσω μέρος του μυαλού του το γεγονός ότι μπορεί να τον καρφώσει. Είχε κάποια μόχλευση, αλλά φοβόταν ότι ο σύνδεσμός του θα την έπιανε στα πράσα".

"Δεν πρόκειται να παραδεχτείς ότι ο Ντζάγκο Ταμσουλοσίν ήταν η σύνδεση, έτσι δεν είναι;" Ο Όριν τσίμπησε.

"Όχι, ανέχτηκα πολύ πόνο για να μείνω ζωντανός τόσο καιρό. Δεν πρόκειται να τα κατουρήσω στην τουαλέτα, καρφώνοντας τον Ντζάγκο Ταμσουλόσιν ή οποιονδήποτε άλλον".

"Δοκίμασε αυτό". Ο Τόμι τον κοίταξε. "Αν ο Τζερόμ Μπράουν ανακαλύψει ότι είχες οποιαδήποτε σχέση με την παροχή βοήθειας, θα σου επιτεθεί εξίσου σκληρά με τους γιατρούς, ίσως και πιο σκληρά, γιατί αυτή τη στιγμή σε εμπιστεύεται. Μόλις καταρρεύσει η υπεράσπισή τους ως Δρ. Κύκλωπας, θα γαντζωθούν και θα αρπάξουν οτιδήποτε μπορούν να βάλουν στα χέρια τους για να ανακόψουν την πτώση τους. Είναι σαν τέσσερα πόδια σε ένα τραπέζι- μόλις κόψουμε το ένα από αυτά, τα άλλα τρία πέφτουν κάτω".

"Απλά πες μας με ποιον νομίζεις ότι μπορούμε να κάνουμε συμφωνία", τον παρακίνησε ο Όριν. "Τι λες για τον Νώε; Ήταν ο νεότερος, ήταν το παιδί στο πάρκο, ήταν το μανιτάρι. Τον τάιζαν σκατά και τον κρατούσαν στο σκοτάδι. Δεν θέλει φυλακή για το υπόλοιπο της ζωής του. Πιστεύει στον Κύκλωπα. Απλά πες στα πρακτικά ότι βοήθησες τον Νώε στο εργαστήριο και θα του το σπάσουμε στη μούρη. Θα κάνεις μια δήλωση ότι τους βοήθησες να βάλουν το χέρι στον Τζερόμ Μπράουν και θα φύγεις. Θα σου κλείσουμε συμφωνία προστασίας μαρτύρων. Θα φύγεις από αυτό το σκατότοπο του Ανατολικού Χάρλεμ για το υπόλοιπο της ζωής σου".

"Σου λένε ότι ο Κύκλωπας έκανε όλες τις επιχειρήσεις!" αναφώνησε ο Κόμπο. "Ήταν αυτός που έκανε το κόψιμο σε μένα, αυτός έκανε την επέμβαση στο δέρμα της Πατς, και αυτός έκοψε τον Τζερόμ Μπράουν, και όλες αυτές τις γυναίκες για τις οποίες μιλούσαν".

"*Τέσσερις* γυναίκες, Κόμπο", είπε ο Τόμι. "Βρήκαν *τέσσερις* γυναίκες σε εκείνη τη μετεγχειρητική περιοχή, ή όπως αλλιώς θέλεις να την ονομάσεις. Προσπαθείς να μου πεις ότι ποτέ δεν έκαναν θόρυβο, ότι ποτέ δεν σε έπιασαν υποψίες για το επιπλέον φαγητό και τις προμήθειες που έρχονταν, ότι τίποτα δεν σου έδωσε ποτέ την παραμικρή ένδειξη ότι δεν ήσουν μόνο εσύ και η Πατς στο εργαστήριο;"

"Πρέπει να της μιλήσεις, φίλε, σου το λέω συνέχεια! Δεν περπατούσε εκεί, υπό την επήρεια ναρκωτικών. Τους βοηθούσε να κάνουν αυτό και εκείνο. Ίσως αυτό ήταν το βάρος που είχε πάνω τους. Ίσως υποψιαζόταν κάτι και άφηνε υπονοούμενα για να κάνει τον γιατρό Άνταμ να κάνει αυτό που ήθελε".

"Εντάξει, φτάνουμε κάπου;" Ο Τόμι κοίταξε μπρος-πίσω ανάμεσα στον Όριν και τον Κόμπο. "Μου λες κάτι; Αν σε τάιζε και σκούπιζε τα σκατά σου, τότε θα έπρεπε να βοηθάει και τις γυναίκες. Μόλις είπες ότι ίσως έφταιγε το βάρος που είχε πάνω του. Μήπως άφησε ποτέ υπονοούμενα για τις γυναίκες που ήταν εκεί; Έλα τώρα, Κόμπο. Κάτι πρέπει να υπήρχε που του ήρθε κόντρα εκείνη τη φορά που σε έκανε να πιστέψεις ότι είχε κάτι άλλο εκτός από όλο αυτό το λευκό δέρμα που της έραψε".

"Φίλε, σου λέω ότι δεν ξέρω!"

"Πες μου για την Πατς". Ο Τόμι εξέπνευσε. "Πόσα ράμματα έκανε; Υπήρχε ένα μαύρο κορίτσι, δύο μιγάδες και ένα λευκό κορίτσι που σώσαμε από το δωμάτιο. Νομίζω ότι τους πήρε μερικά μοσχεύματα δέρματος για να δει αν ήταν συμβατές με το υβριδικό χοιρινό δέρμα του. Δεν θα προχωρούσε έτσι απλά στις μεταμοσχεύσεις δέρματος αν δεν είχε κάνει αρκετή έρευνα για να ξέρει ότι θα λειτουργούσε. Δεν έκανε όλη αυτή τη δουλειά μέσα σε δύο εβδομάδες, Κόμπο. Είπες ότι το έσκασες από το εργαστήριο το βράδυ του Χάλογουιν. Πότε έμαθες ότι η Πατς έπαιρνε αναβαθμίσεις μετά από εκείνο το σημείο;".

"Σας είπα ότι δεν είχα τρόπο να παρακολουθώ τον χρόνο. Το μόνο που είχαν ήταν εκείνο το ρολόι στον τοίχο. Δεν ήξερα μέρες, εβδομάδες ή μήνες, εκτός αν κάποιος ανέφερε κάτι. Κοίταξε, φίλε, με έκαναν πρεζόνι της πέτρας. Αφού τελείωσαν με το κόψιμο, το μόνο που ήξερα ήταν αυτός ο πόνος που έκαιγε και έτσουζε γύρω από αυτά τα μέρη του ρομπότ, σαν το σώμα μου να μην ήθελε να είναι εκεί. Αυτό ακριβώς είπαν, ότι το σώμα μου απέρριπτε αυτό το ρομπότ. Μου έβαλαν λίγο από αυτό το δια γονιδιακό δέρμα, αλλά το πρόβλημα ήταν τα νεύρα και οι φλέβες και οι αρτηρίες και όλες αυτές οι μαλακίες. Ο Δρ. Έιμπ ερχόταν και μου μιλούσε όταν ερχόμουν μερικές φορές. Ήταν αυτός που ειδικευόταν σε αυτά τα πράγματα".

"Εντάξει, οπότε ξεκινάμε." Ο Τόμι ξεφύλλισε το τετράδιο που κρατούσε σημειώσεις. Ο Όριν έπαθε πλάκα γιατί ήταν επίσης γεμάτο με σκίτσα καρτούν και κάτι που έμοιαζε με γκράφιτι. "Ο Έιμπ Τζάβιτς ήταν ο νευροχειρουργός. Πρέπει να ήταν αυτός που έκανε την επανορθωτική χειρουργική επέμβαση, συνδέοντας όλες τις εκκρεμότητες αφού ο Άνταμ έκανε την κοπή. Έχω δίκιο;"

"Φίλε, θέλω τον δικηγόρο μου". Ο Κόμπο κούνησε το κεφάλι του απογοητευμένος. "Δεν είπα τίποτα για τον Άνταμ, και ο Δρ Έιμπ είναι ο τελευταίος τύπος που θα πρόδιδα. Είναι ένας από τους πιο καλούς ανθρώπους που έχω γνωρίσει ποτέ. Είπα ότι μου έκανε ερωτήσεις για το πώς τα πάω, αλλά δεν ξέρω ποιος έκανε την κοπή, γιατί ήμουν αναίσθητος. Τώρα, αν συνεχίσεις να προσπαθείς να μου βάλεις τρικλοποδιά, πρέπει να καλέσεις τον δικηγόρο μου".

"Έι", γρύλισε ο Τόμι. "Τη Δευτέρα είναι η Ημέρα της Εργασίας, η δίκη αρχίζει την επόμενη Τρίτη. Σήμερα είναι Τετάρτη, και χτυπάω το κεφάλι μου στον τοίχο προσπαθώντας να βγάλω άκρη με αυτό το πράγμα. Εδώ και δύο μέρες ακούω αυτή τη σειρά από μαλακίες για κάποιον Δρ Κύκλωπα που έκανε τα πάντα, από το να σε μετατρέψει σε Ρομποτικό Κομάντο μέχρι να κάνει την Πατς σχεδόν λευκή, μετά να κόψει και να τεμαχίσει τέσσερις γκόμενες που κανείς δεν ήξερε καν ότι υπήρχαν μέχρι το περασμένο Σαββατοκύριακο, και να κόψει το χέρι του Τζερόμ Μπράουν για να τον μετατρέψει στον Άνθρωπο των Εκατό Εκατομμυρίων Δολαρίων. Τώρα, βάλτε τον εαυτό σας στη θέση μου- δεν σας φαίνονται όλα αυτά σαν μια μεγάλη μαλακία;".

"Θέλω τον δικηγόρο μου". Ο Κόμπο γρατζούνισε με τα δάχτυλα του δεξιού του χεριού ένα φανταστικό σημείο στην επιφάνεια του τραπεζιού.

"Άκου, μαλάκα. Αν φέρω τον δικηγόρο σου εδώ μέσα, δεν μπορώ να κάνω συμφωνία γιατί δεν θα σε αφήσει να μιλήσεις. Θα μιλήσεις τώρα ή θα σιωπήσεις για πάντα στην Αττική. Ο εισαγγελέας έχει σφραγισμένα κατηγορητήρια εναντίον σου και της Πατς. Δεν πρόκειται να κάνει καμία κίνηση μέχρι να αρχίσει η δίκη την Τρίτη. Αν δεν μπορέσω να κάνω συμφωνία με σένα ή την Πατς, θα ζητήσει ξεχωριστές δίκες για τους δυο σας. Αυτό σημαίνει ότι η ετυμηγορία στη δίκη των γιατρών θα κρέμεται από πάνω σας σαν Δαμόκλειος σπάθη. Αν κριθούν ένοχοι, αυτό εισάγεται ως γεγονός, Τζακ. Αυτό αφήνει εσένα και τους δικηγόρους της Πατς να προσπαθείτε να αποδείξετε ότι οι δυο σας ζούσατε σε εκείνο το υπόγειο για πάνω από ένα χρόνο και δεν είδατε ποτέ τον Τζερόμ Μπράουν, τη Γκέρι Λίντσεϊ ή τις τέσσερις γυναίκες μέχρι που τα σκατά έσκασαν την περασμένη εβδομάδα".

"Κανείς δεν είναι τόσο ηλίθιος, Κόμπο!" Ο Όριν στεκόταν από πάνω του με τα χέρια σταυρωμένα. "Δεν ξέρεις ποιος ήταν ο έμπορος, δεν είδες ποτέ τον Κύκλωπα και δεν είδες ποτέ έξι ανθρώπους που τους έκοψαν τα χέρια μέσα σε αυτή την ποντικότρυπα! Ξύπνα, σκατοκέφαλε, θα πας φυλακή για το υπόλοιπο της ζωής σου! Μπορεί να έχεις έναν άσσο με τον Jerome Browne, αλλά οι άνθρωποι της Geri Lindsay θέλουν να σας δουν όλους κρεμασμένους από τα αρχίδια! Νομίζεις ότι θα σε βάλουν στην Αττική με τα άκρα σου πλήρως λειτουργικά; Θα σε στείλουν κάπου και θα τα υποβαθμίσουν ώστε να μπορείς με το ζόρι να ξύσεις τον κώλο σου με αυτά!"

"Δεν μπορούν να μου βγάλουν το χέρι και το πόδι", ανταπάντησε ο Κόμπο. "Αυτό είναι σκληρή και ασυνήθιστη τιμωρία".

"Δεν πρόκειται να σε βάλουν σε μια από τις πιο βίαιες φυλακές του κόσμου με ένα χέρι που μπορεί να συντρίψει το κρανίο ενός άλλου κρατούμενου με μια βολή", τον λογάριασε ο Τόμι. "Χρησιμοποίησε το μυαλό σου. Θα σου δώσουν κάποιο λογικό προσθετικό υλικό, αλλά δεν θα σε αφήσουν να μπεις μέσα με δύο κομπρεσέρ καλωδιωμένα πάνω σου. Δεν το έχεις σκεφτεί αυτό, έτσι δεν είναι;"

"Όχι", παραδέχτηκε. "Όχι, δεν το έχω κάνει."

"Ο δικηγόρος σου σου είπε αυτή τη μαλακία για τη σκληρή και ασυνήθιστη τιμωρία, έτσι δεν είναι;"

Ο Όριν περπάτησε από πίσω του, μιλώντας προς τα κάτω στο πανάλαφρο κεφάλι που ήταν σκυμμένο πάνω στους απίστευτα ογκώδεις ώμους. "Αυτό κάνουν αυτοί οι δικηγόροι - σου φουσκώνουν τον καπνό στον κώλο για να κερδίσουν - κερδίζουν - κερδίζουν - κερδίζουν. Πρέπει να ξέρεις πια ότι δεν δίνει δεκάρα για σένα. Απλά σε χρησιμοποιεί ως άλλο ένα πρωτοσέλιδο για το λεύκωμά του. Είσαι απλά ένα σκαλοπάτι, ένα σημείο στο βιογραφικό του. Αν η συμφωνία πάει στραβά από αυτόν, ξέρει ότι αυτό θα πάει σε εφετείο, και το πιθανότερο είναι ότι δεν έχει άδεια να παλέψει εκεί. Θα το παραδώσει σε κάποιο άλλο λαμόγιο και, είτε κερδίσει είτε χάσει, θα φύγει καθαρός".

"Σκέφτεται ότι αυτό θα φανεί σαν μια ανοιχτή και ξεκάθαρη υπόθεση από κάθε άποψη και ότι το να σε υπερασπιστεί είναι το σωστό". Ο Τόμι ήταν κατηγορηματικός. "Ο κόσμος τον βλέπει σαν έναν αιμοσταγή καλοθελητή μετά από αυτό, να πολεμάει έναν πόλεμο που δεν μπορεί να κερδίσει για έναν αξιολύπητο χαμένο σαν εσένα. Θα δοκιμάσει όλα τα κόλπα για να σε βγάλει από τη μέση, αλλά όλα θα είναι καπνός και καθρέφτες. Όλοι ξέρουν ότι θα χάσει και το μόνο που θα θυμούνται είναι πόσο σκληρά πάλεψε για να σώσει τον κώλο σου. Σε χρησιμοποιεί, όπως ακριβώς προσπαθεί να σου πει ο Όριν. Δεν έχει νόημα να τον καλέσω, γιατί δεν θα είμαι εδώ όταν εμφανιστεί".

"Αυτή είναι η συμφωνία, μεγάλε", επέμεινε ο Όριν. "Αν μας βοηθήσεις τώρα, μπορούμε να σου κλείσουμε συμφωνία και να πείσουμε τον εισαγγελέα να σε βγάλει με αναστολή και να σε βάλει στο πρόγραμμα προστασίας μαρτύρων. Αυτό θα βγάλει αρκετά καλά τον δικηγόρο σου από τη μέση, δεν θα μπορεί να σε αναγκάσει να κάνεις τίποτα άλλο. Αν συνεχίσεις να μας κοροϊδεύεις, ο εισαγγελέας θα σε δικάσει ξεχωριστά και θα ρίξει πάνω σου το βάρος της δίκης των γιατρών. Δώσε μου οτιδήποτε: το όνομα του ντίλερ, έναν από τους γιατρούς, ακόμα και την Πατς, και θα φύγεις".

"Ζητάς κάτι που δεν έχω". Ο Κόμπο κούνησε το κεφάλι του.

"Εντάξει", γρύλισε ο Τόμι και σηκώθηκε όρθιος καθώς ο Όριν χτυπούσε τη μεταλλική πόρτα. "Φεύγουμε από εδώ. Σκέψου καλά αυτά που σου είπα. Έχεις διορία μέχρι την Τρίτη, που θα σε δω στο δικαστήριο. Αν νομίζεις ότι έχεις πιθανότητες να χιονίσει, δοκίμασε να πάρεις μια εφημερίδα, να δεις πώς είναι".

Ο Κόμπο κοίταξε την πόρτα μέχρι που οι φρουροί επέστρεψαν για να τον πάνε πίσω στο κελί του. Ήξερε ότι δεν χρειαζόταν χαρτί για να δει πώς έμοιαζε οτιδήποτε.

Θυμόταν ότι ήταν περίπου μια εβδομάδα μετά την εξόρμησή του από το εργαστήριο, όταν ο γιατρός Άνταμ του είπε ότι θα χρειαζόταν άλλη μια επέμβαση. Είπε ότι χρειαζόταν έναν αιμοδότη, αλλά θα το είχε λύσει σύντομα. Εξήγησε ότι ο λόγος για τον οποίο το σώμα του Κόμπο αντιμετώπιζε άσχημα την πίεση ήταν επειδή οι ράβδοι στήριξης δεν απορροφούσαν όσο αναμενόταν την πίεση.

"Απλώς δεν είχαμε προβλέψει πόσο δυνατό θα ήταν το χέρι και την πίεση που θα προκαλούσε στο σώμα σου", προσπάθησε να εξηγήσει ο Άνταμ καθώς αυτός και ο Κόμπο κάθονταν στο χώρο υποδοχής.

Η Πατς έκανε την εμφάνισή της σπάνια μετά από αίτημα του Άνταμ, απασχολούμενη στο κουζινάκι που είχε εγκαταστήσει.

"Σκέφτηκα ότι οι ράβδοι θα άντεχαν το φορτίο, αλλά ποτέ δεν σκέφτηκα ότι θα περνούσες μέσα από μια ατσάλινη πόρτα".

"Γιατρέ, ορκίζομαι στη μητέρα μου, δεν θα ξανακάνω ποτέ κάτι τέτοιο", είπε ο Κόμπο με θέρμη. "Δεν είχα ιδέα τι είδους φασαρία θα γινόταν εξαιτίας αυτού. Απλά πονούσα τόσο πολύ..."

"Και όπως σας είπα, μπορώ να σας διαβεβαιώσω ότι τίποτα τέτοιο δεν θα ξανασυμβεί". Ο Άνταμ έσκυψε μπροστά, με την έκφρασή του να είναι άκρως ειλικρινής. "Νομίζω ότι έχεις ήδη καταλάβει ότι στην αρχή πετούσαμε με το στανιό εδώ. Είχαμε τόσες υπέροχες ιδέες, τόσα όνειρα, αλλά δεν ήταν δυνατόν να βρούμε την υποστήριξη που χρειαζόμασταν για να τις πραγματοποιήσουμε. Γι' αυτό ήρθαμε εδώ. Μοιραστήκαμε τα οράματά μας με εσάς και την Πατς και καταφέραμε να κάνουμε θαύματα. Μόνο που μας έλειπαν κάποια από τα υλικά που χρειαζόμασταν, αλλά τώρα επιτέλους βρίσκουμε υποστηρικτές που συνεισφέρουν πράγματα που χρειαζόμαστε για να συνεχίσουμε την έρευνά μας. Έχουμε μια πλήρη προμήθεια φαρμάκων και θα πρέπει να έχουμε την ομάδα αίματός σας σε απόθεμα πολύ σύντομα. Είμαι σίγουρος ότι θα είμαστε σε θέση να προχωρήσουμε σε λίγες μέρες".

"Φίλε, ξέρεις ότι θα κάνω ό,τι μου ζητήσεις". Ο

Κόμπο τον κοίταξε στα μάτια. "Μου έσωσες τη ζωή εδώ, δεν έχω καμία αμφιβολία γι' αυτό. Ξέρω ότι υπάρχουν τύποι με καταστάσεις σαν τη δική μου που είναι έξι πόδια κάτω από τη γη αυτή τη στιγμή. Απλά αυτές οι εγχειρήσεις με αφήνουν να πονάω τόσο *πολύ*. Μερικές φορές, όταν τα φάρμακα εξασθενούν, νιώθω σαν κάποιος να με άνοιξε και να μου έριξε μέσα μια σακούλα με πυρακτωμένες βελόνες".

"Είναι όπως το είπα, Κόμπο." Ο Άνταμ έπιασε ένα σημειωματάριο και άνοιξε μια σελίδα με σελιδοδείκτες γεμάτη ιατρικά διαγράμματα. "Υπήρχαν απλά κάποια πράγματα που δεν μπορούσαν να προβλεφθούν. Βλέπεις, προσδιορίσαμε ότι ο ρομποτικός βραχίονας και οι ράβδοι στήριξης θα έπρεπε να είναι σε θέση να συγκρατήσουν το πλήρες σωματικό σου βάρος των εκατόν εβδομήντα πέντε κιλών. Κάναμε ακόμη και προσαρμογές ώστε να μπορεί να αντέξει τριακόσια κιλά πίεσης σε κατάσταση έκτακτης ανάγκης. Απλά δεν προβλέψαμε ένα σενάριο όπου θα μπορούσατε να ασκήσετε πάνω από πεντακόσια κιλά πίεσης σε αυτή την ατσάλινη πόρτα. Αυτό επέφερε τεράστια πίεση στην ανώτερη δομή του σώματός σας. Βλέπετε, τώρα με τη στήριξη των ώμων που σχεδιάσαμε..."

"Γιατρέ, υπερφορτώνεις το *μυαλουδάκι* μου με όλα αυτά". Ο Κόμπο ανατρίχιασε όταν έριξε μια ματιά στο τυπωμένο υλικό. "Κάνε ό,τι πρέπει να κάνεις. Απλά σε ικετεύω να έχεις τα φάρμακά μου πρόχειρα για να μη μου τελειώσουν, και φρόντισε να έχει η Πατς τα δικά της για να μη χρειαστεί να δανειστεί τα δικά μου. Τώρα, δεν υπάρχει λόγος να της την πέσεις επειδή έκλεψε τα δικά μου. Είναι γυναίκα, και κανείς δεν μπορεί να περιμένει να χειριστεί τον πόνο σαν άντρας".

"Μην ανησυχείς γι' αυτό, Κόμπο". Ο Άνταμ έκλεισε το σημειωματάριο και χάιδεψε τον αριστερό μηρό του Κόμπο. "Δεν θα ξανασυμβεί ποτέ, το εγγυώμαι. Πάντα θα έχεις αρκετό, και έχουμε λάβει μέτρα ώστε σε περίπτωση ανάγκης να υπάρχει πάντα μια ειδική παράδοση διαθέσιμη. Εσύ απλά ξεκουράσου. Ας ελπίσουμε ότι θα είμαστε σε θέση να το ξεκινήσουμε μέχρι την επόμενη εβδομάδα".

"Εντάξει, γιατρέ." Ο Κόμπο σηκώθηκε και του έσφιξε το χέρι. "Θα είμαι έτοιμος. Ο Θεός να σε ευλογεί γι' αυτό που κάνεις".

Ο Άνταμ του έδωσε μερικά χάπια οξυκωδόνης πριν πάει στην κουζίνα για να μιλήσει με την Πατς. Έμεινε εκεί περισσότερη ώρα απ' όση περίμενε ο Κόμπο, αλλά τελικά τον συνόδευσε η Πατς στη σκάλα καθώς αποχωρούσε. Τα χάπια μόλις είχαν αρχίσει να επιδρούν όταν ήρθε η Πατς.

"Λοιπόν, τι γίνεται, Iron Man; Έδωσες τους φίλους σου τώρα;" Η Πατς ήταν μυξιάρα .

"Τι εννοείς, γυναίκα; Δεν τους είπα τίποτα, ούτε ότι πήρες τα χάπια μου, ούτε ότι με έπεισες να το σκάσω, ούτε ότι πήγα στου μπαμπά, ούτε τίποτα".

"Ω, άρα δεν είπες τίποτα για τον μπαμπά; Και πώς στο διάολο ήρθε ο Ντζάγκο και μπήκε στα σκατά μου;"

"Γυναίκα, πρέπει να έχεις τρελαθεί! Μου έδωσες τη διεύθυνσή του και μου είπες να του πω ότι εσύ με έστειλες. Πώς στο διάολο νομίζεις ότι μας εντόπισε ο Ντζάγκο ;"

"Δεν πειράζουν όλα αυτά. Να σου πω κάτι: δεν

τελειώνει μόνο με σένα, αλλά σχεδιάζει να τελειώσει και με μένα. Θα φύγω από εδώ πριν το καταλάβεις. Θα αφήσω αυτό το μέρος πίσω μου και θα ξεκινήσω μια νέα ζωή ως νέα γυναίκα. Θα είμαι τόσο μακριά από εδώ που δεν θα ξανακούσεις το όνομά μου"!

"Ναι, φεύγεις από το Ανατολικό Χάρλεμ; Και ο Μάικ Τάισον θα είναι ο επόμενος νέγρος πρόεδρος! Πού στο διάολο θα πας; Αυτοί οι γιατροί μπορούν να σε κάνουν Μπιγιονσέ και πάλι εσύ θα είσαι ο εαυτός σου. Το Χάρλεμ στο αίμα σου, πού στο διάολο θα πας;"

"Επιτρέψτε μου να σας δείξω κάτι, μεγάλα πράγματα." Η Πατς λικνίστηκε σαγηνευτικά προς το μέρος που καθόταν ο Κόμπο στην πολυθρόνα. Έμοιαζε ακόμα με την Γούπι, παρόλο που είχαν αντικαταστήσει ολόκληρη τη μέση της, ώστε ο καθένας να θέλει να γλείψει τον ιδρώτα της. Ήταν ακριβώς όπως έλεγε ένα από τα σκυλιά του Ντζάγκο , μπορούσες να βάλεις μια σακούλα στο κεφάλι της σκύλας και να περάσεις καλά. Ο Δρ Άνταμ έβαλε την Πατς να δείξει τα πράγματά της στον Ντζάγκο και τα σκυλιά του για να τους κρατήσει στο παιχνίδι του, και εντυπωσιάστηκαν πολύ. Αποκάλεσαν τον Δρ. Άνταμ θαυματουργό, αλλά ό,τι κι αν είδαν, δεν μπορούσε να συγκριθεί με αυτό.

Γύρισε και του έδωσε την πλάτη της και έκανε σιγά σιγά ένα μισό στριπτίζ. Του θύμισε εκείνες τις σκύλες του κρακ που έπρεπε να παραδώσουν τους εαυτούς τους στο εμπόριο για να πάρουν τη δόση τους, και γδύθηκαν για τα σκυλιά για να το καταφέρουν. Μόνο που, όταν έβγαλε το μπλουζάκι της και έριξε το παντελόνι της, ήταν ένα θέαμα που δεν μπορούσε να πιστέψει.

Η πλάτη της Πατς, από τις ωμοπλάτες της μέχρι τις κορυφές των μηρών της, ήταν τέλεια σαν σκανδιναβική ολυμπιονίκης κολυμβήτρια. Το δέρμα της ήταν τέλειο, λευκό σαν χιόνι, και ο κώλος της ήταν ώριμος σαν κολοκύθα την Ημέρα των Ευχαριστιών. Αν δεν ήταν μαστουρωμένος, θα του είχε σηκωθεί σαν γρανιτένια ράβδος. Τα αραχνοΰφαντα μαύρα πόδια της έμοιαζαν σχεδόν με μαύρα νάιλον κάτω από τα μάγουλα του μήλου, ενισχύοντας τη θέα από εκεί που καθόταν ο Κόμπο. Άφησε τα μάτια του να ρουφήξουν το θέαμα προτού τραβήξει ξανά τη φόρμα της και γυρίσει προς το μέρος του αυτάρεσκα.

"Ώστε τώρα πιστεύεις στα θαύματα, Τενεκεδένιε;" ειρωνεύτηκε. "Απλά έκαναν εξάσκηση στον κώλο σου και έκαναν επίδειξη στον δικό μου. Μου φτιάχνουν τα χέρια και τα πόδια, μου κάνουν μερικά φρεσκάρισματα στο πρόσωπο και θα γίνω μια καινούργια γυναίκα. Αν σου κάνουν κι άλλη δουλειά, αν πας κοντά σε αεροδρόμιο, η αστυνομία θα στείλει ελικόπτερα να σε κυνηγήσουν".

"Κορίτσι μου, κοίτα εσύ τη δουλειά σου κι εγώ τη δική μου. Δεν δίνω δεκάρα αν σε βάλουν στο *Playboy* ή σε διαφήμιση για σκυλοτροφές". Ο Κόμπο άρχισε να νεύει.

"Ναι, το μόνο που θα γίνεις ποτέ είναι ένας αράπης που θα σπάσει σίδερα", χλεύασε πριν επιστρέψει στο κάμπριο της δίπλα στην κουζίνα για να παρακολουθήσει την τηλεόραση με τη μικρή οθόνη. "Απλά μην ξεχνάς ποια είναι η βασίλισσα σκύλα και ποιος είναι ο αράπης του σπιτιού εδώ γύρω. Δεν είσαι τίποτα άλλο παρά ένα πειραματόζωο. Μη σου μπαίνουν ιδέες στο κεφάλι και μη νομίζεις ποτέ ότι μπορείς να τους πείσεις να πάρουν το μέρος σου εναντίον μου".

"Ναι, βέβαια", μουρμούρισε ο Κόμπο και μέσα σε λίγα λεπτά τον πήρε ο ύπνος.

Όταν μαστούρωνες με Oxys ή οποιοδήποτε άλλο ναρκωτικό, σε έριχνε κάτω σαν παλαιστής κολεγίου και σε κλείδωνε έτσι ώστε να μην μπορείς να ξανασηκωθείς. Έμεινες κάτω μέχρι να σε αφήσει να φύγεις, και ο Κόμπο δεν συνήλθε μέχρι που τον άφησε με τον ήχο του θορύβου στην πόρτα του υπογείου.

"Πρέπει να πάτε όλοι εκεί πίσω". Ένας σκύλος κατέβηκε τα σκαλιά και τους διέταξε να προχωρήσουν. "Ο Ντζάγκο και ο γιατρός έχουν δουλειές εδώ πάνω. Ελάτε τώρα, κουνηθείτε!"

Η Πατς έτρεξε προς τη μικρή κουζίνα και παρακολούθησε έναν άλλο σκύλο να κατεβαίνει και να βοηθάει τον φίλο του να σηκώσει τον Κόμπο στα πόδια του. Ξεφυσούσαν και ξεφυσούσαν μέχρι που ο Κόμπο έβαλε σε κίνηση τον εξοπλισμό του, προχωρώντας μπροστά σαν ρομπότ από κατάστημα παιχνιδιών προς το κάμπριο, όπου τον βοήθησαν να κατέβει παίρνοντας θέση. Είπαν στην Πατς να καθίσει, και στάθηκαν μαζί για να εμποδίσουν τη θέα, καθώς τέσσερις φιγούρες κατέβαιναν τα σκαλιά και επέστρεφαν στον σφραγισμένο αποθηκευτικό χώρο, μεταφέροντας ένα μακρύ τυλιγμένο αντικείμενο.

"Εντάξει, απλά φέρτε το εδώ μέσα", άκουσαν τον γιατρό Άνταμ να λέει πριν ένας από τους σκύλους ανεβάσει την ένταση της τηλεόρασης. Είδαν το φως να ανάβει στο πίσω δωμάτιο προτού η πόρτα κλείσει πίσω τους.

"Εντάξει, τώρα ξέρεις τη συμφωνία", προειδοποίησε ο Ντζάγκο Ταμσουλόσιν τον Άνταμ καθώς τα σκυλιά έριχναν τη σακούλα με το πτώμα πάνω στο ιατρικό τραπέζι. "Αυτό επιστρέφει προς το μέρος μου και υπογράφεις τη δική σου θανατική καταδίκη".

"Δεν υπάρχει λόγος να εκτοξεύουμε απειλές εδώ", είπε ο Άνταμ με έντονο ύφος. "Ξέρεις τι διακυβεύεται εδώ. Ο λαιμός μου είναι τεντωμένος ακριβώς δίπλα στον δικό σου εδώ. Είσαι σίγουρος ότι πρόκειται για Β-θετικό;"

"Έβαλα έναν γιατρό να το ελέγξει πριν τον φέρω. Όπως σας είπα, έχει σχεδόν εξαφανιστεί τώρα. Θα πάρεις ό,τι χρειάζεσαι, καλύτερα να το κάνεις πριν σβήσουν τα φώτα του".

"Εντάξει", είπε ο Άνταμ, ανοίγοντας την τσάντα και ελέγχοντας για ζωτικά σημεία του θανάσιμα χλωμού μαύρου άνδρα. "Και είσαι σίγουρος ότι δεν υπάρχει κάτι που μπορεί να γίνει γι' αυτόν;"

"Όπως είπα, αν βγει από αυτό το κτίριο, έχω σκυλιά που θα του βάλουν μια σφαίρα στο κρανίο. Αυτός ο μαλάκας με έκλεψε, έστησε τη δική του εκτέλεση. Απλά άφησα αρκετό φως μέσα του για να τον φέρω εδώ. Είναι σχεδόν έτοιμος να βγει έξω, οπότε καλύτερα να κάνεις ό,τι πρόκειται να κάνεις".

"Εντάξει, ωραία." Ο Άνταμ τράβηξε την κοντινή του συσκευή και φόρεσε ένα ζευγάρι λαστιχένια γάντια. "Θα το φροντίσω εγώ από εδώ και πέρα. Ίσως να θέλεις να μου δώσεις λίγες μέρες πριν στείλεις κάποιον άλλο".

"Κανείς δεν είναι στη λίστα μου αυτή τη στιγμή,

αλλά σε αυτή τη δουλειά ποτέ δεν ξέρεις", χαμογέλασε ο Ντζάγκο , χτυπώντας τον Άνταμ στον ώμο πριν φύγουν αυτός και τα σκυλιά του.

Η καρδιά του γιατρού χτυπούσε δυνατά καθώς ξεκινούσε τη δουλειά του. Ήξερε ότι περνούσε το σημείο χωρίς επιστροφή, αλλά χρειαζόταν απεγνωσμένα το αίμα -και τα όργανα- και ό,τι άλλο άξιζε να συλλεχθεί. Υπενθύμιζε συνεχώς στον εαυτό του ότι επρόκειτο για έναν νεκρό άνθρωπο, και αν δεν ήταν, τότε σύντομα θα γινόταν -και, ακόμη κι αν ο Άνταμ κατάφερνε να τον σώσει, θα ήταν νεκρός μόλις τον έβλεπαν στο δρόμο. Ήταν αυτό πού ήταν, και ο Άνταμ μπορούσε μόνο να εκπληρώσει το δικό του μέρος της συμφωνίας με τον Ντζάγκο .

Εισήγαγε τις βελόνες στις φλέβες του άνδρα και άρχισε να στραγγίζει το αίμα για την αυριανή επέμβαση.

ΚΕΦΆΛΑΙΟ ΕΠΤΆ

"Γεια σου, εγώ είμαι."

"Γεια σου, μωρό μου. Πώς πάει;"

"Όχι καλά. Είμαι στου Μανιτόμπα με τον Όριν. Μπορεί να αργήσω σήμερα".

"Ω, όχι. Ξέρεις ότι έχω να κάνω τα αποκριάτικα ψώνια σήμερα για τη Λορέιν. Ήθελα να πάρεις το φόρεμά μου από το καθαριστήριο, λίγο κρασί για το βράδυ του Σαββάτου και κάποια άλλα πράγματα".

"Απόκριες; Δεν έχουμε περάσει ούτε τα μισά του Σεπτέμβρη".

"Ξέρεις ότι έχουν εκείνο το έργο που δουλεύουν στο νηπιαγωγείο. Αν πας στο Ντόλαρ Στορ , έχουν μερικά πολύ ωραία πράγματα σε έκπτωση αυτή τη στιγμή".

"Στο Ντόλαρ Στορ ;" Ο Τόμι Τζάκσον γκρίνιαξε. "Τι είμαστε, από την πρόνοια; Αν σε δει κάποιος από τα παιδιά εκεί μέσα, δεν θα ακούσω ποτέ το τέλος του".

"Μη μου τα λες αυτά", είπε η Μορίν. "Είδα τη

γυναίκα του Ντουάιτ Σριβ στο Γκουτγουίλ τις προάλλες".

"Τι στο διάολο έδινες στο Γκουντγουίλ ;"

"Δεν άφηνα τίποτα, έψαχνα κάτι".

"Κοίτα, αυτό είναι. Πρέπει να μιλήσουμε".

"Τι είσαι, μπάτσος; Είναι μια ελεύθερη χώρα, ξέρεις. Μπορώ να πάω για ψώνια όπου θέλω".

"Κοίτα, Μο, με κάνεις να φαίνομαι σαν ένας γαμημένος αλήτης".

"Λοιπόν, τι ώρα θα είσαι σπίτι;"

"Ελπίζω, γύρω στις επτά. Πρέπει να πάμε να δούμε την Πατς. Αυτή είναι η τελευταία μας συνέντευξη στο MCC, εκτός αν αποφασίσουμε να μιλήσουμε ξανά με κάποιον από τους γιατρούς. Ξέρεις πώς είναι. Δεν ξέρω αν θα χρειαστούμε ένα ποτό μετά".

"Όχι, δεν πειράζει. Έλα σπίτι και η μαμά θα σε φροντίσει".

" Ξέθαψε το μικρό μαύρο νεγκλιζέ που σου αγόρασα και θα το σκεφτώ".

"Σε ακούει κανείς;"

"Έλα, ε; Πρέπει να φύγω".

"Σ' αγαπώ".

"Και εσύ επίσης."

Ο Τόμι επέστρεψε από την τουαλέτα και ήρθε στο θάλαμο όπου ο Όριν τελείωνε το ποτό του.

"Είσαι έτοιμος;"

"Ναι, ας το κάνουμε."

Χαιρέτησαν τον Όμορφο Ντικ, καθώς ο ιδιοκτήτης έκανε μια σπάνια απογευματινή εμφάνιση στο σαλόνι, και εκείνος τους αποχαιρέτησε με ενθουσιασμό. Ο Τόμι πάντα σκεφτόταν το γεγονός ότι αν ποτέ αυτός ή ο Όριν ανέβαιναν και είχαν πιστωτική κάρτα τμήματος για γεύματα, ο Μανιτόμπα θα ήταν ο μοναδικός δικαιούχος. Οι συνεργάτες μπήκαν στο αυτοκίνητο του Τόμι και επέστρεψαν στο MCC για τη συνέντευξη με την Πατς.

Ο φρουρός την έφερε μέσα και εκείνη κάθισε οργισμένη στο τραπέζι σαν να την είχαν πάρει από τη μέση της αγαπημένης της σαπουνόπερας. Ήταν μικρότερη και πιο άσχημη απ' ό,τι περίμεναν, έμοιαζε σχεδόν με κάποια που βρισκόταν σε κέντρο επανένταξης ή σε σανατόριο και όχι με κάποια που κρατούνταν ως συνεργός σε πολλαπλές κατηγορίες για διακεκριμένο μακελειό. Ο Τόμι συμφώνησε να πάρει τη θέση του όρθιου, ώστε ο Όριν να περάσει τη συνεδρία στη μεταλλική καρέκλα απέναντι από την Πατς.

"Είσαι πιο σκούρα απ' ό,τι περίμενα", είπε ο Τόμι από τη γωνία για να ανοίξει τη συνεδρία.

"Ναι, δεν μπορούν όλοι να είναι ελεύθεροι, λευκοί και είκοσι ενός ετών".

"Λοιπόν, πού έβαλαν τα μπαλώματα; Άκουσα ότι καθόσουν πάνω σε μερικά πολύ άσπρα μάγουλα".

"Λοιπόν, αυτό δεν είναι δική σου δουλειά, να μιλάς για τα προσωπικά μου μέρη".

"Σκέφτομαι ότι θα είναι ανοιχτό προς συζήτηση στο δικαστήριο. Είμαι σίγουρος ότι θα είναι σε όλες τις εφημερίδες. Μαθαίνω λοιπόν ότι αρνείσαι να τους αφήσεις να κάνουν τεστ DNA για να δουν από πού πήρες όλα αυτά τα μπαλώματα".

"Σωστά. Απλώς ασκώ τα συνταγματικά μου δικαιώματα. Κανείς δεν πρόκειται να μου κόψει και να μου πειράξει τον κώλο".

"Λοιπόν, είσαι κι εσύ σε αυτό το θέμα με τα

συνταγματικά δικαιώματα, ε;" Ο Όριν χλεύασε. "Αυτή ήταν η ατάκα με τις μαλακίες που μας έτρεχε ο Κόμπο. Σου λέω το ίδιο πράγμα που του είπαμε κι εμείς. Αυτοί οι υψηλού προφίλ δικηγόροι σας είναι σε αυτό το πράγμα μόνο για τα πρωτοσέλιδα. Θα σε βάλουν να επικαλεστείς την Πέμπτη και κάθε άλλο καταραμένο πράγμα, και όταν ο εισαγγελέας σε χτυπήσει με όλες τις έμμεσες αποδείξεις, ο δικηγόρος σου σε πετάει κάτω από το λεωφορείο. Δεν έχει άδεια να παρουσιάσει μια υπόθεση στο εφετείο. Όταν τελειώσει μαζί σου, έχει τη μέρα του στον ήλιο, φεύγει στο ηλιοβασίλεμα σαν ιππότης με αστραφτερή πανοπλία. Υπερασπίζεται τους αδύναμους και ανήμπορους χωρίς να έχει ένα πόδι για να σταθεί".

"Λοιπόν, τα κατάλαβες όλα- τότε γιατί στο διάολο είσαι εδώ και με ενοχλείς;"

"Γιατί, έχεις κάτι καλύτερο να κάνεις;" Ο Τόμι χαμογέλασε.

"Καλύτερα από το να κάθεσαι εδώ και να σε παρενοχλούν;"

"Είμαστε εδώ για να σας προσφέρουμε μια συμφωνία και να σας απαλλάξουμε από το αγκίστρι", γρύλισε ο Όριν. "Αυτή τη στιγμή, σε έχουν ως βασικό ύποπτο για συνέργεια και ηθική αυτουργία. Ο Κόμπο λέει ότι ήταν μαστουρωμένος καθ' όλη τη διάρκεια του περασμένου έτους, και όταν οι ένορκοι τον δουν, μπορεί να το δεχτούν. Αυτό θα ρίξει την όλη υπόθεση στην αγκαλιά σου. Αυτοί οι δύο άνθρωποι που τεμάχισαν οι συνάδελφοί σου είναι εθνικές διασημότητες, για να μην αναφέρουμε τις άλλες τέσσερις γυναίκες που παραμορφώθηκαν. Θα σε κλείσουν μέσα για το υπόλοιπο της ζωής σου. Αν παίξεις μπάλα μαζί μας, θα σε βγάλω από εδώ".

"Σας είπα ήδη ότι δεν έχω καμία σχέση με όλα αυτά τα πράγματα. Προσλήφθηκα ως επιστάτρια και φρόντισαν για το δωμάτιο και τη διατροφή μου. Εσείς γκρεμίσατε το μέρος, ξέρετε πώς ήταν εκεί μέσα. Φρόντιζα τον εξωτερικό χώρο, δεν είχα πρόσβαση στον πίσω χώρο όπου έγιναν όλα αυτά που λέτε. Δεν είδα κανέναν άνθρωπο, δεν ξέρω κανέναν άνθρωπο. Λένε ότι δεν μπορείς να με συλλάβεις αν υπάρχει έστω και μια μικρή σκιά αμφιβολίας . Λοιπόν, νομίζω ότι έχεις κάθε είδους σκιά αμφιβολίας.".

"Δεν σας αρέσει όταν οι άνθρωποι του δρόμου μαθαίνουν όλα όσα πρέπει να ξέρουν για το νόμο;" Ο Τόμι γέλασε, βάζοντας τα χέρια του στις τσέπες του καθώς περπατούσε για να σταθεί δίπλα της. "Έχουν ήδη τα αποτυπώματά σου και το DNA σου παντού στον τόπο του εγκλήματος. Έχουμε τα αποτυπώματά σου στα σκεύη φαγητού, στον ιατρικό εξοπλισμό, στα έπιπλα, στα πάντα. Πώς θα μπορέσει το φερέφωνό σου να πείσει τους ενόρκους ότι δεν είχες ιδέα ότι υπήρχαν άλλα τέσσερα άτομα στο υπόγειο εκτός από σένα και τον Κόμπο; Δεν με νοιάζει αν ήταν σε αναστολή ζωής, έπρεπε να τρώνε και να πίνουν και να κατουράνε και να χέζουν. Έζησες στο γκέτο όλη σου τη ζωή. Προσπάθησες ποτέ να πείσεις έναν ιδιοκτήτη ότι είχες δύο άτομα σε ένα διαμέρισμα, ενώ ζούσαν εκεί έξι άτομα;"

"Κοίτα αυτό, ιδιοφυία. Ξέρεις ότι υπήρχαν περισσότεροι άνθρωποι από εμένα, τον Κόμπο και τους γιατρούς που μπαινόβγαιναν εκεί μέσα. Κάθε φορά που έμπαινε κάποιος από αυτούς τους ανθρώπους, εμένα και τον Κόμπο μας έστελναν στο πίσω μέρος με τον εξοπλισμό. Ξέρεις ότι εγώ και αυτός ήμασταν εκεί μέσα για θεραπεία εξ αρχής. Ξέρετε επίσης ότι ο Κόμπο υποβαλλόταν σε εκτεταμένη θεραπεία. Πώς θα μπορούσαμε να ξέρουμε αν κάποιος ήταν εκεί μέσα για οτιδήποτε; Γιατί θα έπρεπε να χώνουμε τη μύτη μας στις δουλειές κάποιου άλλου και να μας διώξουν και να χάσουμε τη βολή μας; Πως στο διάολο θα μάθουμε αν έχουν κάποιον σε αποτοξίνωση εκεί πίσω και είναι κλειδωμένοι; Μιλάς για υπόγεια ιατρική εγκατάσταση στο Ανατολικό Χάρλεμ. Πώς ξέρουμε ότι δεν προσπαθούν να βγάλουν κόσμο από τις συνήθειές του; Πώς ξέρουμε ότι δεν κάνουν άλλα πράγματα εκτός από τεχνητά μέλη ή μεταμοσχεύσεις δέρματος;"

"Ουάου." Ο Όριν κούνησε το κεφάλι του. "Αυτό είναι καλό. Δεν νομίζω ότι το σκεφτήκαμε αυτό. Εσείς το σκεφτήκατε αυτό;"

"Όχι, όχι αυτό." Ο Τόμι πήγε στον πίσω τοίχο και στάθηκε στην πίσω γωνία πίσω από την Πατς. "Λοιπόν, τώρα οι γιατροί είχαν μια κλινική αποκατάστασης σε εξέλιξη. Αυτό είναι κάτι άλλο. Ακόμα και με τον Ντζάγκο Ταμσουλοσίν να μπαινοβγαίνει τακτικά".

"Ποιος είναι αυτός;"

"Κοίτα, έχουμε κάτι που μπορεί να μην εμφανιστεί στο δικαστήριο, αλλά θα εμφανιστεί στην Άττικα μια βροχερή νύχτα σε ένα σκοτεινό κελί, όταν δεν έχεις πού να πας", γαύγισε ο Τόμι από πίσω της. "Το 250 Τμήμα επικοινώνησε μαζί μας αμέσως μετά τη σύλληψη της ομάδας σου αυτό το

Σαββατοκύριακο. Μοιράστηκαν τις πληροφορίες για το ότι ο Κόμπο μεταφέρθηκε και ο Ράουχ τον παρέλαβε. Αφού κανείς δεν υπέβαλε μήνυση και δεν έγινε καμία σύλληψη, το μόνο που έχουμε είναι η αναφορά της περιπολίας και η κατάθεση του αξιωματικού γραφείου. Εξακολουθεί να τον τοποθετεί στο υπόγειο διαμέρισμα του Τζέημς Λάκυ το πρωί της 1ης Νοεμβρίου του περασμένου έτους. Οι πληροφοριοδότες μας στην πιάτσα μας λένε ότι ο Τζέιμς Λάκυ είναι ο παππούς του Ντarνέλ Λάκυ. Ξέρεις ποιος είναι ο Νταρνέλ Λάκυ, έτσι δεν είναι;".

"Όχι ακριβώς."

"Ναι, συνέχισε να με παίζεις. Οι πληροφοριοδότες μας είδαν τον Ντζάγκο Ταμσουλόσιν να μπαινοβγαίνει στο Κτίριο δεκάδες φορές, μέχρι και το περιστατικό. Δεν νομίζω ότι περνούσε για να σας υπενθυμίσει να μην τα βάζετε με τον παππού του. Νομίζω ότι είχε δουλειές με τους γιατρούς, και *ξέρω* ότι ξέρετε ότι ήταν εκεί. Αν πεις ψέματα γι' αυτό στο εδώλιο, θα σε συλλάβουν για ψευδορκία. Αυτό σε απαξιώνει ως μάρτυρα. Ούτε εγώ δεν μπορώ να σε σώσω μετά από αυτό".

"Όπως είπα, μας έβαζαν στο πίσω μέρος όταν περνούσαν κάποιοι άνθρωποι. Κοίτα, πώς και δεν έχεις πιάσει κανέναν από αυτούς που λες; Αν έχουν ήδη παραδεχτεί ότι ήταν εκεί κάτω, τότε δεν έχεις λόγο να μου κολλάς στον κώλο".

"Ίσως ψήνονται στο δικό τους τηγάνι αυτή τη στιγμή", είπε ο Τόμι επικριτικά . "Ίσως τους αφήνουμε να μείνουν στο δρόμο για αρκετό καιρό, ώστε να συγκεντρώσουν περισσότερα στοιχεία πριν τον πιάσουμε".

"Ξέρεις ότι όλες οι γυναίκες που διασώσαμε από

το υπόγειο ήταν πόρνες του κρακ". Ο Όριν την αντιμετώπισε. "Το DNA που λαμβάνουμε από τα μέρη των κρεατοθυρίδων ταυτοποιούνται όλα ως μέρη σώματος από κατ' εξακολούθηση παραβάτες. Σκέφτομαι ότι ο Ντζάγκο έστελνε ανθρώπους με μονόδρομο στο Κτίριο . Σκέφτομαι ότι παρέδιδε τους ανθρώπους στους γιατρούς για επεξεργασία. Σε ανθρώπους που ήταν σχεδόν νεκροί, τους έπαιρναν τα υγρά και τα όργανα. Τους ανθρώπους που ήταν νεκροί τους τεμάχιζαν για οτιδήποτε άλλο. Ξέρεις ότι βρήκαμε επεξεργαστές τροφίμων στις εγκαταστάσεις με ίχνη ανθρώπινου κρέατος; Αυτοί οι άρρωστοι μπάσταρδοι τάιζαν τους κρατούμενους με ανθρώπινη σάρκα".

"Δεν ξέρω τίποτα γι' αυτό και δεν θέλω να το ακούσω. Πρόκειται για σκληρή και ασυνήθιστη τιμωρία και θέλω να είναι παρών ο δικηγόρος μου πριν αυτό ξεφύγει από τον έλεγχο".

"Αυτά είναι τα ίδια σκατά που μου έδωσε ο Κόμπο πριν από λίγο. Είμαι εδώ για να σου προσφέρω μια συμφωνία. Αν κάνεις μια δήλωση ότι ο Κόμπο ήξερε τι συνέβαινε, θα σε απαλλάξω από το αγκίστρι και θα ανεβάσω την πίεση στον Κόμπο. Αν μάθει ότι τον κάρφωσες, θα σπάσει. Θα παραδεχτεί ότι δεν υπήρχε ο Δρ. Κύκλωπας, θα παραδώσει τον Ντζάγκο , θα στείλουμε τον Ταμσουλοσίν και τους γιατρούς στη φυλακή και εσύ και ο Κόμπο θα γλιτώσετε ατιμώρητοι. Θα βάλω το γραφείο του εισαγγελέα να στείλει κάποιον εδώ για να το εγγυηθεί αυτό μέσα σε μια ώρα".

"Αν δεν ήταν ο γιατρός Κύκλωπας, τότε πώς αντικατέστησα το δέρμα μου και πώς ο Κόμπο έφτιαξε το χέρι και το πόδι του; Ξέρεις ότι όλοι αυτοί οι γιατροί είναι ειδικοί- δεν είχαν την ικανότητα να κάνουν τη δουλειά που λες ότι έκαναν".

"Ξέρεις ότι ο Ράουχ σε εκπαίδευσε να το λες αυτό, μη μου λες τέτοιες μαλακίες". Ο Όριν έσκυψε πάνω από το τραπέζι προς το μέρος της. "Αν διοικούσες όλο το μαγαζί για πάνω από ένα χρόνο και έκανε πολλαπλές επεμβάσεις σε σένα και τον Κόμπο στο διάστημα αυτό, θα έπρεπε να τον έχεις δει τουλάχιστον μία φορά. Αποκλείεται να γνώρισες και τους τέσσερις γιατρούς και να μην τον είδες ούτε μια φορά αυτόν τον τύπο. Κανένας ένορκος με σώας τας φρένας δεν θα το χάψει αυτό. Ένας από τους γιατρούς έκανε τη δουλειά και επινόησε τον Κύκλωπα ως μπαμπούλα, και ποντάρω στον Ράουχ. Και οι δύο λέτε ότι ήταν αυτός που διηύθυνε την επιχείρηση για λογαριασμό των γιατρών. Τα άλλα παιδιά δεν έτρεξαν έτσι απλά, εγκατέστησαν ένα μηχανικό σύστημα στο Κόμπο, έραψαν ένα νέο δέρμα στο μισό σου σώμα, και μετά μπήκαν σε ένα ταξί και γύρισαν στη δουλειά τους στο Μπέλβιου σαν να μη συνέβη τίποτα. Ένας μηχανικός αυτοκινήτων δεν θα μπορούσε να λειτουργήσει έτσι. Παραδέξου ότι ήταν ο Ράουχ και θα φύγεις. Μόλις τελειώσει η δίκη, είσαι έξω από την μπροστινή πόρτα".

"Επιτρέψτε μου να σας ρωτήσω κάτι. Ας υποθέσουμε ότι βάζετε τους γιατρούς ισόβια στη φυλακή. Τι θα συμβεί σε μένα και τον Κόμπο; Ποιος θα τελειώσει τη δουλειά; Τα χέρια και τα πόδια μου είναι ακόμα χάλια. Θα έκαναν χλωρίνη στο πρόσωπό μου, όπως ο Μάικλ Τζάκσον. Θα με έκαναν να μοιάζω με την Νταϊάνα Ρος. Τι θα γίνει μετά, θα γυρίζω σαν αυτοκίνητο βαμμένο με τρία χρώματα σε όλη μου τη ζωή;"

"Γνωρίζετε ήδη ότι ο Πρόεδρος και οι ειδικοί ιατροί από όλο τον κόσμο έχουν απευθυνθεί στα θύματα. Μπορούν να ολοκληρώσουν τη δουλειά τους. Πρέπει να μάθουν περισσότερα για τη μεταλλαγή. Πρέπει να μάθουν αν χρησιμοποιήθηκε χοιρινό δέρμα στις επιχειρήσεις σας. Υπάρχουν ιατρικοί περιορισμοί κατά της χρήσης ζωικών μερών που δεν έχουν εγκριθεί από το FDA".

"Ο Ράουχ διακινδύνευσε τη ζωή σας κατά τη διεξαγωγή αυτών των πειραμάτων, και αυτό ήταν, πειράματα. Χρησιμοποίησαν εσένα και τον Κόμπο ως πειραματόζωα", την κατήγγειλε ο Τόμι. "Δεν τους χρωστάς τίποτα. Δεν είναι καλύτεροι από τους δικηγόρους σου. Χρησιμοποίησαν εσένα και τον Κόμπο για να δοξάσουν τους εαυτούς τους, για να αποδείξουν τις θεωρίες τους. Αν κάποιος από εσάς δεν επιβίωνε από τις επιχειρήσεις, τι σε κάνει να πιστεύεις ότι δεν θα σας είχαν τεμαχίσει για ανταλλακτικά;"

"Δεν ακούω πια αυτές τις μαλακίες, δεν μιλάω σε κανέναν από εσάς. Εσείς οι δύο προσπαθείτε να με κάνετε να πω ψέματα στο δικαστήριο. Εσείς οι δύο προσπαθείτε να με κάνετε επίορκο. Προσπαθείτε να με κάνετε να ομολογήσω πράγματα για τα οποία δεν έχω ιδέα".

"Εντάξει, το ρισκάρεις". Ο Τόμι κατευθύνθηκε προς την πόρτα, καθώς ο Όριν σηκώθηκε από τη θέση του. "Όπως είπα στον Κόμπο, έχεις διορία μέχρι την Τρίτη. Ο εισαγγελέας έχει σφραγισμένο κατηγορητήριο εναντίον των δυο σας. Αν παίξεις μπάλα, καταθέσεις εναντίον των ενόχων, θα βγεις ελεύθερη. Αν αφήσεις αυτούς τους ανθρώπους να σε χειραγωγήσουν, να σε κοροϊδέψουν, θα είσαι στη φυλακή για το υπόλοιπο της ζωής σου".

"Οι ένορκοι βλέπουν τι μου συνέβη, ακούνε τη δική μου εκδοχή της ιστορίας, ξέρουν ότι έκανα ό,τι θα έκανε οποιοσδήποτε άλλος. Είχα όλα τα είδη των δερματικών προβλημάτων σε όλη μου τη ζωή. Αυτοί οι γιατροί έκαναν το δέρμα μου όμορφο, μου έδωσαν μια δεύτερη ευκαιρία στη ζωή. Κανείς δεν θα το απέρριπτε αυτό και δεν πιστεύω ότι κάποιος θα με έβαζε ισόβια στη φυλακή γι' αυτό".

"Τι γίνεται με τον Τζερόμ Μπράουν, την Τζέρι Λίντσεϊ και τις τέσσερις γυναίκες που διασώσαμε; Τι γίνεται με τις πιθανότητές τους; Ποιος τους δίνει μια δεύτερη ευκαιρία στη ζωή;"

Οι ντετέκτιβ κάλεσαν τον φρουρό και το μόνο που μπορούσαν να ελπίζουν ήταν ότι κάτι μέσα στην καρδιά και το μυαλό του Πατς θα έκανε κλικ πριν να είναι πολύ αργά.

Από το βλέμμα στο πρόσωπό της, αμφέβαλλαν ειλικρινά γι' αυτό.

~

Η Πατς θυμήθηκε όταν επιτέλους της επετράπη να εισέλθει στον πίσω χώρο. Ήταν ακριβώς την Ημέρα των Ευχαριστιών και υπέθεσε ότι οι γιατροί επρόκειτο να τους προσφέρουν ένα εορταστικό κέρασμα. Ο γιατρός Άνταμ δεν θα απογοήτευε, αλλά υπήρχε ένα κρίσιμο θέμα που έπρεπε να συζητηθεί. Θα σηματοδοτούσε επίσης το σημείο χωρίς επιστροφή γι' αυτήν, τη στιγμή που θα κρυφοκοιτούσε πίσω από την κουρτίνα για να δει το μυστικό της μηχανής.

"Είμαι σίγουρος ότι έχετε αναρωτηθεί για όλες τις πολλές αλλαγές που έχουμε κάνει εδώ γύρω". Ο Άνταμ κοίταξε γύρω του την ψυκτική αποθήκη στα αριστερά, το μικρότερο δωμάτιο στο κέντρο και το μεγάλο δωμάτιο στα δεξιά, τα οποία εξακολουθούσαν να είναι κλειδωμένα. Αυτό το στενό δωμάτιο είχε μια ποικιλία από εργαστηριακό εξοπλισμό τακτοποιημένο σε ράφια και καρότσια γύρω από το δωμάτιο. Υπήρχε ένα μεταλλικό χρηματοκιβώτιο δίπλα στην πόρτα του κεντρικού δωματίου, όπου ήξερε ότι φυλάσσονταν τα φάρμακα. Ακριβώς δίπλα στην είσοδο βρισκόταν ένα ατσάλινο ιατρικό τραπέζι με προσδεδεμένα τα δεσμά.

"Αυτό δεν μοιάζει καθόλου με το μέρος που ξεκινήσατε, σίγουρα". Θαύμασε όλη τη δουλειά που είχε γίνει. Είδε τους ξυλουργούς που μπαινόβγαιναν εδώ τις τελευταίες εβδομάδες, πολλούς από τους οποίους αναγνώριζε από τη γειτονιά. Αναμφίβολα, ο Ντζάγκο είχε πέσει με τα μούτρα σε αυτό το έργο, προσφέροντας την επιρροή του και τους πόρους του όπως χρειαζόταν.

"Είσαι μέρος ενός μεγάλου εγχειρήματος εδώ, Πατς, κάτι που θα αλλάξει τις ζωές εκατομμυρίων ανθρώπων σε όλο τον κόσμο".

Ο Άνταμ φαινόταν εκτενής. Πάντα εντυπωσιαζόταν από το πόσο καλά ντυνόταν ο λευκός άντρας, όπως το γαλάζιο κοστούμι του σχεδιαστή των 500 δολαρίων, ενώ εκείνη φορούσε συνήθως την πράσινη εργαστηριακή της στολή ή τη μαύρη φόρμα που φορούσε σήμερα. Κάποια πράγματα δεν άλλαζαν ποτέ.

"Ας ελπίσουμε ότι κάποια μέρα σύντομα θα μπορέσουμε να αποκαλύψουμε στον κόσμο τα θαύματα που κάναμε εδώ. Μια μέρα, θα είμαστε σε θέση να μοιραστούμε με τους ανάπηρους σε όλη τη χώρα τα μυστικά του πώς όχι μόνο σώσαμε τη ζωή του Κόμπο, αλλά τον μεταμορφώσαμε σε ένα ισχυρό ον, ικανό για πράγματα πολύ πέρα από οτιδήποτε είχε ονειρευτεί ποτέ".

"Μάλιστα, κύριε, υπάρχουν πολλοί άνθρωποι εδώ στο Χάρλεμ που μπορούν να χρησιμοποιήσουν μερικά από αυτά που έχει".

"Εσύ ο ίδιος θα είσαι πηγή θαυμασμού σε όλο το έθνος, φίλε μου". Την κοίταξε στα μάτια, κάνοντάς την να κοκκινίσει. "Οι δια γονιδιακές επεμβάσεις δέρματος που πραγματοποιήσαμε θα φέρουν ελπίδα και θα μεταμορφώσουν τις ζωές εκατοντάδων χιλιάδων ανθρώπων. Θύματα εγκαυμάτων, ασθενείς με καρκίνο του δέρματος και όσοι πάσχουν από αμέτρητες δερματικές ασθένειες θα επωφεληθούν από τα θαύματα που δημιουργήσαμε εδώ. Μπορείτε να φανταστείτε τον εαυτό σας στο *Good Morning America* μια μέρα;"

"Αυτό είναι ένα από τα αγαπημένα μου σόου", ξετρελάθηκε. "Αυτό θα ήταν υπέροχο".

"Ωραία." Έβγαλε ένα ζευγάρι κλειδιά από την τσέπη του σακακιού του και της τα έδωσε. "Αυτά είναι για την πόρτα εισόδου και για αυτό το ντουλάπι. Τα συνταγογραφημένα φάρμακά μας είναι στο χρηματοκιβώτιο. Ο συνδυασμός για το χρηματοκιβώτιο βρίσκεται σε αυτή την ετικέτα. Δεν θέλω να πεις στον Κόμπο ότι έχεις το κλειδί ή τον συνδυασμό. Είναι πολύ καλύτερα να μην του αναφέρεις ποτέ το χρηματοκιβώτιο. Δεν πρέπει ποτέ να τον αφήσεις να μπει σε αυτό το δωμάτιο. Θα του μιλήσω γι' αυτό, ώστε να μην υπάρξουν παρεξηγήσεις".

"Δεν νομίζω ότι θα είναι πρόβλημα", τον διαβεβαίωσε. "Συνήθως είναι καλά αφού του δώσω τα φάρμακά του. Ξέρεις, ποτέ δεν είχε πραγματικά ένα μέρος για να βλέπει τηλεόραση, κανείς από τους δυο μας δεν είχε. Συνήθως καθόμαστε και βλέπουμε σειρές όταν τελειώνω τις δουλειές μου. Επιπλέον, πάντα μιλάει για το πόσο τυχερός είναι που ζει. Λέει ότι ο πόνος του θυμίζει ότι είναι ακόμα ζωντανός και ότι είναι ευγνώμων που μπορεί ακόμα να αισθάνεται πράγματα. Ξέρω ότι κάποιες μέρες πονάει πολύ, αλλά πάντα του λέω ότι ο Δόκτωρ Άνταμ τον προσέχει".

"Μπράβο, Πατς", χαμογέλασε απαλά ο Άνταμ. "Έχω κάτι άλλο να σου δείξω πίσω από την κεντρική πόρτα. Τώρα, επιμένω να έχεις κατά νου ότι ο φίλος μας ο Ντζάγκο έχει κάνει μια σοβαρή επένδυση στο σχέδιό μας και είναι εξίσου αναμεμειγμένος με αυτό όπως όλοι μας. Αν οτιδήποτε, οτιδήποτε, σχετικά με αυτό το έργο δημοσιοποιηθεί πριν από την ώρα του, θα κινδυνεύσουμε όλοι μας. Δεν πρέπει να έχετε καμία αμφιβολία ότι ο Ντζάγκο Ταμσουλόσιν βρίσκεται πίσω από αυτό- θα αντιμετώπιζε μια τέτοια απειλή και θα κατέβαζε οποιονδήποτε προσπαθούσε να κινηθεί εναντίον του στο δρόμο. Το καταλαβαίνεις αυτό, Πατς;"

"Ναι, κύριε, το ξέρω", απάντησε.

"Εξαιρετικά", έγνεψε ικανοποιημένος. Έβγαλε ένα ακόμη σετ κλειδιών από την τσέπη του και ξεκλείδωσε την κεντρική πόρτα, μπαίνοντας μέσα για να ανάψει μια λάμπα φθορισμού. Της έκανε νόημα να προχωρήσει καθώς έκανε στην άκρη για να δει το δωμάτιο.

Μια ανατριχίλα έτρεξε στη σπονδυλική της στήλη όταν είδε τη φιγούρα που ήταν δεμένη στο τραπέζι μέσα. Μια γυναίκα βρισκόταν αναίσθητη, με παρωπίδες ύπνου στα μάτια της. Οι καρποί της ήταν στερεωμένοι στο τραπέζι στα πλάγια, και το ένα πόδι ήταν εξίσου στερεωμένο. Η Πατς μπορούσε να διακρίνει μια μεγάλη ουλή στην αριστερή πλευρά του μετώπου της. Φαινόταν να είναι μιγάς με δέρμα στο χρώμα του μελιού και ωραία φιγούρα, τυλιγμένη σε ιατρική ρόμπα.

''Πρόκειται για έναν από τους επιχειρηματικούς πελάτες του Ντζάγκο . Το όνομά της δεν είναι σημαντικό. Τον είχε προδώσει μια φορά πάρα πολλές και είχαν βάλει στόχο να την καθαρίσουν. . Έχεις ζήσει στους δρόμους του Χάρλεμ όλη σου τη ζωή, ξέρεις πώς είναι τα πράγματα. Αυτή ήταν μια πολύ περίπλοκη κατάσταση και υπήρχαν πολλά ζητήματα που έπρεπε να αντιμετωπιστούν. Υπήρχαν επίσης πράγματα που χρειαζόμασταν εδώ στο εργαστήριο ... χρειαζόμασταν απεγνωσμένα να συνεχίσουμε τις διαδικασίες σας και εκείνες του Κόμπο. Για να μην τα πολυλογώ, αναγκαστήκαμε να της κάνουμε λοβοτομή για να περιορίσουμε τη μακροπρόθεσμη μνήμη της. Αυτό χρησιμεύει για να διακόψει τους άμεσους δεσμούς της με τον Ντζάγκο , να το πω έτσι, καθώς και για να την κάνει να αποδεχτεί περισσότερο τη νέα της κατάσταση. Έπρεπε επίσης να αφαιρέσουμε το δεξί της πόδι. Ελπίζουμε ότι θα μπορέσουμε να συλλέξουμε το δέρμα από το πόδι της και ενδεχομένως να το χρησιμοποιήσουμε για μεταμόσχευση στα δικά σας πόδια. Αν αυτό πετύχει, θα μπορέσουμε να αναπτύξουμε μια πιο υβριδική μορφή του δια γονιδιακού προϊόντος που θα είναι πιο αποδεκτή από την ιατρική κοινότητα".

"Θα μου δώσεις το δέρμα της; Τη ρώτησες καν αν είναι εντάξει;"

"Έλα, Πατς." Ο Άνταμ την οδήγησε έξω από το δωμάτιο, έσβησε το φως και κλείδωσε ξανά την πόρτα. "Έχασε το πόδι, δεν υπήρχε περίπτωση να το κρατήσει. Το δέρμα ήταν εκεί για να το χρησιμοποιήσουμε ή να το πετάξουμε. Έχω ήδη προετοιμαστεί για να ξεκινήσω τη νέα διαδικασία. Η επόμενη μεταμόσχευσή σας θα πρέπει να ξεκινήσει μέσα σε μια εβδομάδα".

"Σου ζητώ μόνο ένα πράγμα, γιατρέ". Η Πατς χαμήλωσε τα μάτια της.

"Βέβαια, τι είναι αυτό;"

"Μην μου πεις ποτέ από πού παίρνεις το δέρμα. Δεν θέλω να περνάω την υπόλοιπη ζωή μου νιώθοντας ενοχές για το από πού προήλθε".

"Το υπόσχομαι. Θέλω επίσης να σου πω πόσο πολύ σε θαυμάζω γι' αυτό".

Σύντομα ο Άνταμ έφυγε από το δωμάτιο και απομακρύνθηκε από τις εγκαταστάσεις. Άφησε την Πατς γεμάτη ερωτήσεις και με τη γνώση ότι ήταν πλέον φορέας μυστικών πέρα από αυτά που είχε ονειρευτεί ποτέ. Επιπλέον, αν ποτέ το έλεγε σε κάποιον ...

... ποιος θα την πίστευε;

ΚΕΦΆΛΑΙΟ ΌΓΔΟΟ

Το επόμενο πρωί, ο Τόμι Τζάκσον και ο Όριν Ράμπερσαντ ανέβηκαν στον αυτοκινητόδρομο Brooklyn-Queens Expressway και κατευθύνθηκαν στον I-495 με προορισμό το Southampton, στο ανατολικότερο τμήμα του Long Island. Είχαν κανονίσει μια συνέντευξη με την Τζέρι Λίντσεϊ, το σούπερ μόντελ που είχε δραπετεύσει από το Κτίριο του Ανατολικού Χάρλεμ πριν από λιγότερο από δύο εβδομάδες και είχε καταγγείλει την απαγωγή της στην αστυνομία της Νέας Υόρκης. Έκτοτε είχε υποβληθεί σε χειρουργική επέμβαση στο νοσοκομείο Τζονς Χόπκινς της Βαλτιμόρης, όπου οι χειρουργοί της προσάρμοσαν ένα βιονικό άκρο που εστάλη στις ΗΠΑ από το Βερολίνο της Γερμανίας, όπου αναπτύχθηκε το ρομποτικό πόδι. Η επέμβαση θεωρήθηκε επιτυχής, αλλά οι Γερμανοί μηχανικοί ορκίστηκαν να μιμηθούν τις προόδους των "τρελών γιατρών του Χάρλεμ" και να αναβαθμίσουν το πρωτότυπο της Geri στο εγγύς μέλλον.

Η Geri γεννήθηκε και μεγάλωσε στο Χάρλεμ, είναι μικτής ράτσας Ολλανδο-Κενυάτισσα, ύψους 1,80 μ. και 140 κιλών με εκπληκτική σιλουέτα κλεψύδρα. Είχε δέρμα στο χρώμα του μελιού, σκούρα ξανθά μαλλιά και κρεολικά χαρακτηριστικά που θύμιζαν σε πολλούς τη Lisa Marie Presley. Οι ντετέκτιβ έφτασαν στο σπίτι της στην αποκλειστική περιοχή Water Mill, στην εθνική οδό Montauk, όχι μακριά από το Mill Pond. Ένας φρουρός ασφαλείας τους συνάντησε στην μπροστινή πύλη, όπου ειδοποίησε την ομάδα του μέσω ασυρμάτου για να τους ενημερώσει για την άφιξη. Πάρκαραν το αυτοκίνητό τους στο πάρκινγκ έξω από το συγκρότημα γκαράζ και οδηγήθηκαν με ένα τρόλεϊ του γκολφ, περνώντας από τη μικροσκοπική παραλία και τους καταρράκτες κοντά στην πισίνα με το σκυρόδεμα, όπου τους περίμενε η Geri.

"Πρέπει να σας το παραδεχτώ. Αν καταφέρω να περάσω τον φρουρό στις Περλικές Πύλες, δεν μπορώ να φανταστώ ότι θα είναι καλύτερα από αυτό". Ο Τόμι χαμογέλασε αφού έκαναν τις συστάσεις, συνοδεύοντας την Τζέρι στο υπαίθριο μπαρ, κοντά στην πισίνα, της έπαυλης των έξι εκατομμυρίων δολαρίων.

Μετά το περιστατικό, η ασφάλεια στο ακίνητο ήταν αυστηρή, μόλις ο Geri επέστρεψε στο σπίτι του. Δύο φρουροί με έναν σκύλο επίθεσης κάθονταν σε ένα τραπέζι απέναντι από την πισίνα, καθώς η Γκέρι τους έβαζε ποτά.

"Δεν πειράζει." Σφίγγει τη μύτη της.

Η φήμη στο Διαδίκτυο ήταν ότι δεν είχε χάσει

ποτέ την κοριτσίστικη γοητεία της, ακόμη και μετά την καταξίωσή της στη βιομηχανία της μόδας. Η φήμη δεν είχε αλλάξει πολλά πάνω της, και αυτό μπορεί να ήταν η πτώση της. Εξακολουθούσε να έχει τη μύτη της για τα γλυκά και αυτό ήταν που την οδήγησε πίσω στη γειτονιά, όπου έπεσε στον ιστό των Τρελών Γιατρών .

"Προσπαθώ να επανέλθω στο φυσιολογικό. Το πόδι μου δεν είναι τόσο καλό όσο εκείνου του Κόμπο, αλλά μου λένε ότι έρχονται και καλύτερα πράγματα".

Κάθονταν σε σκαμπό στο μπαρ πίνοντας μαργαρίτες και τα παιδιά θαύμαζαν όταν η Γκέρι έκανε μια κλωτσιά σε στυλ Rockette με το χειρουργικά προσαρτημένο μέλος της. Είχαν εγκαταστήσει ένα πληκτρολόγιο στο γοφό της που της επέτρεπε να ελέγχει το πόδι. Δυστυχώς, είχε άφθονο χρόνο να καθίσει και να συνηθίσει να πληκτρολογεί εντολές. Της έκαναν συγχαρητήρια για την πρόοδό της και το πνεύμα της, και εκείνη τους ευχαρίστησε, αν και υπήρχε ένα βλέμμα στα μάτια της που θα τους στοίχειωνε για πολύ καιρό. Ήταν το βλέμμα της απαρηγόρητης θλίψης, το βλέμμα που μόνο κάποιος που είχε βιώσει μια τέτοια απώλεια θα μπορούσε να έχει.

"Ακόμα προσπαθούμε να μετατρέψουμε αυτόν τον τύπο, Κόμπο", παραδέχτηκε ο Orrin με θλίψη. "Του προσφέρουμε συμφωνίες με την Πατς, αλλά μέχρι στιγμής δεν έχει τσιμπήσει κανείς. Τώρα, έχουμε ξαναδεί τις κασέτες με τις συνεντεύξεις σου μερικές φορές, αλλά θέλαμε να συναντηθούμε μαζί σου για να δούμε αν ίσως θυμάσαι κάτι που μπορούμε να χρησιμοποιήσουμε ως μοχλό πίεσης εναντίον αυτών των δύο. Ο εισαγγελέας δεν θέλει να παίξει τα ρέστα του μέχρι να ξεκινήσει η δίκη, αλλά δεν πρόκειται να έχει περισσότερα από όσα έχουμε τώρα, εκτός αν μπορέσουμε να στριμώξουμε κάποιον από τους δύο".

"Είπες ότι ήσουν στη γειτονιά και επισκεπτόσουν παλιούς φίλους όταν σε απήγαγαν". Ο Τόμι έψαξε το πρόσωπό της. "Δεν θέλω να χτυπήσω ένα νεκρό άλογο εδώ, αλλά αυτή η συμφωνία έχει γραμμένο πάνω της τον Ντζάγκο Ταμσουλοσίν. Πήραμε μια αναφορά της αστυνομίας από πέρυσι που συνδέει τον Ντζάγκο και τον Κόμπο κατά τη διάρκεια ενός περιστατικού που ερευνήσαμε. Έχουμε πληροφοριοδότες που επιβεβαίωσαν ότι είδαν τον Ντζάγκο Ταμσουλόσιν στην 137η οδό και στο Κτίριο περισσότερες από μερικές φορές φέτος. Όλοι ξέρουν ότι εκεί είναι η περιοχή του Ντζάγκο . Απλά είναι δύσκολο να καταλάβουμε πώς ο Ντζάγκο Ταμσουλόσιν δεν μπορούσε να ξέρει ότι ήσουν στη γειτονιά χωρίς να περάσεις να πεις ένα γεια".

"Λυπάμαι, αλλά έχω ήδη πει στην αστυνομία ότι δεν είδα ποτέ τον Ντζάγκο Ταμσουλόσιν εκείνο το βράδυ και ότι δεν έχω καμία προσωπική σχέση μαζί του". Ήταν απότομη. "Ελπίζω να μην έκανες τόσο δρόμο μέχρι εδώ μόνο και μόνο για να δεις αν θα αλλάξω την ιστορία μου;"

"Όχι, όχι, απλά σκέφτομαι δυνατά". Ο Τόμι σήκωσε το χέρι του και έβγαλε ένα πακέτο Κάμελ. "Σε πειράζει;"

"Καθόλου", χαμογέλασε ηλιόλουστα, δείχνοντας το πακέτο Newports. "Έχεις φωτιά;"

"Έτσι, απ' όσο γνωρίζουμε, τα θύματα

απήχθησαν όλα μέσα σε ένα μήνα το ένα από το άλλο", τόνισε ο Όριν αφού πήρε την άδεια της Γκέρι για να στήσει το μαγνητόφωνό του. "Ήσουν τυχερή , ήσουν ο τελευταίος που παραλήφθηκε".

"Τυχερή; Το λες αυτό *τύχη* ;"

"Ξέρεις, ίσως θα έπρεπε να γυρίσουμε στο Μανχάταν και να ξεκινήσουμε από την αρχή". Ο Τόμι κούνησε το κεφάλι του.

"Όχι, δεν πειράζει, είμαι μια χαρά". Τράβηξε μια βαθιά ρουφηξιά από το τσιγάρο της. "Ακόμα ... ξέρεις, συναρμολογώ τα πάντα, προσπαθώ να συνεχίσω από εκεί που τα άφησα".

"Καταλαβαίνουμε και σας ευχαριστούμε που μας αφήσατε να έρθουμε εδώ", απάντησε ο Τόμι. "Δεν θα σας ενοχλούσαμε αν δεν σκεφτόμασταν ότι ίσως όλο αυτό το τραύμα να έκανε τους αστυνομικούς να παραβλέψουν κάτι που θα μπορούσε να είναι χρήσιμο".

"Λέτε λοιπόν ότι ήταν το γεγονός ότι η Πατς έχασε τη δόση του που σας έδωσε αυτό το παράθυρο, αυτή τη στιγμή διαύγειας που σας βοήθησε να κάνετε την απόδραση". Ο Όριν κοίταξε τις σημειώσεις στο μπλοκ του.

"Όχι, δεν είπα ότι ήταν η Πατς ", είπε υπομονετικά. "Μπορεί να ήταν, αλλά δεν μπορούσα να πω. Την είδα εκεί όταν συνέβαιναν όλα, αλλά, με είχαν τόσο ντοπαρισμένο, που δεν ήξερα καν ότι μου είχαν βγάλει το πόδι μέχρι εκείνη τη στιγμή. Ήταν σαν ένα από εκείνα τα πράγματα που βλέπεις όνειρο και ονειρεύεσαι ότι ξύπνησες αλλά κοιμάσαι ακόμα. Έβλεπα τα πάντα μέσα από μια ομίχλη, και στην αρχή νόμιζα ότι το πόδι μου κοιμόταν ή ότι μου είχαν κάνει ένεση. Όταν συνειδητοποίησα ότι το πόδι είχε χαθεί, μπήκα σε κατάσταση άρνησης και αυτό ήταν που με έβγαλε από εκεί. Μπορούσα να ακούσω όλους τους θορύβους και ήξερα ότι δεν ήμουν σε νοσοκομείο. Κάτι μέσα μου μου έλεγε ότι η ζωή μου εξαρτιόταν από το να φύγω από εκεί. Θυμήθηκα ότι έπεσα κάτω και μετά άρχισα να σέρνω τον εαυτό μου προς την πόρτα. Τα κατάφερα και είδα τη σκάλα και με κάποιο τρόπο σύρθηκα τα σκαλιά, ενώ συνέβαιναν όλα αυτά τα πράγματα".

"Φτάσατε στο δρόμο και οι άνθρωποι έξω κάλεσαν την αστυνομία". Ο Τόμι αποδείχθηκε σκεπτικός. "Πηγαίνοντας πίσω στην εποχή που σε απήγαγαν, είπες ότι ήταν τα γενέθλια ενός φίλου σου και ότι οι τρεις σας ήσασταν έξω στην πόλη, μαζί με τον σωματοφύλακά σου. Τώρα, από τότε, και οι τρεις άνθρωποι που ήταν μαζί σου εκείνη την ώρα πήγαν στον άνεμο. Οι φίλες σας έφυγαν από την πόλη και ο σωματοφύλακάς σας απλά παραιτήθηκε. Υπάρχουν πολλοί άνθρωποι στην Αστυνομική Πλατεία που πιστεύουν ότι ο Ντζάγκο είχε μεγάλη σχέση με αυτό".

"Έι, μεγάλωσα στο Χάρλεμ και ξέρω ότι ο Ντζάγκο δεν είναι ο Φρανκ Λούκας", τόνισε η Γκέρι. "Ξέρω ότι πολλοί άνθρωποι θέλουν να τον δουν να πέφτει, αλλά δεν πρόκειται να τον δω να καίγεται επειδή είπα κάτι για το οποίο δεν είμαι σίγουρη. Όπως είπα, απ' όσο ξέρω, δεν είχε καμία σχέση με τίποτα. Νομίζω ότι ίσως οι φίλοι μου και ο Lefty έφυγαν από την πόλη εξαιτίας της δημοσιότητας. Ξέρετε, οι φυλλάδες έβγαιναν και έλεγαν ότι αυτοί ήταν που μου την έστησαν. Θα τους κατηγορούσατε που έφυγαν από την πόλη αφού τέτοια πράγματα βρίσκονται στα περίπτερα σε κάθε σούπερ μάρκετ της Νέας Υόρκης;".

"Έχεις απόλυτο δίκιο", ανασήκωσε τους ώμους ο Όριν. "Τώρα, και οι τρεις τους είπαν ότι ανέβηκες στο Χάρλεμ γύρω στις τρεις τα ξημερώματα, αφού έφυγες από ένα κλαμπ. Όλοι παραδέχτηκαν ότι πήγες εκεί πάνω για να δεις αν θα μπορούσες να βγάλεις τσιγάρο. Αναγνωρίσατε κάποιους ανθρώπους που όλοι γνωρίζατε και βγήκατε να τους χαιρετήσετε. Ο Lefty έμεινε στο αμάξι μετά από παράκλησή σας, ώστε να μην έρθουν οι μπάτσοι και σας κόψουν κλήση επειδή ήσασταν κοντά σε έναν κρουνό. Εσύ και οι δύο φίλοι σου αρχίσατε να ανακατεύεστε με το πλήθος και ξαφνικά εξαφανίσατε".

"Όπως είπα, νομίζω ότι μου έριξαν λίγο Ροιπνόλ ή κάτι τέτοιο, γιατί απλά έσβησα σαν φως. Μετά από αυτό ήμουν μέσα και έξω από αυτό για, όπως μου είπαν μετά, πάνω από ένα μήνα. Ξέρω ότι είχα σωληνάκια στα χέρια μου, με είχαν συνδέσει με καθετήρες και με τάιζαν με καλαμάκι τις περισσότερες φορές. Κάθε τόσο θυμόμουν ότι μου έδιναν χάμπουργκερ και πατάτες τηγανιτές, αλλά ήμουν τόσο μπερδεμένη που δεν μπορούσα να ορκιστώ αν ονειρευόμουν ή όχι. Είπαν ότι έχασα είκοσι κιλά όσο έλειπα, και δεν ήταν και ότι μου περίσσευαν και πολλά εξ αρχής".

"Υποθέτω ότι διάβασες τις ιστορίες για το πώς έφτιαχναν ένα είδος cyborg εκεί κάτω", είπε ο Τόμι.

"Νόμιζα ότι αυτό ήταν απλά ένα ακόμη θέμα από τα ταμπλόιντ, αλλά οι αστυνομικοί με ρώτησαν αν είδα κάτι τέτοιο. Ήταν σαν να τους είπα, ήμουν τόσο λιώμα. Έχεις μεθύσει ποτέ πολύ, όπως όταν πήγες στην τουαλέτα και κατούρησες στο πάτωμα; Σκέψου να είσαι δύο φορές τόσο μεθυσμένος".

"Έχω επισκεφθεί φίλους που μόλις βγήκαν από το χειρουργείο, ξέρω πώς είναι", έγνεψε ο Όριν. "Αναρωτιόμουν, τώρα που το αναφέρεις. Ήξερες ότι σε τάιζαν με χάμπουργκερ και πατάτες τηγανιτές. Δεν πρόσεξες τίποτα; Όπως, φορούσε γάντια ή σου έβαζε το φαγητό στο στόμα, σε βοήθησε να βάλεις καρυκεύματα, κάτι τέτοιο;"

"Όχι, σας είπα ότι δεν μπορώ να θυμάμαι τα πάντα. Ξέρεις, ήταν όπως σου είπα, ήταν σαν όνειρο. Πρέπει να ξέρεις πόσο δύσκολο είναι να θυμάσαι τα όνειρά σου, ακόμα και μισή ώρα αφού ξυπνήσεις".

"Αλλά ήξερες ότι ήταν χάμπουργκερ και πατάτες τηγανιτές, δεν ήταν χοτ ντογκ. Αφού έπαιρνες υγρά όλο αυτό το διάστημα, πρέπει να επηρέασε τους γευστικούς σου κάλυκες, τουλάχιστον", διερεύνησε ο Όριν. "Ας δοκιμάσουμε αυτό. Θυμάσαι πώς είναι να σταματάς στο Mickey D's για drive-through, όταν δεν είχες σοφέρ; Είναι μεγάλος μπελάς. Οι πατάτες πέφτουν από τη θήκη, η σάλτσα στάζει, όλα αυτά. Τι έκανε, άφησε τα σκατά να στάζουν πάνω σου; Οι τύποι στη δίκη είναι επαγγελματίες χειρουργοί. Θα τα είχαν πάρει στο κρανίο αν άφηνε το πράγμα να στάζει παντού".

"Όχι, ήταν πολύ επαγγελματίας", επέμεινε η Γκέρι . "Αυτή..."

"Τι έκανε;" ρώτησε ο Τόμι, κοιτάζοντάς την προσεκτικά. "Είχε χαρτοπετσέτα; Κρατούσε ένα πιάτο κάτω από το πηγούνι σου; Σου μίλησε κάποια στιγμή, ξέρεις, προσπάθησε να σε ενθαρρύνει;"

"Γεια σας, παιδιά." Η Γκέρι ξαφνικά

αναστατώθηκε. "Δεν θέλω να γίνω σκύλα, αλλά έχω πάρα πολλά να κάνω για να παίζω αυτά τα παιχνίδια με τις λέξεις. Λυπάμαι που έπρεπε να οδηγήσετε τόσο δρόμο μέχρι εδώ για το τίποτα, αλλά δεν μπορώ να σας βοηθήσω με αυτό που ψάχνετε".

"Την Πατς", συνέχισε ο Τόμι, χωρίς να θέλει να τα παρατήσει. "Γιατί προσπαθείς να προστατέψεις την Πατς; Αν προσπαθούσε να σε βοηθήσει και είχαμε τον λόγο σου γι' αυτό, αυτό θα ήταν αρκετό για να την κάνουμε να καταθέσει ως μάρτυρας κατάθεσης. Θα μπορούσε να αναγνωρίσει τον γιατρό που σε σακάτεψε".

"Συγγνώμη, παιδιά." Η Λίντσεϊ χτύπησε τα κουμπιά στο γοφό της και σηκώθηκε από τη θέση της, χαιρετώντας τους φρουρούς της, οι οποίοι έκαναν υπάκουα το γύρο της πισίνας.

"Εμείς είμαστε αυτοί που λυπούμαστε που σας απασχολούμε", γρύλισε ο Όριν καθώς σηκώθηκαν από τα σκαμπό τους.

Οι ντετέκτιβ ακολούθησαν τον φρουρό με τον σκύλο, καθώς ο άλλος γλιστρούσε πίσω τους.

"Γεια σας, παιδιά", φώναξε η Geri λίγο πριν φύγουν.

"Γκέρι;" φώναξε ο Τόμι καθώς οι φρουροί σταμάτησαν.

"Ξέρεις πώς είναι στο μόντελινγκ. Παίρνεις βάρος, κάνεις παιδί, παθαίνεις ατύχημα, όλα τελειώνουν και όλοι το ξέρουμε αυτό. Ο Τζέρομ Μπράουνι είχε όλη την καριέρα του μπροστά του. Θέλει να εκδικηθεί γι' αυτό ακόμα περισσότερο απ' ό,τι εγώ. Σκεφτείτε τι θα συνέβαινε αν κάποιος έκανε μια συμφωνία για να βγάλει έναν από τους γιατρούς με εγγύηση και έφευγε από τη χώρα. Θα πρέπει να καταλάβετε ότι κανείς δεν πρόκειται να πει λέξη για τίποτα μέχρι να ξεκινήσει η δίκη -αν *υπάρξει* δίκη".

"Έχεις δίκιο", απάντησε ο Τόμι καθώς αποχαιρετιζόντουσαν.

Οι ντετέκτιβ επέστρεψαν με κακή διάθεση στο όχημά τους, ακολουθούμενοι απρόθυμα από τους φρουρούς, οι οποίοι προφανώς δεν ήθελαν καμία στατικότητα. Οι συνεργάτες ήξεραν ότι οι κακομοίρηδες έκαναν απλώς τη δουλειά τους και επέλεξαν να μην γίνουν θορυβώδεις μαζί τους. Ο Τόμι έσπρωξε το αυτοκίνητο έξω από την πύλη και σύντομα επέστρεψαν στον αυτοκινητόδρομο ταχείας κυκλοφορίας. Ξαφνικά, τρελάθηκε και άρχισε να ψάχνει το κινητό του τηλέφωνο.

"Ξέχασες να τηλεφωνήσεις στη Μορίν;"

"Σκατά, όχι, κάτι με χτύπησε. Πρέπει να μιλήσω με τον Τάι Γουίλαρντ".

"Τι; Νομίζεις ότι οι γιατροί σχεδιάζουν απόδραση;"

"Γεια σου, Τάι;"

"Ναι." Ο Όριν μπορούσε να ακούσει τη φωνή του στο κινητό τηλέφωνο καθώς είχαν κατεβάσει τα παράθυρα.

"Είναι ο Τζάκσον. Επιστρέφουμε στην πόλη- μόλις μας καθυστέρησε η Γκέρι Λίντσεϊ. Άκου , θέλεις να επικοινωνήσεις με τον εισαγγελέα και να του πεις να βεβαιωθεί ότι κανείς δεν θα κάνει παράλληλη συμφωνία για να βγάλει τους γιατρούς με εγγύηση; Και φρόντισε να μείνουν στην απομόνωση και να μην τους βάλουν στον πληθυσμό. Έχω ένα προαίσθημα ότι ο Τζερόμ

Μπράουν μπορεί να σχεδιάζει να κρατήσει αυτούς τους τύπους στο ΜΚΚ, με τον έναν ή τον άλλο τρόπο".

"Ο Αρχηγός και εγώ ανησυχούμε περισσότερο για το αν ο Ντζάνγκο Ταμσουλόσιν θα τους επιτεθεί", απάντησε ο Γουίλαρντ. "Αυτοί οι τύποι δεν πρόκειται να πάνε πουθενά, να είστε σίγουροι γι' αυτό. Δεν θυμάσαι που ο Πρόεδρος αναφέρθηκε στην υπόθεση; Δεν υπάρχει περίπτωση να βγουν με εγγύηση και δεν αφήνουμε κανέναν να τους πλησιάσει".

"Ακούγεται καλό. Θα περάσουμε από εδώ σε μερικές ώρες".

"Δηλαδή, τι, πιστεύεις ότι ο Μπράουν μπορεί να τους βάλει στο στόχαστρο;" Ο Όριν γρύλισε, ελαφρώς ενοχλημένος που ο Τόμι τηλεφώνησε χωρίς να ζητήσει ανατροφοδότηση.

"Της έβαλες τρικλοποδιά, ουσιαστικά μας είπε ότι ήξερε ότι η Πατς τη φρόντιζε", επέμεινε ο Τόμι. "Ξέρει πού είναι οι φίλοι της και ξέρει πού είναι ο σωματοφύλακάς της. Όλοι τους είναι μαζί σ' αυτό. Κανείς δεν βοηθάει γιατί δεν θέλουν να πάνε πουθενά οι γιατροί. Την άκουσες να λέει 'αν' υπάρξει δίκη. Αν οποιοσδήποτε από αυτούς τους τύπους βγει με εγγύηση με κάποιο τρόπο, θα σκοτωθεί πριν πλησιάσει ένα μίλι μακριά από ένα αεροδρόμιο".

"Νομίζεις ότι ο Τζερόμ Μπράουν θέλει τόσο πολύ εκδίκηση;"

"Την άκουσες, Ράμπερσαντ. Του έκλεψαν την καριέρα του, του πήραν τη ζωή. Ο τύπος πρέπει να κάθεται πάνω σε μια περιουσία, ακόμα κι αν δεν έχει ξαναπαίξει παιχνίδι στη ζωή του. Νομίζεις ότι δεν θα έβαζε πολλά λεφτά για να πάρει εκδίκηση; Εκτός αυτού, ας υποθέσουμε ότι ο Τάι και ο αρχηγός έχουν δίκιο στο στοίχημα για τον Ντζάγκο ; Πρέπει να κάθεται σε αναμμένα κάρβουνα τώρα. Είναι πολύ καιρό στην κορυφή του βουνού. Η Δίωξη θέλει να δει νέα πρόσωπα στο πεδίο και το ξέρει. Αν η Πατς ή ο Κόμπο τον παραδώσουν, θα φύγει για πολύ, πολύ καιρό. Όπως και να γίνει, κανείς δεν θα μας παίξει μπάλα. Το μόνο που μας έμεινε είναι ο Μπράουν. Θα πάμε αύριο εκεί και θα μάθουμε αν είναι αυτός που σκοπεύει να κάνει κίνηση".

"Μου ακούγεται καλό. Όπως και να 'χει, θα έχουμε το Σαββατοκύριακο της Πρωτομαγιάς για να το σκεφτούμε".

"Το ίδιο και όλοι οι άλλοι."

Αφού έφυγαν οι ντετέκτιβ, η Γκέρι Λίντσεϊ κατάπιε δύο οξυκωδόνες και πήγε στην ξαπλώστρα της δίπλα στην πισίνα, κοιτάζοντας τον ηλιόλουστο ουρανό μέχρι να πέσει για ύπνο, όπως συνήθιζε να κάνει. Εδώ, θα ξαναζούσε ξανά και ξανά τη φρίκη της απαγωγής της, θα φαντασιωνόταν τις επιλογές που είχε στη διάθεσή της και θα σκεφτόταν σοβαρά τι πραγματικά θα έκανε πριν κοιμηθεί.

Όταν κοίταξε πίσω για χιλιοστή φορά, είδε ξεκάθαρα ότι είχε εξελιχθεί σε σύγκρουση εγωισμών μεταξύ της ίδιας και του Ντζάνγκο Ταμσουλόσιν Την τραβούσε διαρκώς πίσω στη γειτονιά σαν το σκόρο στη φλόγα, χωρίς να μπορεί να κλείσει τις ψυχοφθόρες αναμνήσεις και τις ανασφάλειες που στοίχειωναν τα όνειρά της. Ήταν η τελευταία φιγούρα εξουσίας στα διαρκώς διευρυμένα όρια του κόσμου της, τα δάχτυλα των οποίων δεν είχε ακόμα πατήσει. Όταν τελικά το έκανε - την έφερε σε αυτό.

Όλα ξεκίνησαν με την παράνοια της ίδιας της βιομηχανίας. Όλοι στα καμαρίνια ήξεραν ότι η επόμενη εμφάνισή τους θα μπορούσε να είναι το κύκνειο άσμα τους. Η Γκέρι διάβαζε στις φυλλάδες και στο διαδίκτυο ότι τα βυζιά της ήταν πολύ μεγάλα, τα μάτια της ήταν πολύ μικρά και στρογγυλά, τα μακριά ξανθά μαλλιά της δεν θα άντεχαν τη συνεχή επεξεργασία, και ό,τι άλλο μπορούσαν να βρουν για να την κατεβάσουν. Ο μόνος τρόπος για να γεμίσει τις μπαταρίες της και να καθησυχάσει τον εαυτό της ήταν να επιστρέψει στο Ανατολικό Χάρλεμ και να απολαύσει τον θαυμασμό των παλιών της φίλων. Έκανε την εμφάνισή της στο πεζοδρόμιο αφού έκλειναν τα κλαμπ μέσα στη νύχτα, βάζοντας τους πάντες να μαζευτούν γύρω από τη λιμουζίνα της ή το πολυτελές αυτοκίνητό της με τα υψηλά εισιτήρια για ένα αυτοσχέδιο πάρτι. Οι άνθρωποι του δρόμου τη λάτρευαν σαν θεά, και οι φίλοι της ξυπνούσαν από τα κρεβάτια τους από τη φασαρία, καθώς συγκεντρώνονταν για να αποτίνουν φόρο τιμής στη θεότητα της επιστροφής.

Ένα βράδυ, η Cadillac Brougham του Ντζάνγκο Ταμσουλόσιν έτυχε να είναι σταθμευμένη στο τετράγωνο που έφτασε, καθώς ο Ντζάνγκο Ταμσουλόσιν έκανε ένα επαγγελματικό τηλεφώνημα. Είχε ξεκαθαρίσει με κόπο τα πράγματα με έναν αργοπληρωμένο έμπορο μεσαίου επιπέδου και ήταν σε εκνευρισμένη διάθεση όταν συνειδητοποίησε ότι η Τζέρι και η συνοδεία της βρίσκονταν στο δρόμο. Είχε ακούσει ότι έκανε εμφανίσεις μετά το τέλος του ωραρίου στη γειτονιά τον τελευταίο καιρό και σκέφτηκε ότι θα μπορούσε να ελαφρύνει τη διάθεσή του με το να μιλήσει μαζί της.

"Έι, τώρα, κοίτα αυτό, αν δεν είναι η ίδια η Γκέρι Λίντσεϊ". Ο Ντζάνγκο Ταμσουλόσιν εμφανίστηκε, περιτριγυρισμένος από τέσσερα σκυλιά, να στέκεται μπροστά στην Γκέρι και σε μια ντουζίνα θαυμαστές. Είχε φτάσει με μια λιμουζίνα με τέντωμα και είχε μοιράσει μπουκάλια από το αναψυκτήριο, ώστε όλοι να είναι λίγο μεθυσμένοι. "Όλοι καλοντυμένοι και κάνουν βόλτες στην πόλη. Φίλε, δεν ξέρεις πόσο καλά νιώθω που βλέπω ένα από τα κορίτσια μας να τα καταφέρνει επιτέλους. Έλα εδώ να με αγκαλιάσεις".

Το πρόβλημα με την επιστροφή στη γειτονιά ήταν ότι, αν και ο κάτοικος προχώρησε και εξελίχθηκε, η γειτονιά παρέμεινε η ίδια. Ένα άλλο πρόβλημα ήταν ότι ο Ντζάγκο είχε ασχοληθεί με τη μαστροπεία ως ένα από τα προσοδοφόρα παρακλάδια του που ήταν συνυφασμένα με την περιοχή. Όταν υπήρχε μια εδαφική διαμάχη και ο Ντζάνγκο Ταμσουλόσιν διέταζε έναν νταβατζή να τον καθαρίσει, οι πόρνες του δρόμου του ήταν προς πώληση και κατέληγαν να δουλεύουν για τον Ντζάνγκο Ταμσουλόσιν ως αποτέλεσμα. Είχε συνηθίσει τόσο πολύ να δουλεύει με πόρνες και σκάνδαλα που μερικές φορές έχανε την αίσθηση του τι έκανε. Ως αποτέλεσμα, αγκάλιασε την Τζέρι αρκετά σφιχτά ώστε να σφίξει τα λαχταριστά της πεπόνια στο στήθος του και άρπαξε ένα ωραίο κομμάτι από τον κώλο της μέσα από το μεταξένιο βραδινό της φόρεμα.

"Έι, ηρέμησε, κάτω τα χέρια από το εμπόρευμα". Η Γκέρι δεν μπόρεσε να κρύψει τον εκνευρισμό της.

"Έλα τώρα, μωρό μου, μη μου την πέφτεις", χαμογέλασε ο Ντζάνγκο Ταμσουλόσιν καθώς απομακρύνθηκε για να βάλει άλλο ένα ποτό από ένα κοντινό μπουκάλι σαμπάνιας. "Φίλε, θυμάμαι όταν πρωτοπήγαινες στο δημοτικό σχολείο εδώ γύρω. Είχες εκείνα τα μαλλιά με την πάνα, τα βυζιά σου σαν τηγανίτα, τα πράσινα μικρά σπινθηροβόλα μάτια και τα μεγάλα κόκκινα χείλη, τα αδύνατα χέρια και τα πόδια σου παντού. Η μαμά της έκανε ό,τι καλύτερο μπορούσε, αλλά δεν μπορούσε να κάνει αλλιώς και περπατούσε και έμοιαζε με τη Ράγκαντι Ανν".

Οι ακόλουθοι άρχισαν να καγχάζουν και να κάνουν γκριμάτσες, χωρίς να καταλάβουν ότι είχε χτυπήσει ευαίσθητο σημείο, καθώς τα μάτια της Γκέρι έλαμψαν από θυμό.

"Έτσι την αποκαλούσαν". Ο Ντζάγκο άπλωσε το χέρι του, προσδιορίζοντας το ανέκδοτό του. "Raggedy Ann. Ήταν δύσκολα εκείνα τα χρόνια. Όταν τα ξαδέρφια της παρέδωσαν τα μεταχειρισμένα ρούχα τους στην Τζέρι, δεν ήταν παρά κουρέλια. Σίγουρα έχει διανύσει πολύ δρόμο. Στην υγειά σου, Γκέρι".

"Δεν είναι πια η Ράγκεντι Ανν , Ντζάνγκο , είναι η Γκέρι Λίντσεϊ . Ξέρω ότι δεν κυκλοφορείς πολύ αυτές τις μέρες, αλλά εγώ έχω φτάσει από τα κουρέλια στα πλούτη, και δεν είναι από το να πουλάω κρακ".

"Έι, κοριτσάκι μου, μη μου γίνεσαι πολύ μεγάλη". Το χαμόγελο του Ντζάγκο έσβησε κάπως. "Σε είδα εδώ στα χωράφια μου και πέρασα να σου πω ένα γεια. Βλέπω κόσμο να μαζεύεται στο τετράγωνό μου και μου αρέσει να βλέπω τι γίνεται. Χαίρομαι που σε ξαναβλέπω, Τζέρι".

"Κανένα πρόβλημα, Ντζάγκο ", είπε η Γκέρι και μετά στράφηκε προς τον σοφέρ της που παρακολουθούσε με προσοχή από το παράθυρο της λιμουζίνας. "Έλα, Λέφτι, έχω μια φωτογράφιση σε λίγες ώρες".

"Θα είναι πάντα η Raggedy Ann", είπε στα σκυλιά του καθώς απομακρυνόταν, με τη φωνή του να παρασύρεται πίσω στην Geri, η οποία βρισκόταν ακόμα σε απόσταση αναπνοής.

"Ναι, πήγαινε πίσω να πουλάς το κρακ σου", μουρμούρισε καθώς επέστρεφε στη λιμουζίνα.

Φάνηκε να σταματά για κλάσματα του δευτερολέπτου, αλλά δεν γύρισε ποτέ, συνεχίζοντας την πορεία του προς το τετράγωνο που τον περίμενε η Cadillac του.

Συνειδητοποίησε ότι είχε υπερβεί τα εσκαμμένα εκείνο το βράδυ, αλλά δεν το σκέφτηκε καθόλου εκείνη τη στιγμή. Αν ήθελε να το κάνει θέμα, σκέφτηκε ότι θα είχε γυρίσει και θα της το είχε πει εκεί και τότε. Δεν τον είχε ξαναδεί μετά από αυτό, αν και θα στοιχημάτιζε τη ζωή της ότι πρέπει να ήταν εκεί εκείνη τη νύχτα που την απήγαγαν.

Είχε επιστρέψει στη γειτονιά τρεις φορές μετά τη συνάντησή τους, και την τελευταία φορά δεν γνώριζε ότι ο Ντζάνγκο Ταμσουλόσιν είχε παρκάρει πιο κάτω στο τετράγωνο. Εκείνος έτρεφε δυσαρέσκεια για την τελευταία τους συνάντηση και ήταν ενοχλημένος που συνέχιζε να διοργανώνει τις μικρές της γιορτές στα λημέρια του χωρίς καν να τον πλησιάσει για να βεβαιωθεί ότι δεν υπήρχαν παρεξηγήσεις από την προηγούμενη φορά. Είχε βγάλει ανθρώπους από τη μέση επί τόπου για πολύ λιγότερα από τον τρόπο με τον οποίο βγήκε αυτή. Είχε πάρα πολλούς ανθρώπους που καταπατούσαν την περιοχή του και αψηφούσαν την εξουσία του αυτές τις μέρες. Ήταν καιρός να στείλει ένα μήνυμα, υπενθυμίζοντας σε όλους ποιος ήταν.

Αποφάσισε να την ταΐσει στους Εβραίους αντί να την αφήσει στο δρόμο. Είχε ήδη στείλει πάνω από μια ντουζίνα ανθρώπους στο μπουντρούμι και κανείς δεν τους είχε ξαναδεί. Ήξερε ότι οι τρελοί γιατροί έκαναν το σωστό και θα συνέχιζαν να το κάνουν με αυτή την ασεβή σκύλα. Έστειλε έναν από τους κορυφαίους υπολοχαγούς του στη συνοδεία της, και όλοι έδωσαν τη θέση τους στον γνωστό δολοφόνο. Ο άνθρωπός του πλησίασε τη Γκέρι, έριξε ένα μίκυ στο ποτό της και την παρέσυρε σε ένα πλαϊνό δρομάκι για μια ειδική τζούρα από σκατά υψηλής ποιότητας. Δεν κατάλαβε ποτέ ότι ήταν ηρωίνη μέχρι που την έριξε αναίσθητη. Η Brougham κατέβηκε στο δρόμο και ανέβηκε στο δρομάκι, και η Geri δέθηκε με δεμένα μάτια, δέθηκε και φιμώθηκε πριν την πετάξουν στο πορτμπαγκάζ και την απομακρύνουν.

Ο Ντζάνγκο Ταμσουλόσιν δεν μπορούσε να πιστέψει ότι τόσο η Γκέρι όσο και ο Τζερόμ Μπράουνι , καθώς και τέσσερις από τις πόρνες του κρακ, ήταν ακόμα ζωντανοί και είχαν διασωθεί από την αστυνομία. Του ήταν ακόμη πιο δύσκολο να πιστέψει ότι δεν είχε ακόμη συλληφθεί. Όλη η ομάδα του βρισκόταν σε πλήρη επιφυλακή και ήταν έτοιμοι να σκοτώσουν οποιονδήποτε ερχόταν στο Ανατολικό Χάρλεμ αναζητώντας εκδίκηση για το περιστατικό στο Κτίριο και τη δίκη των Τρελών Γιατρών .

Η Γκέρι Λίντσεϊ ήταν μία από εκείνες που θα ήθελαν εκδίκηση, αλλά δεν θυμόταν σχεδόν τίποτα. Το μόνο που είχε ήταν οι εφιάλτες της.

Το μόνο που μπορούσε να κάνει ήταν να φαντασιώνεται την εκδίκηση εναντίον εκείνων που μόνο φανταζόταν -αλλά κατά κάποιο τρόπο ήξερε-ότι ήταν υπεύθυνοι.

Τα *γλυκά όνειρα είναι φτιαγμένα από αυτό*, τραγούδησε με την καρδιά της και το κεφάλι της.

Η Λίστεριν Γουόλτερς ήταν η πρώτη γυναίκα που είχε μεταφερθεί στο υπόγειο. Έκανε κόλπα πολύ μετά την ώρα της και είχε παχύνει και είχε γίνει θρασύτατη. Είχε τη φήμη ότι έδινε το καλύτερο κεφάλι στο Ανατολικό Χάρλεμ και δεν είχε ποτέ πρόβλημα να έρχονται πελάτες μέρα και νύχτα. Οι περισσότερες από τις νεαρές κοπέλες απλά μασούσαν τους μάγκες τους για να τελειώνουν το συντομότερο δυνατό αυτές τις μέρες. Το να το κάνει σωστά ήταν η ειδικότητα της Listerine, και κουραζόταν όλο και περισσότερο να πρέπει να κλωτσάει τον Ντζάνγκο επειδή έκανε καλύτερη δουλειά από οποιονδήποτε άλλον.

Είχε θέσει σε ισχύ τον κανόνα των τριών απεργιών, και μετά από δύο διαφωνίες έβαλε έναν σκύλο να φυλάει σκοπιά έξω από την πολυκατοικία της για να μετράει πόσοι πελάτες περνούσαν κάθε μέρα. Στο τέλος της εβδομάδας, συναντήθηκε μαζί της. Όταν τα χρήματα υπολείπονταν κατά πολύ από τα αναμενόμενα, έστελνε σκυλιά για να την οδηγήσουν στο υπόγειο για επεξεργασία. Της νάρκωσαν το ποτό, την έδεσαν και τη φίμωσαν και την έριξαν σε ένα πορτ μπαγκάζ για ένα σύντομο ταξίδι στο εργαστήριο.

Μέχρι τώρα, ο Άνταμ Ράουχ είχε καταλάβει ότι αυτοί οι άνθρωποι είχαν έρθει εδώ αντί να τους πυροβολήσουν στο κεφάλι και να τους πετάξουν στο πεζοδρόμιο. Ό,τι κι αν συνέβαινε από εδώ και πέρα θα γινόταν με την ελπίδα να αξιοποιηθεί στο έπακρο ό,τι είχαν να προσφέρουν αυτοί οι άνθρωποι στην ανθρωπότητα με τον εναπομείναντα χρόνο τους.

Πρώτα ακρωτηρίασε το αριστερό πόδι του Λίστεριν , τοποθετώντας το σε μια συσκευή υποστήριξης της ζωής που αντλούσε ζωτικά υγρά από μια ρομποτική συσκευή. Έμεινε έκπληκτος από την επιτυχία του και προχώρησε στην αφαίρεση του δεξιού της χεριού για τον ίδιο σκοπό. Η λογική ήταν ότι, σε αντίθεση με τον Κόμπο, δεν θα είχε περαιτέρω χρήση του δεξιού χεριού, το οποίο θα έπρεπε να ανταποκρίνεται καλύτερα από το αριστερό.

Ο Άνταμ γαλβανίστηκε από τις ανακαλύψεις και προχώρησε στην αφαίρεση των ματιών της, τοποθετώντας τα στην αποθήκη για περαιτέρω πειραματισμό με τον εξοπλισμό που του έστελνε ο προμηθευτής του. Η ιδέα του ήταν ότι θα ήταν πολύ πιο χρήσιμο να διαπιστώσει αν τα μάτια θα εξακολουθούσαν να είναι λειτουργικά μετά την αποθήκευσή τους για κάποιο χρονικό διάστημα. Στη συνέχεια αφαίρεσε έναν από τους νεφρούς της ως μόσχευμα για τον Κόμπο, του οποίου η φυσική κατάσταση συνέχιζε να επιδεινώνεται από την προχωρημένη σκλήρυνση κατά πλάκας.

Την νάρκωναν συνεχώς, την εθίσανε σε ναρκωτικά και την τοποθετούσαν σε ένα κλουβί ζώων αρκετά μεγάλο για να χωρέσει έναν γορίλα. Έχασε την αίσθηση του χρόνου, γνωρίζοντας μόνο ότι την έπλεναν με νερό δύο φορές την εβδομάδα και της επέτρεπαν να χρησιμοποιεί την τουαλέτα μία φορά την ημέρα. Η γυναίκα που έμαθε ότι ήταν η Πατς της άλλαζε πάνες ενηλίκων και της φρόντιζε επίσης τις πληγές και τις μολύνσεις της. Της είχε τεθεί σε δίαιτα με υγρά, γεγονός που διευκόλυνε την αντιμετώπιση των κενώσεων της. Τη χρησιμοποιούσαν για διαφόρων ειδών πειράματα και βρέθηκε πού και πού στο εξεταστικό τραπέζι. Κάθε φορά που τα φάρμακα εξασθενούσαν, προσπαθούσε να ουρλιάξει, αλλά η Πατς ερχόταν και της έκανε μια ένεση. Είχε δει εφιάλτες ότι η κόλαση ήταν ένα μέρος όπου θα έδινε κεφάλι σε δαίμονες για όλη την αιωνιότητα. *Αυτό* θα ήταν πολύ καλύτερο από αυτό.

Με την πάροδο του χρόνου, αντιλήφθηκε ότι είχαν βάλει μια άλλη γυναίκα σε ένα κλουβί δίπλα της. Άκουγε τη φασαρία, άκουγε τα βογγητά και τις κραυγές της γυναίκας που και που. Μετά από άλλο ένα πέρασμα του χρόνου, υπήρχε άλλη μια γυναίκα στη σειρά, και τελικά μια τελευταία. Προφανώς, τις κρατούσαν σε αυτό το ανθρώπινο κυνοκομείο για κάποιον αθεόφοβο σκοπό. Τις στιγμές της διαύγειας, παρακαλούσε την Πατς να τη σκοτώσει, αλλά μετά ακουγόταν ένας πυροβολισμός και γλιστρούσε στη λήθη.

Τελικά, έγινε η διάσωση και ξύπνησε στο

νοσοκομείο Μπέλβιου, όπου της εξήγησαν τι είχε συμβεί και τι γινόταν γι' αυτήν. Μεταφέρθηκε σε μια μονάδα απεξάρτησης στα βόρεια της Νέας Υόρκης, όπου έπαιρνε θεραπεία για τον εθισμό της. Συμφώνησε να δώσει συνέντευξη για ένα τμήμα του *Good Morning America*, και το επόμενο πράγμα που ήξερε ήταν ότι επικοινώνησαν μαζί της ερευνητές από τη Γαλλία. Είχαν αναπτύξει ένα σύνολο ρομποτικών ματιών που θα εμφυτεύονταν χειρουργικά. Η διαδικασία θα περιλάμβανε νανοχειρουργική, η οποία θα επισκεύαζε και θα συνέδεε τα κομμένα νεύρα από τον εγκέφαλό της με τη συσκευή. Θα έβλεπε ηλεκτρονικά μεταδιδόμενες γκρίζες εικόνες για όλη της τη ζωή, αλλά η διαδικασία θα αναγγέλλονταν ως μια πρωτοφανής ανακάλυψη. Η Λιστερίν συμφώνησε πρόθυμα.

Είχε επίσης επικοινωνήσει μαζί της μια σειρά από δικηγόρους, ένας από τους οποίους της έφερε ένα αινιγματικό μήνυμα. Της υπενθύμισαν ότι είχε ακόμη οικογένεια και φίλους στο Χάρλεμ, η ασφάλεια των οποίων εξαρτιόταν από τη συνεργασία της. Δεν έπρεπε να πει τίποτα για τις εμπειρίες της σε κανέναν. Τα πράγματα βρίσκονταν υπό διαπραγμάτευση και επίλυση και αυτό θα αποκαλυπτόταν εν ευθέτω χρόνω. Υπήρχαν ισχυροί άνθρωποι που γνώριζαν για τα βάσανά της και θα την ανταμείβανε για τη χάρη. Της είπαν ότι μόλις τελείωνε η διαδικασία της δίκης και των ενόρκων, θα επικοινωνούσαν ξανά μαζί της ώστε να γίνουν οι ρυθμίσεις για την αποζημίωσή της.

Όπως και η Γκέρι Λίντσεϊ , ανυπομονούσε να το αφήσει πίσω της και να προχωρήσει με τη διαλυμένη ζωή της. Παρακολούθησε το αίτημα για σιωπή και προσευχήθηκε σιωπηλά να αποδοθεί επιτέλους δικαιοσύνη.

Το ρολόι χτυπούσε καθώς η ημέρα της κρίσης πλησίαζε όλο και περισσότερο.

ΚΕΦΆΛΑΙΟ ΕΝΝΈΑ

Το επόμενο πρωί, οι ντετέκτιβ πήγαν στην ακτή του Τζέρσεϊ για να συναντηθούν με τον Τζερόμ Μπράουνι . Για άλλη μια φορά, βρέθηκαν στον BQE, παίρνοντας τον I-278 προς τον I-95 Νότια μέχρι το σημείο όπου ο Δρόμος του Νιου Τζέρσεϊ συναντούσε τον Γκάρντεν Στέιτ . Έστριψαν αριστερά στον αυτοκινητόδρομο 72, διασχίζοντας τον κόλπο Μαναχόκιν στη λεωφόρο Λονγκ Μπιτς , οδηγώντας νότια μέχρι το σημείο όπου η έπαυλη των 15 εκατομμυρίων δολαρίων βρισκόταν σε έκταση με θέα το λιμανάκι του Λίτλ Εγκ. .

Για άλλη μια φορά, ήρθαν αντιμέτωποι με ένοπλους φρουρούς που ήταν σταθμευμένοι σε στρατηγικές θέσεις κατά μήκος της παραλιακής ιδιοκτησίας, οι οποίοι επικοινωνούσαν μεταξύ τους μέσω ασυρμάτου καθώς επιβεβαίωναν την ταυτότητα των ντετέκτιβ και ανακοίνωναν την άφιξή τους. Τους συνόδευσαν στο χώρο στάθμευσης των δύο γκαράζ και στη συνέχεια στο μπαλκόνι του δεύτερου ορόφου όπου τους περίμενε ο Τζερόμ Μπράουνι . Δεν είχαν πολύ χρόνο για να θαυμάσουν τη μεγαλοπρεπή αρχιτεκτονική ή την εξαίσια επίπλωση μέσα στο φουτουριστικό λευκό σπίτι. Ο Μπράουνι, όπως θα μάθαιναν σύντομα, ήταν ένας άνθρωπος που έτριβε τσεκούρι, με λίγη υπομονή για περισπασμό.

Οι συνήθως γλαφυροί εταίροι αιφνιδιάστηκαν από τη θέα του ρομποτικού βραχίονα του Μπράουνι , για τον οποίο οι φωτογραφίες δεν αποδίδουν και πολλά. Ήταν ένα τερατώδες εξάρτημα που φορούσε ένας άντρας ύψους 1,80 μ. και βάρους τριακοσίων δεκαπέντε κιλών, τριάντα από τα οποία είχε πάρει μετά την επιστροφή του από την αιχμαλωσία. Όπως και του Κόμπο, αντιδρούσε αργά στις εγκεφαλικές παρορμήσεις του Μπράουνι. Σε αντίθεση με εκείνο του Κόμπο, ήταν κατασκευασμένο από ελαφρύτερο υλικό και συνδεόταν χειρουργικά χωρίς στήριξη από ζευκτά. Ο Μπράουνι παρέμεινε εθισμένος στα παυσίπονα για να αντιμετωπίσει το άγχος.

"Μόλις χθες επισκεφτήκαμε το σπίτι της Γκέρι Λίντσεϊ ", δήλωσε ο Τόμι καθώς ευχαριστούσαν τον μπάτλερ του Μπράουνι για μερικά Harvey Wallbangers που χύθηκαν από μια κανάτα. "Δεν πίστευα ότι θα ερχόμουν πιο κοντά στον παράδεισο μέχρι τώρα".

"Ναι, καλά, μπορεί να πιστεύεις το αντίθετο, αλλά αυτή η ειδυλλιακή θέα δεν με κάνει να ξεχνιέμαι", είπε καυστικά ο Browne. Φορούσε τα μαλλιά του σε ένα σεμνό αφρό στυλ και είχε αφήσει ένα μουσάκι που του έδινε μια κακόβουλη όψη. Έδειχνε ξεκάθαρα την οξύθυμη ιδιοσυγκρασία που συνήθως παρουσίαζαν οι καταχραστές ηρεμιστικών. "Σας έδωσε η Γκέρι κάτι διαφορετικό από ό,τι αναγραφόταν στην αστυνομική κατάθεση;"

"Όχι, όχι εντελώς." Ο Όριν επρόκειτο να αφήσει τον Τόμι να τρέξει την μπάλα εδώ, πράγμα που ο Τόμι έκανε κάπως απρόθυμα. Ήξεραν ότι ο Μπράουνι θα μπορούσε να τους είχε πετάξει και τους δύο από το μπαλκόνι με το ρομποτικό χέρι πίσω από την πλάτη του.

"Τότε τι σας κάνει να πιστεύετε ότι με εμένα θα είναι διαφορετικά; ;"

"Όπως ανέφερα στο τηλέφωνο, αυτή είναι η τελευταία μέρα που θα βοηθήσω τον εισαγγελέα να συγκεντρώσει τις πληροφορίες του για την έναρξη της δίκης την Τρίτη". Ο Τόμι καθάρισε το λαιμό του. "Όπως είπα και στη Λίντσεϊ, η ελπίδα μου θα ήταν να θυμηθείτε κάτι που μπορεί να είχε παραβλεφθεί στον απόηχο της τραγωδίας που υπεστήκατε κατά τη διάρκεια του περιστατικού".

"Αναφέρεστε σε ένα συγκεκριμένο περιστατικό;"

"Η Γκέρι ανέφερε κάτι που μας έδωσε την εντύπωση ότι όλοι κρατούσαν γερά μέχρι τη δίκη για να διασφαλίσουν ότι δεν θα υπάρξει έφεση της τελευταίας στιγμής που θα βγάλει κάποιον από τους γιατρούς με εγγύηση", παρενέβη ο Όριν . "Λοιπόν, απέχουμε περίπου ενενήντα έξι ώρες από την ώρα του παιχνιδιού, και αν ο δικαστής δεν σηκωθεί από το κρεβάτι του μέσα στη νύχτα και δεν υπογράψει μια δικαστική απόφαση που θα είναι σαν να φτύνει κατάμουτρα τον Πρόεδρο των Ηνωμένων Πολιτειών, μεταξύ άλλων ... δεν νομίζω ότι θα συμβεί κάτι τέτοιο".

"Λοιπόν, ακόμα προσπαθούν να εκδώσουν τον

Έντουαρντ Σνόουντεν για τις μαλακίες του Γουίκιλικς , έτσι δεν είναι;"

"Ο Σνόουντεν είχε ήδη καταφύγει στο Χονγκ Κονγκ", τόνισε ο Τόμι. "Οι γιατροί βρίσκονται υπό κράτηση στο MCC και η αστυνομία της Νέας Υόρκης έχει ενισχύσει τα μέτρα ασφαλείας. Τα αφεντικά μου ανησυχούν ότι ένας συγκεκριμένος έμπορος ναρκωτικών μπορεί να βγάλει συμβόλαιο εναντίον τους. Κατά τη γνώμη μου, θα γλίτωνε το κράτος από τα έξοδα μιας δίκης, για να μην αναφέρω τα ισόβια έξοδα διαμονής και διατροφής για τέσσερις, αλλά αυτό είναι μόνο δικό μου".

"Μιλάς για τον Ντζάνγκο Ταμσουλόσιν;" Ο Μπράουνι πήρε ένα φιστίκι από μια τεράστια πιατέλα με διάφορους ξηρούς καρπούς προτού το σπρώξει στο μαρμάρινο τραπέζι προς τους ντετέκτιβ. "Ας κόψουμε τις μαλακίες, δεν έχω όλη τη μέρα. Ξέρετε ότι είμαι από τη γειτονιά και έχω επιστρέψει στη γειτονιά ξανά και ξανά, όπως και η Λίντσεϊ. Να σας ρωτήσω κάτι και τους δύο. Επιστρέφετε ποτέ στην παλιά σας γειτονιά;"

"Βέβαια", σήκωσε τους ώμους ο Τόμι. "Φίλοι και οικογένεια, όλα αυτά τα πράγματα".

"Δεν έχει καμία διαφορά για μένα, την Geri ή οποιονδήποτε άλλον. Κάθε φορά που χρειάζεται να τσιμπήσεις τον εαυτό σου για να θυμηθείς ότι δεν ονειρεύεσαι, το μόνο που χρειάζεται να κάνεις είναι να γυρίσεις σπίτι. Οι περισσότεροι άνθρωποι δεν επιστρέφουν ποτέ πίσω γιατί φοβούνται ότι το παρελθόν τους μπορεί να τους προλάβει. Κάποιοι από εμάς επιστρέφουμε πίσω για να βεβαιωθούμε ότι πραγματικά τα καταφέραμε. Είναι αυτό που θα μπορούσες να αποκαλέσεις κάθαρση. Ξέρεις, θα μπορούσα να ήμουν ο Ντζάγκο . Θα μπορούσα να είχα πάρει ένα όπλο και να ακολουθήσω τον δύσκολο δρόμο, αλλά αντ' αυτού πήρα μια μπάλα του μπάσκετ και πήγα στο κολέγιο. Ο Ντζάγκο θα μπορούσε να ήταν εγώ, αν ήταν 1,80 μέτρα ψηλός".

"Ναι, και θα μπορούσε να είναι εγώ, αν πήγαινε στη σχολή των αστυνομικών".

"Υψηλοί στόχοι, υψηλά ιδανικά", είπε σαρκαστικά ο Browne. "Θα μπορούσε να είναι ο Τζόελ Μάντεν, ή ακόμα και ο Κόλιν Πάουελ, ή ο Μπαράκ Ομπάμα. Αποφάσισε να μείνει στο σπίτι, να αναπτύξει την οικοτεχνία του. Μερικές φορές, όταν επιστρέφεις, καταλήγεις να πατάς στα πόδια των ανθρώπων όταν δεν σε περιμένουν. Έχεις πάρει ποτέ αυτό το βλέμμα από κάποιους τύπους στη γειτονιά, όταν έμαθαν ότι έγινες αστυνομικός;".

"Ξέρεις πώς πάει αυτό. Ο κόσμος δεν θέλει αστυνομικούς γύρω του, αν δεν τους χρειάζεται".

"Έτσι είναι μερικές φορές", έγνεψε σοφά. "Όταν θέλουν κάτι, σε κατακλύζουν σαν τις μύγες στα σκατά".

"Υπήρξε κάτι πριν από λίγο καιρό, όταν συμμετείχες σε ένα πρόγραμμα αποκατάστασης της κοινότητας, και ακούστηκε ότι πήρες στατικό από έναν από τους εμπόρους εδώ κάτω. Τώρα, αν ο Ντζάγκο διευθύνει το εμπόριο εδώ κάτω, θα ήταν λάθος να υποθέσουμε ότι ...;"

"Κοιτάξτε, αν σας την πέσει μια κοπέλα στο drive-thru παράθυρο των McDonald's, θα πάτε κλαίγοντας στον Ρόναλντ ΜακΝτόναλντ; Είναι η ίδια αρχή. Εσείς είστε μπάτσοι, θα έπρεπε να το ξέρετε αυτό. Οι έμποροι του δρόμου είναι ιδιοκτήτες franchise, λειτουργούν κάτω από τη σημαία του τοπικού αφεντικού. Στήνουν το μαγαζί τους, παίρνουν το προϊόν τους σε προμήθεια και επιστρέφουν το συμφωνημένο ποσό. Τώρα, αν βρεθούν κάποιοι "σώστε τον κόσμο" ή ακόμα και "βελτιώστε τη γειτονιά", μπορεί να μιλήσουν για να γκρεμίσουν τις ποντικότρυπες ή να αναγκάσουν τους ιδιοκτήτες να τις φτιάξουν. Αυτό θέτει σε κίνδυνο το franchise του εμπόρου που δραστηριοποιείται εκεί, ή την προμήθεια των πρεζάκηδων που ψάχνουν για την επόμενη δόση. Ανεβαίνω εκεί και ρωτάω γιατί κανείς δεν θέλει τα ρέστα, και ο έμπορος έρχεται σε μένα και με ρωτάει: "Γιατί εμένα; Γιατί δεν πας να φτιάξεις το επόμενο τετράγωνο;" ... Πηγαίνεις στο επόμενο τετράγωνο και ο ίδιος άνθρωπος κάνει την ίδια ερώτηση. Μέχρι να κάνεις έρευνα στην περιοχή, διαπιστώνεις ότι απλώς κυνηγάς την ουρά σου στο Ανατολικό Χάρλεμ".

"Λοιπόν, τι γίνεται με τον Κόμπο;" Ο Όριν άλλαξε ταχύτητα. "Σας βοήθησε να φύγετε από εκεί. Δεν τον έχετε ρωτήσει γιατί δεν καταθέτει εναντίον των γιατρών που σας το έκαναν αυτό;"

"Νομίζω ότι όλοι περιμένουν να τους δουν στο δικαστήριο και να δουν πώς θα απολογηθούν, αν θα γίνουν συμφωνίες ή όχι. Αν οι γιατροί ομολογήσουν την ενοχή τους, τότε δεν θα υπάρξει δίκη. Τι θα γίνει τότε με τη συμφωνία του Κόμπο; Μέχρι να του απαγγελθούν κατηγορίες, αν είμαι στη θέση του, δεν κάνω τίποτα. Στα μάτια μου, είναι ήρωας, βοήθησε να σωθεί η ζωή μου. Ακόμα κι αν ήταν αυτός στο τραπέζι που μοίραζε τα χειρουργικά μαχαίρια, πάλι με βοήθησε να μαζέψω τα καθάρματα και να διαλύσω το μαγαζί αρκετά για να φτάσουν οι μπάτσοι".

"Τι γίνεται με την Πατς; Έχω μια μαγνητοσκοπημένη συνέντευξη για ένα χθεσινό ολίσθημα. Η Γκέρι ουσιαστικά μας είπε ότι η Πατς την τάιζε κάποια στιγμή. Κρατούσαν τέσσερις γυναίκες σε κλουβιά, για όνομα του Θεού". Η έκφραση του Τόμι ήταν μια έκφραση ισχυρογνωμοσύνης. "Πήραν τα μάτια μιας γυναίκας, το χέρι και το πόδι της, ακόμα και ένα νεφρό!"

"Δεν χρειάζεται να μου θυμίζεις τι πήραν". Ο Μπράουν έδειχνε κακόκεφος.

"Κοίτα, Τζερόμ, αν πιάσουμε έναν από τους δύο, την Πατς ή τον Κόμπο, θα έχουμε τους γιατρούς στα χέρια μας. Προσπαθούν να ρίξουν το φταίξιμο στον Δρ. Κύκλωπα, και αν δεν μπορέσουμε να αποδείξουμε πέρα από κάθε αμφιβολία ότι δεν υπάρχει Κύκλωπας, μπορεί να φύγουν. Αν φύγουν, το μόνο που μπορείς να κάνεις είναι να τους πας στο αστικό δικαστήριο. Θα είναι σαν τον Ο. Τζ. Σίμπσον πάλι από την αρχή. Δεν μπορείς να πάρεις αυτό που δεν έχουν. Ξέρω ότι θέλεις να δεις τη δικαιοσύνη να αποδίδεται όσο και τα υπόλοιπα θύματα".

"Ποιος σε τάισε, Τζερόμ; Έναν άντρα στο μέγεθός σου, δεν θα μπορούσαν να σε κρατήσουν για τρεις εβδομάδες με υγρή δίαιτα, όχι μετά από μια τέτοια εγχείρηση".

"Ήμουν υπό την επήρεια ναρκωτικών, φίλε. Ακριβώς όπως η Γκέρι και όλοι οι άλλοι. Θα ήμουν ακόμα εκεί αν δεν είχαν χάσει τη δόση μου εκείνο το βράδυ -και αν ο Κόμπο δεν είχε υποστηρίξει το έργο μου. Όχι, δεν πρόκειται να κρεμάσεις τον Κόμπο.

Και να είσαι σίγουρος ότι η δικαιοσύνη θα αποδοθεί".

~

Ο καβγάς του Τζέρομ Μπράουνι με τον Ντζάνγκο Ταμσουλόσιν ήταν κάπως πιο εκρηκτικός από αυτόν με την Γκέρι Λίντσεϊ . Ο Τζερόμ προσπάθησε να συναντηθεί με τον Ρόναλντ ΜακΝτόναλντ. Έστειλε μήνυμα ότι ήθελε να μιλήσει με τον Ντζάνγκο Ταμσουλόσιν και συναντήθηκαν στο εστιατόριο Wells στην 132η οδό. Ήταν το ίδιο μέρος όπου ο Ντένζελ Ουάσινγκτον γύρισε τον Ντζάνγκο στο *American Gangster*, κάτι που και οι δύο άντρες βρήκαν διασκεδαστικά ειρωνικό. Αυτό που δεν βρήκαν αστείο ήταν η συζήτηση που ακολούθησε. Ο Τζερόμ ήθελε να ανακαινίσει κάποια μεγάλα σπίτια για κρακ και ο Ντζάγκο αρνήθηκε να βοηθήσει. Η συζήτηση έγινε άσχημη όταν ο Τζερόμ τον κατηγόρησε ότι έφερε την πανούκλα στη γειτονιά. Ο Ντζάνγκο Ταμσουλόσιν είπε στον Τζερόμ ότι χρησιμοποιούσε το έργο της ανακαίνισης για να φουσκώσει τον εγωισμό του. Ο Τζερόμ έφυγε αφού είπε στον Ντζάγκο να πάει να γαμηθεί.

Πληροφορήθηκε ότι ο Ντζάνγκο Ταμσουλόσιν ήθελε να κανονίσει μια συνάντηση και ότι ένας διαμεσολαβητής θα ήταν διαθέσιμος να τον συναντήσει στο Shrine Bar and Restaurant κοντά στην 134η οδό εκείνο το μοιραίο βράδυ. Ο Τζερόμ θα βρισκόταν ούτως ή άλλως στη γειτονιά, και έτσι τηλεφώνησε στον αριθμό επικοινωνίας και τους είπε ότι θα σταματούσε για ένα ποτό και μια κουβέντα. Ήταν τόσο τυχαίο που ο Τζερόμ δεν το ανέφερε καν σε καμία από τις φίλες του, στον εκπρόσωπο Τύπου του ή στους συμπαίκτες του. Η ομάδα είχε ρεπό για το καλοκαίρι, οπότε δεν υπήρχε τίποτα που θα απαιτούσε την προσοχή του εκείνο το βράδυ.

Ο Τζερόμ θυμόταν ότι επρόκειτο για έναν έμπορο χαμηλού επιπέδου, γεγονός που τον εξέπληξε και τον πρόσβαλε. Ήταν ακόμα νωρίς και δεν υπήρχαν τόσοι πολλοί πελάτες, οπότε δεν τον ενοχλούσαν μεθυσμένοι για αυτόγραφα και φωτογραφίες. Ο έμπορος μουρμούριζε τσαμπουκάδες του δρόμου, κάτι που ήταν άκρως ενοχλητικό, καθιστώντας προφανές ότι ο Ντζάγκο έπαιζε παιχνίδια με το μυαλό του εδώ.

Ήταν έτοιμος να φύγει, όταν δύο καυτές μαύρες γυναίκες ήρθαν, χαιρέτησαν τον έμπορο και έδειξαν ενθουσιασμένες που γνώρισαν τον Τζέρομ Μπράουνι από κοντά. Το έπαιξαν τέλεια, και ποτέ δεν μπόρεσε να καταλάβει ποια έριξε το μικρόφωνο στο ποτό του. Θυμήθηκε ότι αισθάνθηκε ζαλάδα και ο ντίλερ τον συνόδευσε στην τουαλέτα, όπου έγινε ασυνάρτητος. Τον έβγαλαν από μια πίσω έξοδο και αυτό ήταν το τελευταίο πράγμα που θυμόταν.

Θυμήθηκε ότι πολλές φορές ήταν δεμένος σε ένα τραπέζι, όπου ξυπνούσε πού και πού για να τον ντοπάρουν με μια βελόνα σε μια φλέβα. Υπήρχε ένας συνοδός που τον φρόντιζε τακτικά, τον βοηθούσε να καθίσει, τον περπατούσε και τον τάιζε. Το φως ήταν πολύ αμυδρό, και του έδιναν και άλλα φάρμακα που τον κρατούσαν όλη την ώρα στην Παλουκαβίλα. Ο συνοδός του έφερνε πράγματα από τα McDonald's, κυρίως μπιφτέκια, νάγκετς και πατάτες τηγανιτές. Δεν μπορούσε να καταλάβει αν ήταν γυναίκα ή νεράιδα, μέχρι που ήρθε επιτέλους η ώρα του.

Ο Τζερόμ περνούσε πολύ χρόνο προσπαθώντας να κρατήσει το μυαλό του δυνατό. Έκανε τριψήφιες προσθέσεις και αφαιρέσεις στο μυαλό του, έβλεπε στο μυαλό του τις ανακεφαλαιώσεις των αγώνων του και επανεξετάζε νοερά το εγχειρίδιο παιχνιδιού των New York Knickerbockers ξανά και ξανά. Φαντασιωνόταν επίσης τι θα έκανε σε αυτά τα καθάρματα. Ήξερε ότι είχε χάσει με κάποιο τρόπο το χέρι του και το είχαν αντικαταστήσει με ένα ρομποτικό μέλος. Ο συνοδός θα τον καθοδηγούσε να δουλεύει τα δάχτυλα με εκείνη τη νεραϊδόσχημη φωνή.

ώμος-αγκώνας-βραχίονας-καρπός-δάχτυλα. Ένα-δύο-τρία-τέσσερα-πέντε.

Έγινε μάντρα γι' αυτόν και ήξερε ότι σημείωνε πρόοδο τις στιγμές διαύγειας, επειδή άκουγε τα δάχτυλα να κάνουν κλικ ως απάντηση στις σκέψεις του: *ένα-δύο-τρία-τέσσερα-τέσσερα-πέντε.* Μόνο που, τη συγκεκριμένη μέρα, ανοιγόκλεισε τα μάτια του και μπορούσε να δει το σκιερό ταβάνι πάνω από το κεφάλι του. Ένιωθε ένα τσίμπημα στον ώμο του που γινόταν μια παλλόμενη ενόχληση και αναρωτιόταν γιατί δεν έπαιρνε τα φάρμακά του. Ξαφνικά, έσπασε το κεφάλι του και άκουσε μια σειρά από ανδρικές φωνές που προέρχονταν από ένα κοντινό δωμάτιο. Ο συνοδός είχε αργήσει. Είχε λίγο χρόνο για να δουλέψει.

Προσπάθησε να κινηθεί και συνειδητοποίησε ότι ήταν δεμένος στο τραπέζι, καθώς ο δεξιός του καρπός ήταν δεμένος. Ήρθε η ώρα να δει τι μπορούσε να κάνει αυτό το μεταλλικό μωρό. *ώμος-αγκώνας-βραχίονας-βραχίονας.* Έπρεπε να υπάρχει αντιβράχιο. *ώμος-αγκώνας-βραχίονας-βραχίονας. ώμος-αγκώνας-βραχίονας-βραχίονας.*

Αμέσως, ακούστηκε ένας θόρυβος σκισίματος, καθώς οι ιμάντες ξεκόλλησαν από το τραπέζι, και είδε το μεταλλικό χέρι να στέκεται στον αέρα δίπλα του. Έγινε έξαλλος τώρα και ανάγκασε τον εαυτό του να ηρεμήσει, σαν να έβαζε μια ελεύθερη βολή που θα έβαζε τους Νικς στα πλέι οφ. Το καταραμένο πράγμα αντιδρούσε σε εγκεφαλικά ερεθίσματα, και το κόλπο ήταν κάθε σκέψη να ακουμπάει σε κάθε εξάρτημα που έπρεπε να ενεργοποιηθεί. *Ένα-δύο-τρία-τέσσερα-τέσσερα-πέντε. Ένα-δύο-τρία-τέσσερα-τέσσερα-πέντε.*

Ο Τζερόμ είχε τελειώσει το τελευταίο έτος στο Πανεπιστήμιο Κολούμπια και δεν ήταν ηλίθιος. Έπιασε το κόλπο σε σύντομο χρονικό διάστημα και, μέσα σε λίγα λεπτά, έσκισε τον ιμάντα του στήθους, ώστε να μπορεί να γυρίσει αρκετά για να φτάσει το χέρι του στο δέσιμο του δεξιού του καρπού. Όταν αυτό έσκασε, ένα σατανικό χαμόγελο διέσχισε το πρόσωπό του. Τώρα θα χρειάζονταν όπλο για να τον ξαναβάλουν κάτω. Σκέφτηκε το Πράγμα στα κόμικς των *Φανταστικών Τεσσάρων*.

Ήρθε η ώρα να χτυπήσουμε.

~

Όταν έφτασαν οι γιατροί, τόσο η Πατς όσο και ο Κόμπο έμειναν έκπληκτοι από την αναστάτωση καθώς κατέβηκαν τα σκαλιά και συγκεντρώθηκαν με τον Άνταμ στον χώρο υποδοχής.

"Αυτό είναι γελοίο, Άνταμ". Ο Έιμπ Τζάβιτς ήταν εκνευρισμένος. "Ετοιμαζόμαστε για την περίοδο του Χάνουκα και μας φορτώνεις αυτά τα πράγματα. Όταν μου τηλεφώνησες, είπες ότι θα συναντιόμασταν για να κλείσουμε τα πράγματα για το τέλος του έτους. Καθ' οδόν, μας λέτε ότι μπορεί να μας χρειαστείτε για κάποιες διαδικασίες της τελευταίας στιγμής πριν από τις γιορτές των *γκόιμ*. Τώρα, μπαίνουμε στο καταραμένο κτίριο και μας λέτε ότι ίσως χρειαστεί να περάσουμε από εκεί τις επόμενες δύο μέρες. Είπατε ότι το είχατε υπό έλεγχο, ότι τα είχατε όλα υπό έλεγχο, και περιμένετε μέχρι το Χάνουκα για να μας πείτε ότι έχετε ξεπεράσει τα όρια του εαυτού σας;"

"Έι, δεν ξέρω καν γιατί βρίσκομαι εδώ", επέμεινε ο Isaac Vadim. "Δούλευες με το δια γονιδιακό δέρμα μια χαρά και χωρίς εμένα. Για την ακρίβεια, θα έπρεπε να υποβάλω ένα αίτημα για να με βοηθήσεις να διευθύνω τη μονάδα μου στο νοσοκομείο. Απλά ρώτα την Πατς. Πατς, νομίζεις ότι με χρειάζεται για να σε βοηθήσω με τις διαδικασίες παρακολούθησης;"

Οι τέσσερίς τους κοίταξαν προς τα εκεί που κρυφάκουγαν η Πατς και ο Κόμπο, κοιτάζοντας με απορία από την άλλη άκρη του δωματίου, όπου είχαν χαμηλώσει την τηλεόραση για να ακούνε καλύτερα. Η Πατς έμεινε άναυδη και απλώς σήκωσε ανησυχητικά τα χέρια της.

"Ορίστε, βλέπεις; Η Πατς λέει ότι δεν με χρειάζεσαι πια".

"Έχουμε ... άλλους ασθενείς που έρχονται. Ο Δρ Κύκλωπας έχει περισσότερο εξοπλισμό που έρχεται από το εξωτερικό και πρέπει να τον δοκιμάσουμε αμέσως. Σας είπα ότι έρχεται από μια καταπιεστική χώρα και βρίσκεται υπό τεράστια πίεση. Έχει αντικείμενα που πρέπει να ξεφορτώσει και χρειάζεται να επιταχύνουμε τα πράγματα από την πλευρά μας ώστε να μπορεί να δικαιολογήσει τις δαπάνες. Είναι ευχαριστημένοι με αυτά που έχουμε πετύχει -στην πραγματικότητα, ενθουσιασμένοι- αλλά έχουν ξεπεράσει κατά πολύ τον προϋπολογισμό. Απειλούν να μας βγάλουν την πρίζα αν δεν καταφέρουν να πείσουν τους ανθρώπους τους να κάνουν άλλη μια τεράστια επένδυση".

"Άνταμ." Ο Νώε Μπιρνμπάουμ άρχισε να τον λογικεύει. "Την τελευταία φορά που ήμουν εδώ, είχες ένα ανθρώπινο χέρι και πόδι που ανταποκρίνονταν σε ηλεκτρικά και φυσικά ερεθίσματα και ένα ζευγάρι μάτια που μετέδιδαν εικόνες σε μια οθόνη υπολογιστή. Είπες ότι τους έστελνες βίντεο του Κόμπο. Τι στο καλό θέλουν να κάνουμε, να φτιάξουμε ένα τέρας του Φρανκενστάιν;"

"Λοιπόν." Ο Άνταμ χτύπησε αφηρημένα ένα στυλό πάνω στο χαρτί του γραφείου του. "Δεν είμαι σίγουρος πόσο πολύ απέχουμε από αυτό".

"Γεια." Ο Έιμπ έσκυψε μπροστά. "Γάμησε τους επενδυτές σου, γάμησε τον γιατρό Κύκλωπα και γάμησε εσένα. Σας το είπα από την αρχή, απλώς σας παρείχα μια μέτρια επένδυση και συμβουλές ως προσωπική χάρη σε όλους σας. Ξέρω ότι σώσατε τη ζωή του Κόμπο και ότι βελτιώσατε σημαντικά την ποιότητα της ζωής της Πατς. Αυτό που κάνατε με τα ανθρώπινα μέλη ξεπερνούσε τα όρια, και σας το είπα, αλλά δεν το ανέφερα επίμονα γιατί έχω ξαναδεί τέτοια πράγματα σε ερευνητικά εργαστήρια. Τώρα, έχεις περισσότερους ανθρώπους που έρχονται εδώ. Από πού; Ποιοι είναι αυτοί; Τι είδους χειρουργική επέμβαση θα κάνουμε; Δεν με πείραζε να δουλέψω στο Κόμπο, γιατί ήταν μια κατάσταση ζωής ή θανάτου. Μας είπατε ότι αυτός ο δικός σας γιατρός Κύκλωπας κάνει τη βαριά δουλειά, βάλτε *τον να* έρθει και να δουλέψει μέχρι το Χάνουκα".

"Εντάξει, παιδιά, πρόκειται για το Χάνουκα;" ρώτησε ο Άνταμ.

"Όχι, όχι, δεν είναι... όχι για μένα". Ο Ισαάκ τον κοίταξε στα μάτια. "Έχω ένα κακό προαίσθημα γι' αυτό. Ρισκάρεις τα πάντα που έχουμε με αυτό το σχέδιό σου. Είπες ότι το θέμα ήταν τα ρομποτικά άκρα, και αυτό ήταν θαυμάσια επιτυχημένο. Στη συνέχεια ισχυρίστηκες ότι έκανες μεταμόσχευση νεφρού στον Κόμπο με τη βοήθεια του Έιμπ, και σε βοήθησα να κάνεις εκείνα τα μοσχεύματα δέρματος στον κορμό της Πατς, τα οποία ήταν επιτυχημένα. Αυτοί είναι ασθενείς που ζουν μαζί μας και δουλεύουν μαζί μας. Έχουμε αναπτύξει έναν δεσμό εμπιστοσύνης μαζί τους. Τι στο διάολο νομίζεις ότι θα γίνει μετά; Ανοίγετε μια κλινική για περιπατητές; Γιατί δεν ανοίγουμε κι εμείς ένα εργοστάσιο αμβλώσεων, αφού το κάνουμε;".

Ακριβώς τότε ακούστηκε ένας βροντερός κρότος και όλοι στην αίθουσα κοίταζαν εμβρόντητοι τον Τζερόμ Μπράουνι να μπαίνει τρεκλίζοντας από την πόρτα του δωματίου #2, πετώντας τη βαριά πόρτα στην άκρη σαν να ήταν χαρτόνι.

"Δεν θα χρειαστούμε μπάτσους!" βρυχήθηκε. "Θα σας σκοτώσω όλους εσάς τους καριόληδες!"

"Ακούστε με πολύ προσεκτικά", είπε ομοιόμορφα ο Άνταμ, καθώς κοιτούσαν με τρόμο τον τεράστιο μαύρο άνδρα με το ρομποτικό αριστερό χέρι που έτρεχε μέσα από την πόρτα, με τα πόδια του ακόμα λαστιχένια από τα ναρκωτικά και τα ηρεμιστικά. "Πρέπει να πάμε στην αποθήκη και να κλειδωθούμε μέσα για να μπορέσουμε να καλέσουμε βοήθεια. Αυτός ο ασθενής έχει πάρει ναρκωτικά και είναι εκτός ελέγχου".

"Θεέ μου!" Ο Ισαάκ αγκομαχούσε. "Αυτός είναι ο Τζερόμ Μπράουνι από τους Νικς! Λείπει εδώ και εβδομάδες!"

"Είχε ένα ατύχημα και έπρεπε να του αφαιρέσουμε το χέρι. Υποψιαζόμασταν εγκληματική ενέργεια, αλλά δεν έλεγε τίποτα, συν το ότι ήταν σε καταστολή". Ο Άνταμ πετάχτηκε από την καρέκλα του, τρέχοντας προς το ντουλάπι με τα κρέατα. "Πατς, κάλεσε την αστυνομία!"

"Αν το κάνεις αυτό, θα σου ξεριζώσω το κεφάλι!" της βρυχήθηκε ο Τζερόμ, ενώ οι γιατροί έτρεχαν στο άκουσμα της φωνής του.

Η Γκέρι Λίντσεϊ , όπως και ο Τζερόμ Μπράουνι , μπορούσε να ακούσει τη φασαρία έξω. Ο θόρυβος και οι φωνές την έκαναν να λυγίσει και ένιωσε τα δεσμά που την κρατούσαν στο τραπέζι πάνω στο οποίο βρισκόταν. Μόνο που εκείνη δεν είχε δεθεί όπως ο Τζερόμ, κυρίως λόγω του γεγονότος ότι η Πατς όχι μόνο θαύμαζε το όμορφο δέρμα της, αλλά σκεφτόταν ότι ίσως κάποια μέρα να ήταν και δικό της. Ήταν ελαφρά δεμένη και έβγαλε τα λουριά από τους καρπούς, ώστε να μπορέσει να καθίσει και να απελευθερωθεί. Έκλαιγε άθλια όταν συνειδητοποίησε ότι το πόδι της είχε χαθεί, αλλά η θλίψη της μετατράπηκε σε τρόμο όταν άκουσε τις κραυγές και τις εκκλήσεις πίσω από την κλειστή πόρτα πίσω της.

Ήξερε ότι υπήρχαν κι άλλοι αιχμάλωτοι εδώ, αλλά ήταν πολύ ζαλισμένη για να κάνει οτιδήποτε. Επιπλέον, το πόδι της είχε χαθεί και συνειδητοποίησε ότι θα έπρεπε να συρθεί από εδώ.

"Το όνομά μου είναι Γκέρι !" φώναξε μέσα από την πόρτα. "Πάω για βοήθεια, καλώ την αστυνομία!"

"Σας παρακαλώ, ελάτε να μας βοηθήσετε!" φώναξε υστερικά μια γυναικεία φωνή, όλες οι γυναίκες πέρασαν την προγραμματισμένη ώρα της δοσολογίας και συνήλθαν. "Μας έχουν κλείσει σε κλουβιά εδώ μέσα!"

"Φεύγω αμέσως! Μείνετε ήρεμοι!" Σηκώθηκε σε καθιστή θέση, ρίχνοντας το δεξί της πόδι στο πλάι του τραπεζιού. Ήξερε ότι δεν υπήρχε περίπτωση να πηδήξει με το ένα πόδι, όχι τόσο χάλια όσο ήταν. Αν μπορούσε να κατέβει στο πάτωμα, θα μπορούσε να συρθεί μέχρι την κύρια είσοδο. Προσευχόταν μόνο να μην ήταν κλειδωμένη, και δεν είχε ιδέα τι βρισκόταν πίσω της. Το μόνο που ήξερε ήταν ότι θα έβγαζε τα μάτια από το κεφάλι του πρώτου ανθρώπου που θα την πλησίαζε.

Προσπάθησε να χαμηλώσει, αλλά έπεσε στο δάπεδο με τα πλακάκια. Συνήλθε μόλις ο αρχικός πόνος έφυγε και προσπάθησε να σκεφτεί πώς θα το κάνει αυτό. Αποφάσισε ότι ο καλύτερος τρόπος θα ήταν να πάει δεξιά-αριστερά και μετά να τραβήξει το γόνατό της προς τα εμπρός. Αυτό θα της επέτρεπε να διασχίσει το πάτωμα με μια κίνηση σκούτερ. Είχε μια φευγαλέα σκέψη ότι ήταν πάλι μικρό κορίτσι, που έπαιζε κάποιο ανόητο παιχνίδι μπουσουλήματος με ένα πόδι. Παραδόξως, αυτό της πήρε το μυαλό από την απελπισία της και της επέτρεψε να φτάσει στην πόρτα. Δοκίμασε το πόμολο και άνοιξε την πόρτα όταν συνειδητοποίησε ότι ήταν ξεκλείδωτη.

~

"Θα βοηθήσεις εδώ, φίλε; Έκαναν τα ίδια σκατά σε σένα που έκαναν και σε μένα. Έλα, βοήθησέ με!"

Ο Κόμπο είχε καθυστερήσει να πάρει τα φάρμακά του και ήταν σε θέση να σκεφτεί πολύ πιο καθαρά τώρα. Ένιωθε ένα σφυγμό, κάψιμο και φαγούρα τόσο μέσα όσο και έξω από τον κορμό του λόγω της στρωτής ραφής. Ήταν έκπληκτος που ερχόταν πρόσωπο με πρόσωπο με έναν από τους αγαπημένους του παίκτες των Νικς, αλλά και τρομοκρατημένος που του το είχαν κάνει αυτό. Τα δελτία ειδήσεων έλεγαν ότι αγνοούνταν για πάνω από τρεις εβδομάδες και κανείς δεν είχε ιδέα για το πού βρισκόταν. Προφανώς, τον είχαν φέρει εδώ, και ήταν εξίσου προφανές ότι δεν ήταν εδώ από επιλογή. Οι γιατροί είχαν κλειδωθεί στην αποθήκη και σίγουρα προσπαθούσαν να ξεφύγουν από την οργή του.

"Γαμώτο, Κόμπο, τι θα κάνουμε!" Η Πατς αγκομαχούσε.

Αμέσως, είδαν την Geri Lindsay να εμφανίζεται από το δωμάτιο #1, να κοιτάζει γύρω της τρομοκρατημένη πριν συρθεί αμήχανα προς τη σκάλα. Τα άλλα τρία άτομα που βρίσκονταν στο δωμάτιο σταμάτησαν με απορία για μια μεγάλη στιγμή πριν ο Τζερόμ τραβήξει και χτυπήσει τη μεταλλική πόρτα με το ρομποτικό του χέρι, βαθουλώνοντας την επιφάνειά της.

"Τι θέλεις να κάνω;" Ο Κόμπο άρχισε να τρέχει προς το σημείο όπου στεκόταν ο Μπράουν.

"Βοηθήστε με να σπάσω αυτή την πόρτα", απαίτησε ο Jerome. "Θα μάθω ποιος μου το έκανε αυτό!"

Η Πατς άρχισε να γίνεται όλο και πιο έξαλλη καθώς άκουγε τις κραυγές των γυναικών να γίνονται όλο και πιο δυνατές μέσα στο διαχωριστικό. Είδε την Τζέρι να σέρνεται στα σκαλιά και ήξερε ότι θα έπρεπε να παρακάμψει την Τζέρι, η οποία θα μπορούσε να κάνει τα πάντα σε αυτή την κατάσταση. Η Τζέρι ήταν μεγαλύτερη από την Πατς και αν την άρπαζε στην έξαλλη κατάστασή της, θα μπορούσε εύκολα να της επιτεθεί.

Η Πατς συνειδητοποίησε με αγωνία ότι όλα αυτά συνέβησαν επειδή δεν τήρησε το πρόγραμμα χορήγησης της δόσης, κάτι που ο Άνταμ της είχε μάθει ξανά και ξανά. Αυτό είχε εκραγεί σε μια πύρινη λαίλαπα που ήταν εκτός ελέγχου και η Πατς δεν έβλεπε καμία διέξοδο.

Αυθόρμητα, έτρεξε προς την ανοιχτή πόρτα που οδηγούσε στον πίσω χώρο, ελπίζοντας ότι θα μπορούσε να ναρκώσει τις γυναίκες που βρίσκονταν σε κλουβιά και ενδεχομένως να δουλέψει από εκεί. Αν μπορούσε να βρει μια γεμάτη σύριγγα, ίσως να μπορούσε να αντιμετωπίσει τη Γκέρι και να τη μαχαιρώσει πριν φτάσει στο δρόμο. Μόνο που όταν έτρεξε μέσα και άνοιξε την πόρτα, είδε τις γυναίκες να σφυροκοπούν τα κλουβιά τους σαν τρελοί χιμπατζήδες, αιματοκυλίζοντας τις γροθιές τους στα μεταλλικά κάγκελα. Έτρεξε στο χρηματοκιβώτιο και προσπάθησε να το ανοίξει, αλλά ήταν τόσο αφηρημένη και ταραγμένη, που δεν μπορούσε να βρει σωστά τον συνδυασμό.

Όλα πήγαιναν κατά διαόλου!

Η Γκέρι είχε φτάσει στην εξώπορτα, αλλά συνειδητοποίησε ότι θα έπρεπε να γονατίσει για να φτάσει την κλειδαριά. Είχε εξαντληθεί αρκετά με το σύρσιμο στα σκαλιά και στο διάδρομο. Σκέφτηκε να χτυπήσει τις πόρτες, αλλά δεν ήθελε να διακινδυνεύσει το ενδεχόμενο οι ένοικοι να είναι μέσα στην επιχείρηση. Έκλαιγε από την τρομάρα της όταν μάζεψε τις δυνάμεις της και στηρίχτηκε στο πόδι της, τραβώντας τον εαυτό της πάνω στο πόμολο της πόρτας. Έφτασε μέχρι την κλειδαριά και την έστριψε ώστε να κάνει κλικ, έπειτα έπεσε πάλι στο πάτωμα καθώς άνοιξε την πόρτα.

Με την αδρεναλίνη στα ύψη, μπήκε στον προθάλαμο και βρήκε άλλη μια κλειδωμένη πόρτα. Λυγίζοντας από τον πόνο και τον τρόμο, ανασηκώθηκε ξανά στα καπούλια της και έσπρωξε τον εαυτό της πάνω στην πόρτα. Και πάλι, έφτασε στην κλειδαριά και ένιωσε ένα νυχτερινό αεράκι να περνάει πάνω από το πρόσωπό της καθώς έπεφτε μπροστά στο κατώφλι που οδηγούσε στην 137η οδό. Συνέχισε να σέρνεται στο μπροστινό σκαλοπάτι, φτάνοντας μέχρι το κιγκλίδωμα όπου τράβηξε τον εαυτό της σε καθιστή θέση και άρχισε να ουρλιάζει με όλη της τη φωνή.

"Βοηθήστε με! Κάποιος να με βοηθήσει!"

Τότε αποφάσισε ότι η καλύτερη κίνησή της θα ήταν να συρθεί στο δρόμο και να φτάσει μέχρι τη γωνία της λεωφόρου Λένοξ. Αν ερχόταν ένα αυτοκίνητο, ακόμα και ο πιο σκληροπυρηνικός έμπορος θα σταματούσε για να δει τι συμβαίνει με μια γυναίκα που σερνόταν στο δρόμο με νοσοκομειακή ρόμπα.

"Γεια σου, κυρία." Μια πόρνη τσαλαβουτούσε στο τετράγωνο προς το μέρος που είχε φτάσει στο πεζοδρόμιο, με το φόρεμά της τώρα καλυμμένο με γλίτσα και τα ματ μαλλιά της να κρέμονται γύρω από το πρόσωπό της. "Τι τρέχει με σένα;"

"Καλέστε την αστυνομία!" φώναξε. "Κάποιος μου έκοψε το πόδι!"

"Γαμώτο!" Τα γλαρωμένα μάτια του μεγάλωσαν από τρόμο, καθώς εκείνη τράβηξε το φόρεμά της για να δείξει μόνο ένα πανέμορφο πόδι. "Εντάξει, μωρό μου, άσε με να πάω στο δρόμο και να φέρω κάποιον εδώ!"

Μέσα σε λίγα λεπτά, η δοκιμασία των αιχμαλώτων στο Κτίριο είχε τελειώσει και αυτή των γιατρών είχε αρχίσει.

ΚΕΦΆΛΑΙΟ ΔΈΚΑ

"Έλα, Μο, θα αργήσουμε!" φώναξε ο Τόμι Τζάκσον μέσα από την πόρτα του μπάνιου, κοιτάζοντας το ρολόι του. Ήταν έξι το απόγευμα της Κυριακής και είχε πει στον Όριν ότι αυτός και η Μορίν θα περνούσαν στις επτά.

Ζούσαν στο Lower East Side, όχι μακριά από την Delancey Street, αλλά ο Τόμι είχε ένα θέμα με την ακρίβεια. Είχαν στείλει τα παιδιά στους γονείς της Μορίν για το βράδυ και είχαν πάρει κρασί και τυρί ως δώρο για τους Ράμπερσαντ. Απέμεναν μόνο είκοσι λεπτά και πιθανώς δεν θα είχαν κανένα κυκλοφοριακό πρόβλημα το βράδυ της Κυριακής.

"Κάνω μόνο τα μαλλιά μου και το μακιγιάζ μου. Έρχομαι αμέσως", απάντησε.

"Τι εννοείς να φτιάξω τα μαλλιά σου; Τα γαμημένα τα μαλλιά σου είναι ίσια!" φώναξε, μετά κάθισε και άνοιξε την τηλεόραση.

"Γιατί ανοίγεις την τηλεόραση;" Βγήκε από το μπάνιο και έσβησε το φως.

Κοίταξε το μακιγιάζ της και έκανε μια διπλή ματιά. "Ουάου. Μοιάζεις με πορνοστάρ. Έλα εδώ".

"Νόμιζα ότι είπες ότι αργήσαμε. Καλύτερα να μην κοιτάς αυτές τις πορνογραφικές μαλακίες".

"Θα τους τηλεφωνήσω και θα τους πω ότι αρρώστησες".

"Αποκλείεται. Θα είμαι στο αυτοκίνητο. Φέρε το κρασί και το τυρί".

"Ναι, εντάξει", είπε και έκλεισε την τηλεόραση. "Οδηγείς;"

"Όχι, απλώς έφτιαξα τα νύχια μου". Έκλεισε την πόρτα πίσω της.

~

Ο Ντζάνγκο Ταμσουλόσιν έγινε ανυπόμονος καθώς καθόταν στο πίσω κάθισμα του αυτοκινήτου, κοιτάζοντας το ρολόι του.

"Τι στο διάολο τον κρατάει αυτόν τον τύπο;" γκρίνιαξε. "Δεν κάθομαι εδώ όλη τη νύχτα".

"Είπε ότι θα έρθει γύρω στις έξι, υποθέτω ότι έχει αργήσει. Ίσως θέλεις να του δώσεις άλλα πέντε ή δέκα λεπτά".

"Για κάποιο μισό γραμμάριο καριόλη; Γιατί δεν του τηλεφωνείς;"

"Πηγαίνει κατευθείαν στον τηλεφωνητή. Πρέπει να το έκλεισε για να μην υπάρξουν διακοπές".

Ο σκύλος του Django, ο Nero, είχε λάβει το τηλεφώνημα πριν από περίπου μία ώρα. Ο Slim Jim από την 139η οδό είπε ότι είχε μια συνάντηση με έναν από τους ανθρώπους του Τζέρομ Μπράουνιγια να κάνει ένα χτύπημα σε κάποιον που πίστευε ότι του είχε στήσει την απαγωγή. Αν και ο Ντζάγκο ήξερε ότι απείχε πολύ από το να βγει από το δίκτυο, αυτό θα μπορούσε να υποδηλώνει ότι ο Μπράουν δεν είχε βάλει ακόμα τα δύο και τα δύο μαζί. Ο σκύλος του, ο Knowshon, είχε στήσει την απαγωγή και ζούσε τώρα στην Τάμπα, περιμένοντας την επιβεβαίωση του θανάτου του Jerome Browne. Προφανώς, ο Τζερόμ δεν ήξερε ότι ο Knowshon δούλευε για τον Django, και ακόμα και αν το ήξερε, αυτό δεν ήταν απόδειξη ότι ο Ντζάνγκο Ταμσουλόσιν είχε στήσει το όλο θέμα.

Ανεξάρτητα από τη δική του εύλογη ανησυχία, τα πράγματα φαίνονταν αρκετά καλά μέχρι στιγμής. Κανείς δεν είχε προδώσει το όνομά του, ούτε οι γιατροί, ούτε η Πατς ούτε ο Κόμπο. Οι μόνοι με τους οποίους είχε πραγματική επαφή ήταν ο Ράουχ, η Πατς και ο Κόμπο, οπότε αν κανένας από αυτούς δεν έλεγε τίποτα, τίποτα δεν επρόκειτο να συμβεί. Δεν μπορούσε να πιστέψει ότι ο ηλίθιος Εβραίος, ο Ράουχ, είχε κρατήσει αυτούς τους ανθρώπους ζωντανούς. Νόμιζε ότι απλώς τους έπαιρνε το αίμα και τα όργανα και ό,τι άλλο χρειαζόταν, όπως έκανε με τα πρώτα έξι θύματα που πέταξε εκεί ο Ντζάγκο . Το πρόβλημα ήταν ότι δεν έβγαλε τους έξι τελευταίους στα πρόθυρα του θανάτου, όπως τους πρώτους. Αυτό ήταν προφανώς το μοιραίο λάθος. Ο Rauch απλά δεν είχε τα κότσια να τους αποτελειώσει.

"Εντάξει, πάμε", είπε ο Nero, καθώς ένα αυτοκίνητο έστριψε στη γωνία και πλησίασε αργά πίσω από το Brougham, αναβοσβήνοντας τα φώτα μεγάλης σκάλας, όπως ήταν το κανονισμένο σήμα.

Είχαν παρκάρει ακριβώς στη γωνία από το Ιερό, παρέχοντας μια δικαιολογία αν οι μπάτσοι έφταναν πρώτοι. Παρακολουθούσαν τον οδηγό να παρκάρει το αυτοκίνητο και να ανεβαίνει στο πεζοδρόμιο από την πλευρά του συνοδηγού.

"Γιατί δεν συναντιόμαστε μέσα;" Ο Ντζάνγκο Ταμσουλόσιν γκρίνιαξε.

"Πιθανόν να μη θέλουν να τους δουν δημοσίως, μήπως συμβεί κάτι".

"Σαν τι;"

Ο άνδρας σταμάτησε απότομα στην πίσω πόρτα και ο Ντζάνγκο Ταμσουλόσιν διέταξε τον Νέρωνα να κατεβάσει το παράθυρο.

"Τι στο διάολο;" Ο Ντζάγκο χτύπησε τον Σλιμ Τζιμ.

"Ο Τζέρομ Μπράουνι στέλνει τους χαιρετισμούς του."

Ο Ντζάνγκο Ταμσουλόσιν παρακολουθούσε με ανησυχία καθώς έβγαλε ένα Magnum 357, σημάδεψε και πυροβόλησε στο πρόσωπο του Ταμσουλόσιν. Καθώς το παράθυρο εξερράγη, ο ένοπλος βγήκε μπροστά και πέτυχε τρεις ακόμα σφαίρες στο κεφάλι. Πέταξε το περίστροφο στο παράθυρο στο σώμα του Ντζάγκο και στη συνέχεια περπάτησε ήρεμα πίσω στο δρόμο και έφυγε.

Ο Νέρωνας βγήκε από το αυτοκίνητο και περπάτησε εξίσου άνετα γύρω από το τετράγωνο, μέχρι το Ιερό, όπου θα περίμενε μέχρι να φτάσει το αυτοκίνητό του.

~

Εκείνη τη στιγμή, η αστυνομία της Νέας Υόρκης καταδίωκε ένα όχημα που έτρεχε στην οδό Φράνκλιν Ντ. Ρούσβελτ με ογδόντα μίλια την ώρα.

Το αυτοκίνητο σταμάτησε τελικά στην έξοδο 5 κατά μήκος της οδού Χιούστον. Ένας αστυνομικός βγήκε από την πλευρά του συνοδηγού του περιπολικού και διέταξε τον οδηγό να ανοίξει το παράθυρο και να δείξει τα χέρια του. Έκπληκτοι βρήκαν τον Τζέρομ Μπράουνιστο τιμόνι, με τους καπνούς του ουίσκι να επιτίθενται στα ρουθούνια του αξιωματικού.

"Κύριε Μπράουνι." Ο αστυνομικός ζήτησε συστηματικά το δίπλωμά του και την απόδειξη ασφάλισης, παρόλο που αναγνώρισε τον αστέρα του NBA. "Έχετε πιει απόψε;"

"Διάολε, όχι!" Ο Τζερόμ ήταν εριστικός.

Ο συνεργάτης του αστυνομικού ήρθε αφού ο αποστολέας έλεγξε ξανά την πινακίδα κυκλοφορίας.

"Είπε ότι είναι ο Τζερόμ Μπράουνι ."

"Το αυτοκίνητο βρωμάει αλκοόλ, αλλά δεν φαίνεται μεθυσμένος. Θα τον άφηνα να φύγει αλλά έχει κακή συμπεριφορά. Αν πάθει κάποιο ατύχημα στο δρόμο για το σπίτι, θα μας πάρουν στο λαιμό τους".

"Κύριε Μπράουνι , μπορείτε να βγείτε από το όχημα;" τον ρώτησε ο δεύτερος αστυνομικός.

"Γαμώτο, όχι", γρύλισε ο Τζερόμ. "Δεν έκανα τίποτα. Απλά δώσε μου το γαμημένο μου εισιτήριο".

"Μπα, αυτό είναι όλο." Ο δεύτερος αστυνομικός μύρισε το αλκοόλ. "Κύριε Μπράουνι, πρέπει να βγείτε από το όχημα. Θα πρέπει να κάνετε αλκοτέστ, αλλιώς θα πρέπει να σας συλλάβουμε".

"Γάμα το αυτό το σκατό. Δεν παίρνω αλκοτέστ".

"Κύριε Μπράουνι, βγείτε από το αυτοκίνητο- θα πρέπει να σας πάμε μέσα".

"Εντάξει λοιπόν." Ο Τζερόμ βγήκε από το όχημα.

Οι αξιωματικοί είχαν αποσπαστεί από το δράμα που εκτυλισσόταν εδώ. Όλο το έθνος είχε μαγνητιστεί από την εξαφάνιση του αστέρα του NBA, λίγες μόλις εβδομάδες μετά από εκείνη του σούπερμοντέλου Γκέρι Λίντσεϊ . Όταν το κολαστήριο του Χάρλεμ έγινε πρωτοσέλιδο διεθνώς, ο παγκόσμιος Τύπος πήρε συνεντεύξεις από όλους τους διασωθέντες αιχμαλώτους εκτός από τον Μπράουν. Ο δικηγόρος του Τζερόμ έδωσε δηλώσεις στον Τύπο, όπως και η διοίκηση των Νικς, αλλά ο Μπράουνι αρνήθηκε να μιλήσει σε κανέναν. Τώρα, εδώ ήταν, τα κεφάλια και των δύο αστυνομικών μόλις που έφταναν στους ώμους του υπόπτου. Φαινόταν σχεδόν βλάσφημο να χρησιμοποιείται η λέξη ύποπτος για να περιγράψει ένα αθλητικό είδωλο που είχε σωθεί από τα βασανιστήρια των καταραμένων μόλις πριν από μερικές ημέρες.

"Κύριε Μπράουνι, λυπούμαστε που πρέπει να το κάνουμε αυτό, αλλά συλλαμβάνεστε για απερίσκεπτη έκθεση σε κίνδυνο με τη χρήση μηχανοκίνητου οχήματος με υπερβολική ταχύτητα σε κεντρική λεωφόρο και για άρνηση να υποβληθείτε σε αλκοτέστ".

"Δεν δίνω δεκάρα. Κάνε ό,τι είναι να κάνεις".

Οι αστυνομικοί αναγκάστηκαν να χρησιμοποιήσουν ένα σύστημα συγκράτησης ποδιών LR-2 για να περάσουν χειροπέδες στον ρομποτικό καρπό του Τζερόμ, καθώς οι τυπικές χειροπέδες τους δεν χωρούσαν. Ως αποτέλεσμα, του πέρασαν χειροπέδες από τον καρπό στον αστράγαλο στην αριστερή πλευρά και του πέρασαν χειροπέδες στον δεξιό καρπό στο μεταλλικό διαχωριστικό πριν οδηγηθεί στο MCC.

~

"Γεια σου, Ράμπερσαντ. Αυτή είναι η Μορίν."

"Χαίρομαι που τα κατάφερες. Έλα μέσα. Angela, από εδώ ο Τόμι και η Μορίν ".

"Πόσο χαίρομαι που σας γνωρίζω. Αισθάνομαι ήδη σαν να σας γνωρίζω. Ο Όριν μου έχει πει τόσα πολλά για εσάς".

"Ναι, λοιπόν, μην τον πιστεύεις. Υπερβάλλει".

"Έι, αυτό είναι ωραίο. Το έκανες αυτό με το μισθό μας; Ο τύπος είναι μάγος".

"Εκείνη κάνει τη διακόσμηση, εγώ πληρώνω γι' αυτήν. Τι πίνεις;"

"Τα ίδια ως συνήθως. Η Μορίν πίνει ρούμι με κόκα κόλα".

"Να σου δώσω ένα σφηνάκι Courvoisier".

"Έι, ωραία. Πόσα παίρνει η Μανιτόμπα γι' αυτό το πράγμα, δέκα δολάρια το σφηνάκι;"

"Αυτό είναι τόσο όμορφο ρούχο. Κι εσύ έχεις τόσο όμορφα μαλλιά".

"Σας ευχαριστώ πολύ. Λατρεύω αυτό το φόρεμα και έχεις τόσο χαριτωμένο χτένισμα".

"Ελπίζω να φέρατε την όρεξή σας".

"Κι εγώ το ίδιο. Δεν με έχει αφήσει να μπω στην κουζίνα όλη μέρα", πείραξε η Άντζελα τον Όριν.

"Ορίστε, σας το φέραμε αυτό".

"Ω, Θεέ μου, δεν έπρεπε να το κάνεις. Σας ευχαριστώ πολύ. Επιτρέψτε μου να πάρω τα παλτά σας".

Κάθισαν στον πολυτελή υφασμάτινο καναπέ

Chester που δέσποζε στο ευρύχωρο δωμάτιο, ενώ ο Orrin έφερε ποτήρια και μπουκάλια σε έναν μικρό δίσκο. Τα άφησε στο γυάλινο τραπέζι δίπλα στον καναπέ και έβαλε ποτά, μοιράζοντάς τα πριν σηκώσει το σφηνοπότηρό του.

"Σε παλιούς και νέους φίλους", χαμογέλασε ο Όριν.

"Στην υγειά μας."

Σηκώθηκαν όλοι όρθιοι και ακούμπησαν τα ποτήρια τους, πριν ο Όριν καθίσει δίπλα στην Άντζελα στο ασορτί πολυθρόνα.

"Λοιπόν, τα κορίτσια σου είναι με τη γιαγιά και τον παππού απόψε;"

"Ναι, δεν μπορούσαν να περιμένουν. Ίσως την επόμενη φορά να πάμε τα παιδιά στο Κόνι Αϊλαντ ", πρότεινε η Μορίν .

"Αυτό θα ήταν υπέροχο. Ο Ντέιβιντ ανυπομονεί να γνωρίσει τον Τόμι. Πάντα κάνει ερωτήσεις για το τι κάνει ο μπαμπάς του στη δουλειά κάθε μέρα. Έχει αυτή την εικόνα στο μυαλό του ότι είναι σαν *τους Στάρσκι και Χατς* ή κάτι τέτοιο".

"Τι είναι αυτό, όπως το *αυτοκίνητο 54 Πού είσαι;*" Ο Τόμι τσαλάκωσε το φρύδι του.

"Δεν βλέπει τηλεόραση- το μόνο που βλέπει είναι ποδόσφαιρο και μπέιζμπολ", χάιδεψε τον μηρό του η Μορίν.

"Ναι, περνάω τις μέρες μου στο MCC. Ποιος έχει χρόνο για τηλεόραση;"

"Έλα τώρα, μη μιλάς για τη δουλειά, θυμάσαι;", επέπληξε.

"Δεν μιλάτε για τη δουλειά; Νόμιζα ότι γι' αυτό συγκαλέσατε αυτή τη συνάντηση".

"Όριν!" Η Άντζελα τον χτύπησε στο χέρι. "Πάντα αστειεύεται".

"Ποιος, ο Βρώμικος Χάρι;"

"Πρέπει να μιλήσετε, κύριε", τον έσπρωξε η Μορίν.

"Είμαι σίγουρος ότι σας έχει πει για το πώς τον πίεσα να μετακομίσει εδώ. Ελάτε έξω και ρίξτε μια ματιά στη θέα από το μπαλκόνι. Τα παιδιά λατρεύουν το πάρκο δίπλα στο ποτάμι, είναι απλά υπέροχο".

"Ω, είναι πανέμορφο", ξετρελάθηκε η Maureen.

Οι συνεργάτες χάρηκαν το διάλειμμα από όλη την ένταση της προηγούμενης εβδομάδας, χαρούμενοι που μπόρεσαν να βρεθούν με τις συζύγους τους και να κάνουν ένα ακόμη βήμα μπροστά στην εκκολαπτόμενη φιλία τους. Συνειδητοποίησαν επίσης ότι οι γυναίκες τους είχαν δίκιο. Είχαν ανάγκη να ξεφύγουν από την τρέλα της Δίκης των Γιατρών και να αφήσουν με χάρη πράγματα που ήταν πολύ πέρα από τον έλεγχό τους.

Ήταν λίγο μετά τις 11 μ.μ. όταν ο αρχιφύλακας Merced δέχτηκε μια κλήση στο τηλέφωνό του στο πόστο του στο Μητροπολιτικό Σωφρονιστικό Κέντρο. Ήταν τσαντισμένος που του ανέθεσαν τη νυχτερινή βάρδια, ειδικά μια Κυριακή το Σαββατοκύριακο της εργατικής Πρωτομαγιάς. Η φίλη του έκανε μια σειρά από τηλεφωνήματα για να εξακριβώσει ότι όντως εργαζόταν. Ήταν σίγουρη ότι έκανε βλακείες και κάλεσε ανθρώπους με τους οποίους δεν μπορούσε να πιστέψει ότι θα μπορούσε να επικοινωνήσει. Θα έπεφτε στα μούτρα της όταν σχόλαγε, αλλά προς το παρόν το μόνο που μπορούσε να κάνει ήταν να παρακολουθεί το *Zero Dark Thirty* στο φορητό του DVD player για εικοστή φορά καθώς η ώρα περνούσε.

"Merced."

"Εδώ αρχιφύλακας Σαλίνας. Έχω ένα απόσπασμα από το Police Plaza που θα έρθει σε μισή ώρα περίπου. Έχουν εντολή να μεταφέρουν τους γιατρούς στο Ποινικό Δικαστήριο της Νέας Υόρκης στο Μπρόντγουεϊ για την προκαταρκτική ακρόαση. Έρχονται ένα σωρό ερωτήσεις ασφαλείας από το Police Plaza και αποφάσισαν ότι θα τους κρατήσουν στο δικαστήριο μέχρι την Τρίτη".

"Τι;" γκρίνιαξε ο Έκτορας. "Μόλις διατάξαμε να σβήσουν τα φώτα. Τώρα πρέπει να στείλω τα παιδιά να πάνε να ντύσουν αυτούς τους μαλάκες και να τους ετοιμάσουν για μια βόλτα με το αυτοκίνητο;"

"*Σου αρέσει* αυτή η δουλειά, Μέρσεντ; Αν υποθέσουμε ότι αυτή η γραμμή παρακολουθείται;"

"Το ξεκαθαρίσατε αυτό με τον υπολοχαγό Λόκγουντ;"

"Ο Λόκγουντ έχει ρεπό για το Σαββατοκύριακο των διακοπών. Είμαι ο ανώτερος αξιωματικός. Βάλε τους κρατούμενους να κάνουν ένα ντους κατά την έξοδο. Το μόνο που θα μπορούν να κάνουν είναι να ξυριστούν και να αλλάξουν ρούχα στο δικαστήριο πριν από την ακρόαση. Μπορούν να κρατήσουν τα προσωπικά τους στην απομόνωση, θα επιστρέψουν".

"Ελήφθη." Ο Μέρσεντ έβρισε και βλαστήμησε πριν καλέσει τον φύλακα της πύλης.

"Sanchez."

"Αυτός ο γαμιόλης θέλει τους γιατρούς πλυμένους και έτοιμους για μια βόλτα στην οδό Centre σε μισή ώρα περίπου".

"Τι; Είμαι στη μέση της διακοπής των φώτων. Τι στο διάολο συμβαίνει; Όταν ο πληθυσμός μάθει ποιος θα πάει, θα κάνω *Animal House* εκεί μέσα. Ποιος ενέκρινε αυτή τη μαλακία; Ο Λόκγουντ;"

"Όχι, ο Σαλίνας αναλαμβάνει τη βάρδια για τις διακοπές. Λέει ότι η Police Plaza είχε ανησυχίες για την ασφάλεια. Πρέπει να πήραν δικαστική απόφαση ή κάτι τέτοιο".

"Λοιπόν, έκανε κανείς διπλό έλεγχο;"

"Διπλός έλεγχος; Τι είσαι, μεθαμφεταμίνη; Θέλεις να καλέσεις τον καπετάνιο τέτοια ώρα; Απλά τους πηγαίνουν μέχρι το δικαστήριο, δεν τους πετάνε στο ποτάμι. Κοίτα, αν συμβεί κάτι στους μπάσταρδους, τουλάχιστον δεν θα συμβεί εδώ, σωστά; Υπάρχουν ήδη φήμες ότι οι δύο έμποροι ναρκωτικών θα σκοτωθούν. Δεν θέλω το όνομά μου σε καμία από αυτές τις αναφορές, καταλαβαίνεις τι λέω;".

"Σε ακούω."

"Λοιπόν, τελειώστε με το σβήσιμο των φώτων και πλύνετε τους τροφίμους και ετοιμαστείτε να φύγετε".

"Ελήφθη."

~

Έσύ το έφτιαξες αυτό; Πρέπει να αστειεύεσαι. Έχασες την κλίση σου, φίλε. Θα έβγαζες πολλά λεφτά κάνοντας αυτά τα πράγματα σε κάποιο γκουρμέ μαγαζί".

"Λένε ότι οι άνδρες συνήθως ψάχνουν για κάποια που μπορεί να καθαρίσει και να μαγειρέψει. Στην περίπτωσή μας, εγώ ήμουν αυτή που στάθηκε τυχερή".

"Αυτό το κορίτσι δεν τα πάει και τόσο άσχημα." Ο Όριν έδειξε με το πιρούνι του την Άντζελα, που καθόταν στα δεξιά του στο γυαλισμένο δρύινο τραπέζι.

"Ω, Θεέ μου, είναι τόσο καλό". Η Μορίν απολάμβανε το απολαυστικό κοτόπουλο και τις κόκκινες πιπεριές σε σάλτσα κάρυ πάνω σε ρύζι γιασεμί με σπιτικό ψωμί. "Δεν έχω δοκιμάσει κάτι τόσο καλό σε εστιατόριο. Είσαι υπέροχη μαγείρισσα".

"Ώστε, αυτή είναι μια συνταγή από την 'Παλιά Χώρα';" Ο Τόμι έφαγε μια βουτυρωμένη φέτα ψωμί, σφουγγαρίζοντας τη σάλτσα στο πιάτο του. "Δεν μου είπες ποτέ γιατί οι δικοί σου έφυγαν από τη Γρενάδα".

"Ο παππούς μου ήταν αγρότης στη Γρενάδα- είχε ένα αγρόκτημα ανατολικά του Γκράντ Ανς ". Ο Όριν ήπιε το λευκό κρασί του. "Ο πατέρας μου ήταν ένα από τα οκτώ παιδιά. Ήταν στο δημοτικό σχολείο το 1979, όταν ο Μορίς Μπίσοπ και το κίνημά του New Jewel Movement ανέτρεψαν την κυβέρνηση. Αμέσως, ο Κάστρο και οι Ρώσοι μπήκαν στο παιχνίδι και άρχισαν να στέλνουν κάθε είδους συμβούλους και ξένη βοήθεια. Ο παππούς δεν έδινε δεκάρα για την πολιτική, αλλά πριν το καταλάβει, το καθεστώς έβαλε την πολιτική του στο κατώφλι του. Μια μέρα, ο μπαμπάς μου πήγε στο σχολείο και εκεί ήταν ένας Κουβανός στρατιώτης που έδωσε στην τάξη μια ομιλία για το ρόλο της Γρενάδας στον αγώνα της εργατικής τάξης ενάντια στον καπιταλισμό. Το επόμενο πράγμα που ήξερε ήταν ότι οι Ρώσοι άρχισαν να στέλνουν στρατιώτες για να προσφέρουν στα παιδιά την ευκαιρία να εκπαιδευτούν στο εξωτερικό στην ΕΣΣΔ. Κάποιες οικογένειες ήταν τόσο φτωχές που πραγματικά άρπαξαν την ευκαιρία".

"Αυτό είναι τρομερό", είπε η Μορίν σιγανά.

"Η γιαγιά μου ήξερε ότι έπρεπε να φύγουν από τη χώρα, αλλά ο παππούς δεν πήγαινε πουθενά. Είπε ότι η γη ανήκε στην οικογένειά μας από το 1800 και ότι θα έπρεπε να τον θάψουν εκεί. Ήξερε όμως ότι η γιαγιά είχε δίκιο, οπότε άρχισε να στέλνει τα παιδιά του να ζήσουν με συγγενείς στη Νέα Υόρκη, ένα-ένα. Όταν ήρθε η σειρά του πατέρα μου, ήταν ήδη δεκαοκτώ ετών. Ήρθε εδώ, βρήκε δουλειά και παντρεύτηκε. Παντρεύτηκε μια κοπέλα από τη Γρενάδα, και αυτός και η μαμά μου μιλούσαν πάντα για τα παιδικά τους χρόνια και για το πόσο όμορφη ήταν η Γρενάδα. Υποθέτω ότι μέρος του γιατί έγινα αστυνομικός ήταν επειδή αγαπούσα την Αμερική και δεν ήθελα ποτέ να δω τους κακούς να καταλαμβάνουν την εξουσία εδώ, όπως έκαναν εκεί".

"Ο πατέρας μου μετακόμισε από το Bay Ridge στο Brooklyn Heights τη δεκαετία του 1980", ανέφερε ο Τόμι. "Τους έβγαλε από εκεί ακριβώς την εποχή που οι συμμορίες του δρόμου άρχισαν να καταλαμβάνουν τον δήμο. Είχες τους FMD, τους Dirty Ones, όλους αυτούς τους μαλάκες, ήταν εξίσου κακοί με τους τρομοκράτες. Τους ανήκαν οι δρόμοι και όλοι το ήξεραν. Παραλίγο να παραιτηθεί από το

Σώμα, αλλά ήταν πρόθυμοι να τον μεταθέσουν λόγω της προϋπηρεσίας του. Όταν ο Ρούντι Τζουλιάνι εξελέγη δήμαρχος, άρχισε την πάταξη του εγκλήματος. Άρχισε να προσλαμβάνει μια "νέα γενιά" αστυνομικών, οι οποίοι δεν θα έμεναν άπραγοι και θα το έβλεπαν να συμβαίνει.

"Ο μπαμπάς μου ανέλαβε επικεφαλής μιας από τις μονάδες της ομάδας δράσης για τις συμμορίες του δρόμου και, ε, μιλάμε για εκδίκηση. Ήταν σαν, 'ποτέ ξανά'. Είπε ότι δεν θα έβλεπε ποτέ ξανά κάτι παρόμοιο με αυτές τις συμμορίες να κάνουν κουμάντο στις γειτονιές επί των ημερών του. Συμφώνησα με αυτό, ειδικά μετά την 11η Σεπτεμβρίου. Είπα ότι δεν θα άφηνα ποτέ ξανά τους κακούς να αναλάβουν την εξουσία. Κάπως σαν τον Όριν".

"Στην υγειά των ανδρών μας." Η Άντζελα σήκωσε το ποτήρι της στη Μορίν. "Ιππότες με αστραφτερή πανοπλία."

"Ναι." Η Μορίν χαμογέλασε κι αυτή. "Και μακάρι οι κακοί να μην περάσουν ποτέ".

Ο Έιμπ Τζάβιτς είχε ένα φρικτό συναίσθημα όταν ήρθε ο φύλακας να τον ενημερώσει ότι μεταφέρεται στο κτίριο του Ποινικού Δικαστηρίου της Νέας Υόρκης για λόγους ασφαλείας.

"Είμαι στην απομόνωση", διαμαρτυρήθηκε ο Έιμπ. "Τι νομίζουν, ότι ένας από τους φρουρούς θα με σκοτώσει;"

"Δεν φτιάχνω εγώ τους κανόνες, φίλε", γρύλισε ο φρουρός. "Θέλουν να αφήσεις τα πράγματά σου εδώ, οπότε προφανώς θα επιστρέψεις μετά την απαγγελία κατηγορίας".

Οι παππούδες του Τζάβιτς και πολλοί συγγενείς του είχαν έρθει στην Αμερική από την Ευρώπη πριν από το Ολοκαύτωμα. Οι ιστορίες τους αποτέλεσαν σημαντικό μέρος της παιδικής του ηλικίας και των οικογενειακών παραδόσεων. Πολλές από αυτές αφορούσαν άνδρες που έρχονταν για τους ανθρώπους στη μέση της νύχτας. Ήταν ένας κοινός φόβος, ένας φόβος που διαπερνούσε τα παραμύθια και τις δεισιδαιμονίες των πολιτισμών από καταβολής κόσμου. Ο φόβος του κακού που βγαίνει από το σκοτάδι.

Διάβαζε τις εφημερίδες και άκουγε τις ραδιοφωνικές εκπομπές και δεν μπορούσε να πιστέψει τα πράγματα που λέγονταν. Ξαφνικά, του ήρθε η αυγή και άρχισε να καταλαβαίνει πώς ο λαός της Γερμανίας μπορούσε να δηλώνει άγνοια για τις φρικαλεότητες που διαπράχθηκαν εναντίον των Εβραίων στη χώρα του. Εδώ γίνονταν αυτοί οι τρομεροί ισχυρισμοί εναντίον του ίδιου και των φίλων του, και έλεγαν ότι ήταν μέρος όσων συνέβησαν εκεί. Αρνήθηκαν να πιστέψουν ότι δεν ήξερε τίποτα γι' αυτό, παρά το γεγονός ότι συνελήφθη επί τόπου, λίγα λεπτά πριν κλειδωθεί στη ρομποτική αγκαλιά του Κόμπο και του Jerome Browne.

Ο Abe είχε πάει εκεί μόνο τρεις φορές μετά την πρώτη επίσκεψη, και κάθε φορά βοηθούσε στις επεμβάσεις εμφύτευσης των ρομποτικών συσκευών του Κόμπο. Είχε μάλιστα πάρει μαζί του στο σπίτι του τις αναφορές και τα διαγνωστικά του Άνταμ για να βεβαιωθεί ότι ήταν και έγκυρα και ιατρικά απαραίτητα. Ο Κόμπο πέθαινε από μυϊκή δυστροφία και τα άκρα του έδιναν το ένα μετά το άλλο. Ο Έιμπ υποστήριζε ότι ο άνθρωπος έπρεπε να βρεθεί σε μια ιατρική μονάδα, αλλά δεν υπήρχε αμφιβολία ότι θα είχε μετατραπεί σε παραπληγικό χωρίς ελπίδα ανάκαμψης. Όποιος κι αν ήταν αυτός ο Κύκλωπας και από όπου κι αν έπαιρνε τις προμήθειές του, έδωσε τη δυνατότητα στον Άνταμ να πετύχει κάτι που δεν είχε γίνει ποτέ πριν. Ακριβώς όπως η γάτα του Άνταμ.

Ο Έιμπ εκτιμούσε σιγά σιγά την πλήρη έκταση της ιδιοφυΐας του Άνταμ. Δεν ήταν μόνο ότι είχε μια θαυμαστή ικανότητα να δημιουργεί ιατρικές θεωρίες και έννοιες, αλλά είχε και την απόλυτη τόλμη και αυτοπεποίθηση να τις θέσει σε εφαρμογή. Επιπλέον, είχε μια απίστευτη ικανότητα να παρακολουθεί και να μαθαίνει. Ο Έιμπ ήξερε ότι ο Άνταμ μάζευε και την παραμικρή λεπτομέρεια κατά τη διάρκεια των επεμβάσεων, κάνοντας δεκάδες ερωτήσεις για το πώς έκανε αυτό και γιατί έκανε εκείνο. Προφανώς, αυτός ήταν ο λόγος για τον οποίο ο Έιμπ δεν ήξερε τίποτα για τον Τζερόμ Μπράουν. Ο Άνταμ είχε φτάσει στο σημείο να μπορεί να τα κάνει όλα μόνος του.

Ο Έιμπ δεν θα μπορούσε ποτέ να καταλάβει πώς ο Άνταμ πέρασε το κατώφλι του κακού και πώς δεν μπορούσε να το προβλέψει. Ήξερε ότι ο Άνταμ ήταν αδίστακτα φιλόδοξος, από την εκτέλεση μεταμοσχεύσεων σε μικρά ζώα μέχρι τη χειραγώγηση της μητέρας του για να χρηματοδοτήσει την εγχείρηση. Ωστόσο, κανείς τους δεν θα μπορούσε ποτέ να πιστέψει ότι θα μπορούσε να έχει εμπλακεί σε απαγωγές και ακρωτηριασμούς. Ο Έιμπ θα στοιχημάτιζε τα πάντα εναντίον αυτού. Όποιος κι αν ήταν αυτός ο Δρ Κύκλωπας, θα πρέπει να είχε τεράστια επιρροή στον Άνταμ για να τον πείσει να κάνει τέτοια πράγματα. Θα πρέπει να υπήρξε κάποιου είδους εξαναγκασμός, ίσως και εκβιασμός. Αλλά τι στο καλό θα μπορούσε να ήταν;

Ολόκληρη η άμυνά τους στηριζόταν σε αυτόν τον Κύκλωπα. Σύμφωνα με τους δικηγόρους τους, ο Άνταμ έδωσε ένορκη κατάθεση ότι ο Κύκλωπας είχε επικοινωνήσει μαζί του σε μια ιστοσελίδα στο εξωτερικό, συζητώντας για έρευνα και ανάπτυξη ρομποτικής. Άρχισαν να ανταλλάσσουν ηλεκτρονικά μηνύματα και ο Κύκλωπας συμφώνησε να παράσχει στον Άνταμ πρωτότυπα για δοκιμαστικές δοκιμές. Η Cyclops ασφάλιζε κάθε αποστολή με τα Lloyds of London σε περίπτωση που υπήρχαν τυχόν παραλείψεις, και ο Adam έστελνε εκτενείς αναφορές στην Cyclops σε αντάλλαγμα. Η έρευνα δικαιολογούσε τη χρηματοδότηση που λάμβανε η Cyclops από μια ξένη κυβέρνηση για την ανάπτυξη των πρωτοτύπων.

Παρόλα αυτά, ο Adam αρνήθηκε να αποκαλύψει πώς οι τέσσερις γυναίκες, η Geri Lindsay και ο Τζέρομ Μπράουνι κατέληξαν στο υπόγειο. Είπε ότι ο Κύκλωπας άρχισε να επισκέπτεται τις εγκαταστάσεις για να επιβεβαιώσει τις ιατρικές αναφορές για τον Κόμπο και την Πατς. Λίγο αργότερα, έγιναν συμφωνίες για να νοσηλεύονται στη μονάδα άνθρωποι της γειτονιάς σε επείγουσες καταστάσεις. Ο Άνταμ ισχυρίστηκε ότι δεν γνώριζε τις λεπτομέρειες και δεν είχε πρόσβαση στις εγκαταστάσεις αποτοξίνωσης του χώρου. Δεν γνώριζε ότι ο Κύκλωπας είχε εγκαταστήσει κλουβιά ή ότι οι άνθρωποι κρατούνταν ακόμη και στο υπόγειο. Αρνήθηκε μάλιστα ότι ο Κόμπο ή η Πατς είχαν οποιαδήποτε σχέση με τις καθημερινές λειτουργίες στην εγκατάσταση. Πάνω απ' όλα, επέμενε ότι οι συνάδελφοί του κρατούνταν εντελώς στο σκοτάδι.

Ο δικηγόρος του είχε δώσει εντολή στον Έιμπ να μην παραδεχτεί τίποτα και να μην πει τίποτα. Η εισαγγελία θα έπρεπε να αποδείξει ότι είχε επισκεφθεί την εγκατάσταση πριν από τη νύχτα που συνελήφθη. Οι μόνοι που θα μπορούσαν να καταθέσουν ότι ήταν εκεί ήταν ο Άνταμ, η Πατς και ο Κόμπο. Αν κανένας από αυτούς δεν μιλούσε εναντίον του, οι ένορκοι δεν θα είχαν άλλη επιλογή από το να τον αθωώσουν. Οι δικηγόροι συνειδητοποίησαν ότι η ιατρική καριέρα του Άνταμ είχε τελειώσει, ότι είχε θυσιάσει τον εαυτό του για να σώσει τους φίλους του. Ωστόσο, αν είτε η Πατς είτε ο Κόμπο γίνονταν μάρτυρες κατηγορίας, και οι τέσσερις θα μπορούσαν να αντιμετωπίσουν ισόβια κάθειρξη. Οι κατηγορίες της απαγωγής και της διακεκριμένης βίας το εγγυόνταν.

Τον πήγαν από το κελί του σε έναν μακρύ διάδρομο σε ένα μεγαλύτερο δωμάτιο. Όταν ο φρουρός τον οδήγησε μέσα, έκπληκτος βρέθηκε μπροστά στον Άνταμ, τον Ισαάκ και τον Νώε.

" Άνταμ." Ο Έιμπ φάνηκε έκπληκτος, αν και η έκφρασή του μετατράπηκε σιγά σιγά σε οργή. "Άνταμ, κάθαρμα. Τι μας έκανες;"

"Εντάξει, παιδιά, ακούστε με πολύ προσεκτικά". Ο Άνταμ απομακρύνθηκε από αυτούς στο μεσαίου μεγέθους δωμάτιο. "Δεν μας έχει μείνει πολύς χρόνος. Πρέπει να σας πω τι συνέβη εκεί μέσα".

"Σε παρακαλώ, Άνταμ", απαίτησε ο Ισαάκ, γεμάτος δίκαιη αγανάκτηση. "Σε παρακαλώ, πες μας τι συνέβη".

"Πρώτα απ' όλα, θέλω να ξέρετε ότι αναλαμβάνω την ευθύνη, όλη την ευθύνη. Έστειλα μήνυμα στην Πατς και τον Κόμπο. Ορκίζομαι ότι ούτε αυτοί ούτε εσείς είχατε καμία σχέση με το οτιδήποτε. Εγώ και ο Κύκλωπας ήμασταν οι μόνοι υπεύθυνοι. Ξέρουν ότι αν καταθέσουν εναντίον μας, θα τους εμπλέξω και θα πέσουν μαζί μου. Μόλις όλοι οι άλλοι φύγουν, αυτό θα μείνει μεταξύ εμού και του Κύκλωπα".

"Άνταμ", ο Έιμπ έσφιξε τα δόντια του από θυμό. "Ποιος είναι ο Κύκλωπας;"

"Δεν υπάρχει κανένας Κύκλωπας", ο Άνταμ χαμήλωσε τα μάτια του. "Εγώ ήμουν."

"Τι;"

"Υπήρχε ένας Κινέζος επιστήμονας στο Νανκίνγκ που ονομαζόταν Χουν Γουέν-Τινγκ. Η κυβέρνηση επένδυσε ένα δισεκατομμύριο δολάρια στο πρόγραμμα ρομποτικής τους, αλλά έπεφτε σε μεγάλα εμπόδια με τις δοκιμές βήτα. Με όλες τις παραβιάσεις των ανθρωπίνων δικαιωμάτων στην Κίνα να ερευνώνται από τα Ηνωμένα Έθνη, δεν μπορούσαν να δεχτούν άλλη πίεση για επιστημονικά πειράματα. Το κομμάτι της ανταλλαγής πρωτοτύπων με ερευνητικά δεδομένα ήταν αληθινό, αυτή ήταν η συμφωνία. Δεν μπορώ να σας πω πώς έφεραν κάποιο από τα υποκείμενα στο εργαστήριο γιατί η εισαγγελία μπορεί να το διαστρεβλώσει για να σας εμπλέξει. Το μόνο που μπορώ να πω είναι ότι λυπάμαι και ότι κάποια μέρα ίσως η ανθρωπότητα επωφεληθεί από τα πράγματα που καταφέραμε να πετύχουμε".

"Σκάλισες αυτές τις γυναίκες και σακάτεψες αυτές τις διασημότητες για μια ζωή". Ο Ισαάκ δεν μπορούσε να πιστέψει ότι γινόταν αυτή η συζήτηση. "Και μου λες ότι *δεν υπάρχει κανένας* Κύκλωπας".

"Άνταμ, δεν έχεις χάσει ποτέ βάρδια στο Μπέλβιου, ούτε μία!" Ο Νώε ήταν εκτός εαυτού από την ανησυχία του για τον πιο στενό του φίλο. "Δεν μπορείς να μου πεις ότι απήγαγες όλους αυτούς τους ανθρώπους και τους έφερες στο εργαστήριο μόνος σου! Κάποιος σου έφερε αυτά τα θύματα, παραδέξου το!"

"Δεν μπορώ." Ο Άνταμ κούνησε το κεφάλι του. "Αν έδινα το όνομά του στην αστυνομία, θα έβαζε να σας σκοτώσουν και τους τρεις για εκδίκηση. Ο εισαγγελέας θα το δει με τον ίδιο τρόπο που το βλέπεις κι εσύ, θα καταλάβουν ότι δεν θα μπορούσα να το κάνω μόνος μου. Δυστυχώς, θα πρέπει να τον προστατεύσω με τον ίδιο τρόπο που προστατεύω εσάς. Ίσως τελικά να υπήρχε ένας Κύκλωπας. Μόνο που αυτός έκανε τα πάντα εκτός από το να χειρουργεί".

"Εντάξει, παιδιά, θα σας πάμε κάτω στο ντους. Έχετε δεκαπέντε λεπτά", είπε ένας φρουρός καθώς μπήκε στο δωμάτιο. "Μπορείτε να αλλάξετε κάλτσες και εσώρουχα. Επόμενη στάση είναι το δικαστήριο στην οδό Σέντερ . Το γραφείο του εισαγγελέα θέλει να διασφαλίσει την ασφάλειά σας πριν αρχίσει η δίκη. Θα σε κρατήσουν στις εγκαταστάσεις μέχρι να τελειώσει η απαγγελία κατηγορίας".

"Τι εννοείς, ένα ντους;" Ο Έιμπ κατάφερε να ρωτήσει, με το στόμα του να είναι παράξενα στεγνό.

"Δεν έχουν ντους στο δικαστήριο. Θέλεις να φέρεις τη μυρωδιά αυτού του μέρους στην απολογία σου;"

"Θα προτιμούσα να μην κάνω ντους".

"Τότε μην ανοίξεις το νερό. Ελάτε, παιδιά, πάμε να φύγουμε".

~

"Περάσαμε υπέροχα." Η Μορίν Τζάκσον αγκάλιασε τους Ράμπερσαντς καθώς ετοιμάζονταν να φύγουν λίγο πριν από τα μεσάνυχτα. "Ας προγραμματίσουμε αυτό το ταξίδι στο Κόνι Άϊλαντ - τα κορίτσια θα ενθουσιαστούν πολύ".

"Ξέρω ότι και ο Ντέιβιντ θα πεθάνει για να σας γνωρίσει όλους", συμφώνησε η Άντζελα. "Εντάξει, παιδιά, κανονίστε το και θα είμαστε εκεί".

"Δεν ξέρω πότε θα μπορέσουμε να πάρουμε τέτοια άδεια όσο το Κόνι Άιλαντ είναι ακόμα ανοιχτό", σήκωσε τους ώμους ο Τόμι. "Ήμασταν πολύ τυχεροί απόψε που τα πάντα έκλεισαν για την Ημέρα της Εργασίας".

"Δεν ανυπομονώ για την Τρίτη, σας το λέω", είπε ο Όριν συνοφρυωμένος. "Περίμενε μέχρι ο εισαγγελέας να μας πει τι σκέφτεται για το ότι δεν έχουμε βρει τίποτα στην έρευνα".

"Τώρα, είπατε ότι δεν θα μιλήσετε για δουλειές απόψε", μάλωσε η Άντζελα.

"Μην ανησυχείτε, μόλις φεύγαμε", χαμογέλασε ο Τόμι.

"Ξέρω ότι κάνατε ό,τι καλύτερο μπορούσατε, και

δεν μπορούν να ζητήσουν κάτι περισσότερο από αυτό", τους διαβεβαίωσε η Μορίν . "Αυτό είναι το περισσότερο που μπορείς να ζητήσεις από οποιονδήποτε".

"Οι άνθρωποι θέλουν να δουν τη δικαιοσύνη να αποδίδεται, ειδικά σε μια υπόθεση όπως αυτή", είπε ο Τόμι παραιτημένος. "Στο τέλος της ημέρας, ελπίζω να τους πιάσουν αυτούς τους τύπους. Αν δεν το κάνουν, ελπίζω να μην είναι εξαιτίας κάποιου γεγονότος που μας ξέφυγε".

"Δεν πρόκειται να συμβεί." Η Μορίν αγκάλιασε το χέρι του. "Ήρθε η ώρα να αφεθείς και να αφήσεις τον Θεό".

"Η δικαιοσύνη θα αποδοθεί", συμφώνησε η Άντζελα. "Είμαι σίγουρη γι' αυτό."

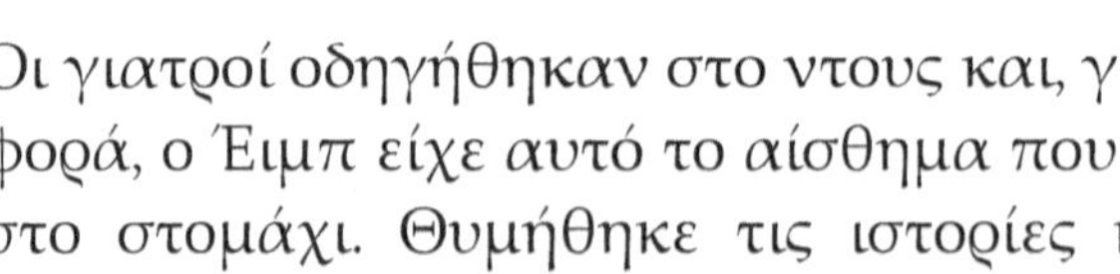

Οι γιατροί οδηγήθηκαν στο ντους και, για άλλη μια φορά, ο Έιμπ είχε αυτό το αίσθημα που τον έτρωγε στο στομάχι. Θυμήθηκε τις ιστορίες και όλα τα ντοκιμαντέρ για τα ντους του Ολοκαυτώματος. Έφερναν τα θύματα στα στρατόπεδα συγκέντρωσης και τους έλεγαν να γδυθούν, οδηγώντας τα σε δωμάτια όπου απελευθερώνονταν δηλητηριώδη αέρια. Εδώ ήταν, αυτός και οι φίλοι του, απομονωμένοι στα έγκατα αυτού του κέντρου κράτησης και τους ανάγκαζαν να γδυθούν σε ένα έρημο ντους. Συχνά αναρωτιόταν γιατί τα θύματα του Ολοκαυτώματος δεν αντιστάθηκαν ποτέ, αρνήθηκαν να συνεργαστούν, πήγαν ήσυχα στο θάνατο. Τώρα, είχε αρχίσει να καταλαβαίνει. Τώρα, ήξερε.

"Πέντε λεπτά." Ο φρουρός χτύπησε τη μεταλλική πόρτα πίσω του.

Ήταν όλοι γυμνοί, κρατώντας σαπούνια και πετσέτες. Περπάτησαν προς τις κεφαλές των ντους, γεμάτες κάπως με τρόμο καθώς κοιτούσαν ο ένας τον άλλον άφωνοι. Ο φόβος ήταν μεταδοτικός, κανένας τους δεν μπορούσε να τον προσδιορίσει, αν και ήταν πάντως εκεί. Κάτι δεν πήγαινε καλά εδώ, κάτι πολύ, πολύ λάθος. Ήταν πολύ αργά για να πολεμήσουμε. Δεν έπρεπε να είχαν βγει ποτέ από τα κελιά τους, να κλωτσούσαν και να ούρλιαζαν σε όλη τη διαδρομή στους διαδρόμους, να αρνούνταν τα ντους, να ενώνονταν και να τσακώνονταν όταν τους έβαζαν μαζί στο δωμάτιο.

Ήξεραν τι συνέβη στους Εβραίους της Ευρώπης. Όταν συνειδητοποίησαν ότι ήρθε η ώρα να πολεμήσουν, ήταν πολύ αργά.

Ξαφνικά, άκουσαν τη μεταλλική πόρτα να ξεκλειδώνει. Ο Άνταμ ήταν αυτός που αναγνώρισε πρώτος τον ήχο, το βουητό των μικροσκοπικών μοτέρ, το χτύπημα της μεταλλικής μπότας.

Παρακολουθούσαν εμβρόντητοι τον Κόμπο και μετά τον Τζέρομ Μπράουνι να μπαίνουν από την πόρτα πριν αυτή κλειδώσει πίσω τους. Ήταν πλήρως ντυμένοι και ο Τζερόμ είχε μια δολοφονική λάμψη στο μάτι του.

"Καλησπέρα, κύριοι." Ο Μπράουν χαμογέλασε πονηρά. "Ήρθε η ώρα για το σφυροκόπημα."

Αγαπητέ αναγνώστη,

Ελπίζουμε να σας άρεσε η ανάγνωση του *Η Μεταμόσχευση*. Παρακαλούμε αφιερώστε λίγο χρόνο για να αφήσετε μια κριτική, ακόμη και αν είναι σύντομη. Η γνώμη σας είναι σημαντική για εμάς.

Με τους καλύτερους χαιρετισμούς,

John Reinhard Dizon και η ομάδα του Επόμενου Κεφαλαίου

Μεταμοσχευση
ISBN: 978-4-82410-550-9

Εκδόσεις
Next Chapter
1-60-20 Minami-Otsuka
170-0005 Toshima-Ku, Tokyo
+818035793528

8 Σεπτέμβριος 2021

www.ingramcontent.com/pod-product-compliance
Lightning Source LLC
LaVergne TN
LVHW091415190726
843491LV00006B/1445

9784824105509